老舍经典

我这一辈子·兔儿爷·茶馆

图书在版编目（CIP）数据

我这一辈子·兔儿爷·茶馆：老舍经典/老舍著．—北京：人民文学出版社，2021（2024.12重印）
ISBN 978-7-02-016394-6

Ⅰ.①我… Ⅱ.①老… Ⅲ.①中国文学—现代文学—作品综合集 Ⅳ.①I216.2

中国版本图书馆CIP数据核字（2020）第106788号

责任编辑　李玉俐
装帧设计　崔欣晔
责任印制　宋佳月

出版发行　人民文学出版社
社　　址　北京市朝内大街166号
邮政编码　100705

印　　刷　三河市鑫金马印装有限公司
经　　销　全国新华书店等

字　　数　214千字
开　　本　880毫米×1230毫米　1/32
印　　张　9.75　插页3
印　　数　6001—9000
版　　次　2021年6月北京第1版
印　　次　2024年12月第2次印刷

书　　号　978-7-02-016394-6
定　　价　37.00元

如有印装质量问题，请与本社图书销售中心调换。电话：010-65233595

出 版 说 明

本书精选人民文学出版社经典版本,集结了老舍多篇著名短篇幅作品,如小说《断魂枪》《月牙儿》《我这一辈子》,散文《我的母亲》《宗月大师》,话剧《茶馆》等;此外还收入书信数篇,勾勒出老舍生活、经历的各方剪影。本书力图为热爱老舍、热爱现代文学的读者,提供一次在一本书中领略其多种名篇风采的机会。

目　录

小说

微神 __ 003

月牙儿 __ 016

阳光 __ 045

断魂枪 __ 075

我这一辈子 __ 084

散文

想北平 __ 147

兔儿爷 __ 150

北京的春节 __ 153

英国人 __ 158

东方学院 __ 163

青岛与山大 __ 169

大明湖之春 __ 173

我的母亲 __ 176

宗月大师 __ 182

我的理想家庭 __ 186

有了小孩以后 __ 189

敬悼许地山先生 __ 194

我所认识的沫若先生 __ 201

四位先生 __ 204

话剧

茶馆（三幕话剧）__ 213

书信

致伦敦大学东方学院（1926年6月16日）__ 291

致胡适（1926年9月30日）__ 292

致赵景深（1930年4月4日）__ 294

致赵家璧（1933年2月6日）__ 295

致陶亢德（1938年3月15日）__ 297

致郁达夫（1939年5月24日）__ 302

家书（1942年3月10日）__ 304

致赵清阁（1955年4月25日）__ 306

小 说

微　神

　　清明已过了,大概是;海棠花不是都快开齐了吗?今年的节气自然是晚了一些,蝴蝶们还很弱;蜂儿可是一出世就那么挺拔,好像世界确是甜蜜可喜的。天上只有三四块不大也不笨重的白云,燕儿们给白云上钉小黑丁字玩呢。没有什么风,可是柳枝似乎故意的转摆,像逗弄着四外的绿意。田中的晴绿轻轻的上了小山,因为娇弱怕累得慌,似乎是,越高绿色越浅了些;山顶上还是些黄多于绿的纹缕呢。山腰中的树,就是不绿的也显出柔嫩来,山后的蓝天也是暖和的,不然,雁们为何唱着向那边排着队去呢?石凹藏着些怪害羞的三月兰,叶儿还赶不上花朵大。

　　小山的香味只能闭着眼吸取,省得劳神去找香气的来源,你看,连去年的落叶都怪好闻的。那边有几只小白山羊,叫的声儿恰巧使欣喜不至过度,因为有些悲意。偶尔走过一只来,没长犄角就留下须的小动物,向一块大石发了会儿楞,又颠颠着俏式的小尾巴跑了。

　　我在山坡上晒太阳,一点思念也没有,可是自然而然的从心中滴下些诗的珠子,滴在胸中的绿海上,没有声响,只有些波纹是走不到腮上便散了的微笑;可是始终也没成功一整句。一个诗的宇宙里,连我自己好似只是诗的什么地方的一个小符号。

越晒越轻松,我体会出蝶翅是怎样的欢欣。我搂着膝,和柳枝同一律动前后左右的微动,柳枝上每一黄绿的小叶都是听着春声的小耳勺儿。有时看看天空,啊,谢谢那块白云,它的边上还有个小燕呢,小得已经快和蓝天化在一处了,像万顷蓝光中的一粒黑痣,我的心灵像要往哪儿飞似的。

远处山坡的小道,像地图上绿的省分里一条黄线。往下看,一大片麦田,地势越来越低,似乎是由山坡上往那边流动呢,直到一片暗绿的松树把它截住,很希望松林那边是个海湾。及至我立起来,往更高处走了几步,看看,不是;那边是些看不甚清的树,树中有些低矮的村舍;一阵小风吹来极细的一声鸡叫。

春晴的远处鸡声有些悲惨,使我不晓得眼前一切是真还是虚,它是梦与真实中间的一道用声音作的金线;我顿时似乎看见了个血红的鸡冠;在心中,村舍中,或是哪儿,有只——希望是雪白的——公鸡。

我又坐下了;不,随便的躺下了。眼留着个小缝收取天上的蓝光,越看越深,越高;同时也往下落着光暖的蓝点,落在我那离心不远的眼睛上。不大一会儿;我便闭上了眼,看着心内的晴空与笑意。

我没睡去,我知道已离梦境不远,但是还听得清清楚楚小鸟的相唤与轻歌。说也奇怪,每逢到似睡非睡的时候,我才看见那块地方——不晓得一定是哪里,可是在入梦以前它老是那个样儿浮在眼前。就管它叫作梦的前方吧。

这块地方并没有多大,没有山,没有海。像一个花园,可又没有清楚的界限。差不多是个不甚规则的三角,三个尖端浸在流动的黑暗里。一角上——我永远先看见它——是一片金黄与大红的花,密密层层的;没有阳光,一片红黄的后面便全是黑暗,可是黑的背景使红黄更加深厚,就好像大黑瓶上画着红牡丹,深厚得至于使美中有一点点恐怖。黑暗的背景,我明白了,使红黄的一片抱住了自己的彩色,不向四外走射一点;况且没有阳光,彩色不飞入空中,而完全贴染在地上。我老先看见这块,一看见它,其余的便不看也会知道的,正好像一看见香山,准知道碧云寺在哪儿藏着呢。

其余的两角,左边是一个斜长的土坡,满盖着灰紫的野花,在不漂亮中有些深厚的力量,或者月光能使那灰的部分多一些银色而显出点诗的灵空;但是我不记得在哪儿有个小月亮。无论怎样,我也不厌恶它。不,我爱这个似乎被霜弄暗了的紫色,像年轻的母亲穿着暗紫长袍。右边的一角是最漂亮的,一个小草房,门前有一架细蔓的月季,满开着单纯的花,全是浅粉的。

设若我的眼由左向右转,灰紫,红黄,浅粉,像是由秋看到初春,时节倒流;生命不但不是由盛而衰,反倒是以玫瑰作香色双艳的结束。

三角的中间是一片绿草,深绿,软厚,微湿;每一短叶都向上挺着,似乎是听着远处的雨声。没有一点风,没有一个飞动的小虫;一个鬼艳的小世界,活着的只有颜色。

在真实的经验中,我没见过这么个境界。可是它永远存在,在我的梦前。英格兰的深绿,苏格兰的紫草小山,德国黑林的幽晦,或者是它的祖先们,但是谁准知道呢。从赤道附近的浓艳中减去阳光,也有点像它,但是它又没有虹样的蛇与五彩的禽,算了吧,反正我认识它。

我看见它多少多少次了。它和"山高月小,水落石出",是我心中的一对画屏。可是我没到那个小房里去过。我不是被那些颜色吸引得不动一动,便是由它的草地上恍惚的走入另种色彩的梦境。它是我常遇到的朋友,彼此连姓名都晓得,只是没细细谈过心。我不晓得它的中心是什么颜色的,是含着一点什么神秘的音乐——真希望有点响动!

这次我决定了去探险。

一想到了月季花下,或也因为怕听我自己的足音?月季花对于我是有些端阳前后的暗示,我希望在哪儿贴着张深黄纸,印着个朱红的判官,在两束香艾的中间。没有。只在我心中听见了声"樱桃"的吆喝。这个地方是太静了。

小房子的门闭着。窗上门上都挡着牙白的帘儿,并没有花影,因为阳光不足。里边什么动静也没有,好像它是寂寞的发源地。轻轻的推开门,静寂与整洁双双的欢迎我进去,是,欢迎我;室中的一切是"人"的,假如外面景物是"鬼"的——希望我没用上过于强烈的字。

一大间,用幔帐截成一大一小的两间。幔帐也是牙白的,上面绣着些小蝴蝶。外间只有一条长案,一个小椭圆桌儿,一把椅子,全是暗草色的,没有油饰过。椅上的小垫是浅绿的,桌上有几本书。案上有一盆小松,两方古铜镜,锈色比小松浅些。内间有一个小床,罩着一块快垂到地上的绿毯。床首悬着一个小篮,有些快干的茉莉花。地上铺着一块长方的蒲垫,垫的旁边放着双绣白花的小绿拖鞋。

我的心跳起来了!我决不是入了济慈的复杂而光灿的诗境;平淡朴美是此处的音调,也决不是辜勒律芝的幻境,因为我认识那只绣着白花的小绿拖鞋。

爱情的故事永远是平凡的,正如春雨秋霜那样平凡。可是平凡的人们偏爱在这些平凡的事中找些诗意;那么,想必是世界上多数的事物是更缺乏色彩的;可怜的人们!希望我的故事也有些应有的趣味吧。

没有像那一回那么美的了。我说"那一回",因为在那一天那一会儿的一切都是美的。她家中的那株海棠花正开成一个大粉白的雪球;沿墙的细竹刚拔出新笋;天上一片娇晴;她的父母都没在家;大白猫在花下酣睡。听见我来了,她像燕儿似的从帘下飞出来;没顾得换鞋,脚下一双小绿拖鞋像两片嫩绿的叶儿。她喜欢得像晨起的阳光,腮上的两片苹果比往常红着许多倍,似乎有两颗香红的心在脸上开了两个小井,溢着红润的胭脂泉。那时她还梳着长黑辫。

她父母在家的时候,她只能隔着窗儿望我一望,或是设法在我走去的时节,和我笑一笑。这一次,她就像一个小猫遇上了个好玩的伴儿;我一向不晓得她"能"这样的活泼。在一同往屋中走的工夫,她的肩挨上了我的。我们都才十七岁。我们都没说什么,可是四只眼彼此告诉我们是欣喜到万分。我最爱看她家壁上那张工笔百鸟朝凤;这次,我的眼匀不出工夫来。我看着那双小绿拖鞋;她往后收了收脚,连耳根儿都有点红了;可是仍然笑着。我想问她的功课,没问;想问新生的小猫有全白的没有,没问;心中的问题多了,只是口被一种什么力量给封起来,我知道她也是如此,因为看见她的白润的脖儿直微微的动,似乎要将些不相干的言语咽下去,而真值得一说的又不好意思说。

她在临窗的一个小红木凳上坐着,海棠花影在她半个脸上微动。有时候她微向窗外看看,大概是怕有人进来。及至看清没人,她脸上的花影都被欢悦给浸渍得红艳了。她的两手交换着轻轻的摸小凳的沿,显着不耐烦,可是欢喜的不耐烦。最后,她深深的看了我一眼,极不愿意而又不得不说的说,"走吧"!我自己已忘了自己,只看见,不是听见,两个什么字由她的口中出来?可是在心的深处猜对那两个字的意思,因为我也有点那样的关切。我的心不愿动,我的脑知道非走不可。我的眼钉住了她的。她要低头,还没低下去,便又勇敢的抬起来,故意的,不怕的,羞而不肯的羞,迎着我的眼。直到不约而同的垂下头去,又不约而同的抬起来,又那么看。心似乎已碰着心。

我走,极慢的,她送我到帘外,眼上蒙了一层露水。我走到二门,回了回头,她已赶到海棠花下。我像一个羽毛似的飘荡出去。

以后,再没有这种机会。

有一次,她家中落了,并不使人十分悲伤的丧事。在灯光下我和她说了两句话。她穿着一身孝衣。手放在胸前,摆弄着孝衣的扣带。站得离我很近,几乎能彼此听得见脸上热力的激射,像雨后的禾谷那样带着声儿生长。可是,只说了两句极没有意思的话——口与舌的一些动作;我们的心并没管它们。

我们都二十二岁了,可是五四运动还没降生呢。男女的交际还不是普通的事。我毕业后便作了小学的校长,平生最大的光荣,因为她给了我一封贺信。信笺的末尾——印着一枝梅花——她注了一行:不要回信。我也就没敢写回信。可是我好像心中燃着一束火把,无所不尽其极的整顿学校。我拿办好了学校作给她的回信;她也在我的梦中给我鼓着得胜的掌——那一对连腕也是玉的手!

提婚是不能想的事。许多许多无意识而有力量的阻碍,像个专以力气自雄的恶虎,站在我们中间。

有一件足以自慰的,我那系着心的耳朵始终没听到她的定婚消息。还有件比这更好的,我兼任了一个平民学校的校长,她担任着一点功课。我只希望能时时见到她,不求别的。她呢,她知道怎么躲避我——已经是个二十岁的大姑娘。她失去了十七八岁时的天真与活泼,可是增加了女子的尊严与神秘。

又过了二年,我上了南洋。到她家辞行的那天,她恰巧没在家。

在外国的几年中,我无从打听她的消息。直接通信是不可能的。间接的探问,又不好意思。只好在梦里相会了。说也奇怪,我在梦中的女性永远是"她"。梦境的不同使我有时悲泣,有时狂喜;恋的幻境里也自有种味道。她,在我的梦中,还是十七岁时的样子:小圆脸,眉眼清秀中带着一点媚意。身量不高!处处都那么柔软,走路非常的轻巧。那一条长黑的发辫,造成最动心的一个背影。我也记得她梳起头来的样儿,但是我总梦见那带辫的背影。

回国后,自然先探听她的一切。一切消息都像谣言她已作了暗娼!

就是这种刺心的消息,也没减少我的情热;不,我反倒更想见她,更想帮助她。我到她家去。已不在那里住,我只由墙外看见那株海棠树的一部分。房子早已卖掉了。

到底我找到她了。她已剪了发,向后梳拢着,在项部有个大绿梳子。穿着一件粉红长袍,袖子仅到肘部,那双臂,已不是那么活软的了。脸上的粉很厚,脑门和眼角都有些摺子。可是她还笑得很好看,虽然一点活泼的气象也没有了。设若把粉和油都去掉,她大概最好也只像个产后的病妇。她始终没正眼看我一次,虽然脸上并没有羞愧的样子,她也说也笑,只是心没在话与笑中,好像完全应酬我。我试着探问她些问题与经济状况,她不大愿意回答。她点着一枝香烟,烟很灵通的从鼻孔出来,她把左膝放在右膝上,仰着头看烟的升降变化,极无聊而又显着刚强,我的眼湿了,她不会看不见我的泪,可是她没有任何表示。她不住的看自己的手指甲,又轻轻的向后按头发,似乎她只是为她们活着呢。提到家中的人,她什么没告诉我。我只好走吧。临出来的时候,我把住址告诉给她——深愿她求我,或是命令我,作点事。她似乎根本没往心里听,一笑,眼看看别处,没有往外送我的意思。她以为我是出去了,其实我是立在门口没动,这么着,她一回头,我们对了眼光。只是那么一擦似的她转过头去。

初恋是青春的第一朵花,不能随便掷弃。我托人给她送了点钱去,留下了,并没有回话。

朋友们看出我的悲苦来,眉头是最会卖人的。他们善意的给我介绍女友,惨笑的摇首是我的回答。我得等着她。初恋像幼年的宝贝永远是最甜蜜的,不管那个宝贝是一个小布人,还是几块小石子。慢慢的,我开始和几个最知己的朋友谈论她,他们看在我的面上没说她什么,可是假装闹着玩似的暗刺我,他们看我太愚,也就是说她不配一恋。他们越这样,我越坚固。是她打开了我的爱的园门,我得和她走到山穷水尽。怜比爱少着些味道,可是更多着些人情。不久,我托友人向她说明,我愿意娶她。我自己没胆量去。友人回来,带回来她的几声狂笑。她没说别的,只狂笑了一阵。她是笑谁?笑我的愚,很好,多情的人不是每每有些傻气吗?这足以使人得意。笑她自己,那只是因为不好意思哭,过度的悲郁使人狂笑。

愚痴给我些力量,我决定自己去见她。要说的话都详细的编制好,演习了许多次,我告诉自己——只许胜,不许败。她没在家。又去了两次,都没见着。第四次去,屋门里停着小小的一口薄棺材,装着她。她是因打胎而死。

一篮最鲜的玫瑰,瓣上带着我心上的泪,放在她的灵前,结束了我的初恋,打开终生的虚空。为什么她落到这般光景?我不愿再打听。反正她在我心中永远不死。

我正呆看着那双小绿拖鞋,我觉得背后的幔帐动了一动。一回头,帐子上绣的小蝴蝶在她的头上飞动呢。她还是十七八时的模样,还是那么轻巧,像仙女飞降下来还没十分立稳那样立着。我往后退了一步,似乎是怕一往前凑就能把她吓跑。这一退的功夫,她变了,变成二十多岁的样子。她也往后退了,随退随着脸上加着皱纹。她狂笑起来。我坐在那个小床上。刚坐下,我又起来了,扑过她去,极快;她在这极短的时间内,又变回十七岁时的样子。在一秒钟里我看见她半生的变化,她像是不受时间的拘束。我坐在椅子上,她坐在我的怀中。我自己也恢复了十五六年前脸血的红色,我觉得出。我们就这样坐着,听着彼此心血的潮荡。不知有多么久。最后,我找到音声,唇贴着她的耳边,问:

"你独自住在这里?"

"我不住在这里;我住在这儿,"她指着我的心说。

"始终你没忘了我,那么?"我握紧了她的手。

"被别人吻的时候,我心中看着你!"

"可是你许别人吻你?"我并没有一点妒意。

"爱在心里,唇不会闲着;谁教你不来吻我呢?"

"我不是怕得罪你的父母吗?不是我上了南洋吗?"

她点了点头,可是"怕你失去一切,隔离使爱的心慌了"。

她告诉了我,她死前的光景。在我出国的那一年,她的母亲死去。她比较得自由了一些。出墙的花枝自会招来蜂蝶,有人便追求她,她还想念着我,可是肉体往往比爱少些忍耐力,爱的花不都是梅花。她接受了一个青年的爱,因为他长得像我。他非常的爱她,可是她还忘不了我,肉体的获得不就是爱的满足,相似的音貌不能代替爱的真形。他疑心了,她承认了她的心是在南洋。他们俩断绝了关系。这时候,她父亲的财产全丢了。她非嫁人不可。她把自己卖给一个阔家公子,为是供给她的父亲。

"你不会去教学挣钱?"我问。

"我只能教小学,那点薪水还不够父亲买烟吃的!"

我们俩都楞起来。我是想:假使我那时候回来,以我的经济能力说;能供给得起她的父亲吗?我还不是大睁白眼的看着她卖身?

"我把爱藏在心中,"她说,"拿肉体挣来的茶饭营养着它。我深恐肉体死了,爱便不存在,其实我是错了;先不用说这个吧。他非常的妒忌,永远跟着我,无论我是干什么,上哪儿去,他老随着我。他找不出我的破绽来,可是觉得出我是不爱他。慢慢的,他由讨厌变为公开的辱骂我,甚至于打我,他逼得我没法不承认我的心是另有所寄。忍无可忍也就顾不及饭碗问题了。他把我赶出来,连一件长衫也没给我留。我呢,父亲照样和我要钱,我自己得吃得穿,而且我一向是吃好的穿好的惯了。为满足肉体,还得利用肉体,身体是现成的本钱。凡给我钱的便买去我点筋肉的笑。我很会笑;我照着镜子练习那迷人的笑。环境的不同使人作退一步想,这样零卖,到是比终日叫那一个阔公子管着强一些。在街上,有多少人指着我的后影叹气,可是我到底是自由的,甚至是自傲的,有时候我与些打扮得不漂亮的女子遇上,我也有些得意。我一共打过四次胎,但是创痛过去便又笑了。

"最初。我颇有一些名气,因为我既是作过富宅的玩物,又能识几个字,新派旧派的人都愿来照顾我,我没工夫去思想。甚至于不想积蓄一点钱,我完全为我的服装香粉活着。今天的漂亮是今天的生活。明天自有明天管照着自己,身体的疲倦,只管眼前的刺激,不顾将来,不久,这种生活也不能维持了。父亲的烟是无底的深坑。打胎需要许多花费。以前不想剩钱;钱自然不会自己剩下。我连一点无聊的傲气也不敢存了。我得极下贱的去找钱了,有时候是明抢。有人指着我的后影叹气,我也回头向他笑一笑了。打一次胎增加两三岁。镜子是不欺人的,我已老丑了。疯狂足以补足衰老。我尽着肉体的所能伺候人们,不然,我没有生意。我敞着门睡着,我是大众的,不是我自己的,一天廿四小时,什么时间也可以买我的身体。我消失在欲海里。在清醒的世界中我并不存在。我看着人们在我身上狂动,我的手指算计着钱数。我不思想,只是盘算——怎能多进五毛钱。我不哭,哭不好看。只为钱着急,不管我自己。"

她休息了一会儿,我的泪已滴湿她的衣襟。

"你回来了!"她继续着说:"你也三十多了;我记得你是十七岁的小学生。你的眼已不是那年——多少年了?——看我那双绿拖鞋的眼。可是,多少还是你自己,我,早已死了。你可以继续作那初恋的梦,我已无梦可作。我始终一点也不怀疑,我知道你要是回来,必定要我。及至见着你,我自己已找不到我自己,拿什么给你呢？你没回来的时候，我永远不拒绝，不论是对谁说，我是爱你；你回来了，我只好狂笑。单等我落到这样，你才回来，这不是有意戏弄人？假如你永远不回来，我老有个南洋作我的梦景，你老有个我在你的心中，岂不很美？你偏偏的回来了，而且回来这样迟——"

"可是来迟了并不就是来不及了，"我插了一句。

"晚了就是来不及了。我杀了自己。"

"什吗？"

"我杀了我自己。我命定的只能住在你心中，生存在一首诗里，生死有什么区别？在打胎的时候我自己下了手。有你在我左右，我没法子再笑。不笑，我怎么挣钱？只有一条路，名字叫死。你回来迟了，我别再死迟了；我再晚死一会儿，我便连住在你心中的希望也没有了。我住在这里，这里便是你的心。这里没有阳光，没有声响，只有一些颜色。颜色是更持久的，颜色画成咱们的记忆。看那双小鞋，绿的，是点颜色，你我永远认识它们。"

"但是我也记得那双脚。许我看看吗？"

她笑了，摇摇头。

我很坚决，我握住她的脚，扯下她的袜，露出没有肉的一支白脚骨。

"去吧"她推了我一把。"从此你我无缘再见了！我愿住在你的心中，现在不行了；我愿在你心中永远是青春。"

太阳已往西斜去；风大了些，也凉了些，东方有些黑云。春光在一个梦中惨淡了许多。我立起来，又看见那片暗绿的松树。立了不知有多久。远处来了些蠕动的小人，随着一些听不甚真的音乐。越来越近了,田中惊起许多白翅的鸟,哀鸣着向山这边飞。我看清了,一群人们匆匆的走,带起一些灰土。三五鼓手在前,几个白衣的在后,最后是一口棺材。春天也要埋人的。撒起一把纸钱,蝴蝶似的落在麦田上。东方的黑云更厚了,柳条的绿色加深了许多,绿得有些凄惨。心中茫然,只想起那双小绿拖鞋。像两片树叶在永生的树上作着春梦。

(收入《赶集》,良友图书印刷公司 1934 年 9 月初版)

月 牙 儿

一

是的,我又看见月牙儿了,带着点寒气的一钩儿浅金。多少次了,我看见跟现在这个月牙儿一样的月牙儿;多少次了。它带着种种不同的感情,种种不同的景物,当我坐定了看它,它一次一次的在我记忆中的碧云上斜挂着。它唤醒了我的记忆,像一阵晚风吹破一朵欲睡的花。

二

那第一次,带着寒气的月牙儿确是带着寒气。它第一次在我的云中是酸苦,它那一点点微弱的浅金光儿照着我的泪。那时候我也不过是七岁吧,一个穿着短红棉袄的小姑娘。戴着妈妈给我缝的一顶小帽儿,蓝布的,上面印着小小的花,我记得。我倚着那间小屋的门垛,看着月牙儿。屋里是药味,烟味,妈妈的眼泪,爸爸的病;我独自在台阶上看着月牙,没人招呼我,没人顾得给我作晚饭。我晓得屋里的惨凄,因为大家说爸爸的病……可是我更感觉自己的悲惨,我冷,饿,没人理我。一直的我立到月牙儿落下去。什么也没有了,我不能不哭。可是我的哭声被妈妈的压下去;爸,不出声了,面上蒙了块白布。我要掀开白布,再看看爸,可是我不敢。屋里只是那么点点地方,都被爸占了去。妈妈穿上白衣,我的红袄上也罩了个没缝襟边的白袍,我记得,因为不断地撕扯襟边上的白丝儿。大家都很忙,嚷嚷的声儿很高,哭得很恸,可是事情并不多,也似乎值不得嚷:爸爸就装入那么一个四块薄板的棺材里,到处都是缝子。然后,五六个人把他抬了走。妈和我在后边哭。我记得爸,记得爸的木匣。那个木匣结束了爸的一切:每逢我想起爸来,我就想到非打开那个木匣不能见着他。但是,那木匣是深深地埋在地里,我明知在城外哪个地方埋着它,可又像落在地上的一个雨点,似乎永难找到。

三

妈和我还穿着白袍,我又看见了月牙儿。那是个冷天,妈妈带我出城去看爸的坟。妈拿着很薄很薄的一摞儿纸。妈那天对我特别的好,我走不动便背我一程,到城门上还给我买了一些炒栗子。什么都是凉的,只有这些栗子是热的;我舍不得吃,用它们热我的手。走了多远,我记不清了,总该是很远很远吧。在爸出殡的那天,我似乎没觉得这么远,或者是因为那天人多;这次只是我们娘儿俩,妈不说话,我也懒得出声,什么都是静寂的;那些黄土路静寂得没有头儿。天是短的,我记得那个坟:小小的一堆儿土,远处有一些高土岗儿,太阳在黄土岗儿上头斜着。妈妈似乎顾不得我了,把我放在一旁,抱着坟头儿去哭。我坐在坟头的旁边,弄着手里那几个栗子。妈哭了一阵,把那点纸焚化了,一些纸灰在我眼前卷成一两个旋儿,而后懒懒地落在地上;风很小,可是很够冷的。妈妈又哭起来。我也想爸,可是我不想哭他;我倒是为妈妈哭得可怜而也落了泪。过去拉住妈妈的手:"妈不哭!不哭!"妈妈哭得更恸了。她把我搂在怀里。眼看太阳就落下去,四外没有一个人,只有我们娘儿俩。妈似乎也有点怕了,含着泪,扯起我就走,走出老远,她回头看了看,我也转过身去:爸的坟已经辨不清了;土岗的这边都是坟头,一小堆一小堆,一直摆到土岗底下。妈妈叹了口气。我们紧走慢走,还没有走到城门,我看见了月牙儿。四外漆黑,没有声音,只有月牙儿放出一道儿冷光。我乏了,妈妈抱起我来。怎样进的城,我就不知道了,只记得迷迷糊糊的天上有个月牙儿。

四

刚八岁,我已经学会了去当东西。我知道,若是当不来钱,我们娘儿俩就不要吃晚饭;因为妈妈但凡有点主意,也不肯叫我去。我准知道她每逢交给我个小包,锅里必是连一点粥底儿也看不见了。我们的锅有时干净得像个体面的寡妇。这一天,我拿的是一面镜子。只有这件东西似乎是不必要的,虽然妈妈天天得用它。这是个春天,我们的棉衣都刚脱下来就入了当铺。我拿着这面镜子,我知道怎样小心,小心而且要走得快,当铺是老早就上门的。我怕当铺的那个大红门,那个大高长柜台。一看见那个门,我就心跳。可是我必须进去,似乎是爬进去,那个高门坎儿是那么高。我得用尽了力量,递上我的东西,还得喊:"当当!"得了钱和当票,我知道怎样小心的拿着,快快回家,晓得妈妈不放心。可是这一次,当铺不要这面镜子,告诉我再添一号来。我懂得什么叫"一号"。把镜子搂在胸前,我拚命的往家跑。妈妈哭了;她找不到第二件东西。我在那间小屋住惯了,总以为东西不少;及至帮着妈妈一找可当的衣物,我的小心里才明白过来,我们的东西很少,很少。妈妈不叫我去了。可是"妈妈咱们吃什么呢?"妈妈哭着递给我她头上的银簪——只有这一件东西是银的。我知道,她拔下过来几回,都没肯交给我去当。这是妈妈出门子时,姥姥家给的一件首饰。现在,她把这末一件银器给了我,叫我把镜子放下。我尽了我的力量赶回当铺,那可怕的大门已经严严地关好了。我坐在那门墩上,握着那根银簪。不敢高声地哭,我看着天,啊,又是月牙儿照着我的眼泪!哭了好久,妈妈在黑影中来了,她拉住了我的手,呕,多么热的手,我忘了一切的苦处,连饿也忘了,只要有妈妈这只热手拉着我就好。我抽抽搭搭地说:"妈!咱们回家睡觉吧。明儿早上再来!"妈一声没出。又走了一会儿:"妈!你看这个月牙;爸死的那天,它就是这么歪歪着。为什么老这么斜着呢?"妈还是一声没出,她的手有点颤。

五

妈妈整天地给人家洗衣裳。我老想帮助妈妈,可是插不上手。我只好等着妈妈,非到她完了事,我不去睡。有时月牙儿已经上来,她还哼哧哼哧地洗。那些臭袜子,硬牛皮似的,都是铺子里的伙计们送来的。妈妈洗完这些"牛皮"就吃不下饭去。我坐在她旁边,看着月牙,蝙蝠专会在那条光儿底下穿过来穿过去,像银线上穿着个大菱角,极快的又掉到暗处去。我越可怜妈妈,便越爱这个月牙,因为看着它,使我心中痛快一点。它在夏天更可爱,它老有那么点凉气,像一条冰似的。我爱它给地上的那点小影子,一会儿就没了;迷迷糊糊的不甚清楚,及至影子没了,地上就特别的黑,星也特别的亮,花也特别的香——我们的邻居有许多花木,那棵高高的洋槐总把花儿落到我们这边来,像一层雪似的。

六

妈妈的手起了层鳞,叫她给搓搓背顶解痒痒了。可是我不敢常劳动她,她的手是洗粗了的。她瘦,被臭袜子熏的常不吃饭。我知道妈妈要想主意了,我知道。她常把衣裳推到一边,楞着。她和自己说话。她想什么主意呢?我可是猜不着。

七

妈妈嘱咐我不叫我别扭,要乖乖地叫"爸":她又给我找到一个爸。这是另一个爸,我知道,因为坟里已经埋好一个爸了。妈嘱咐我的时候,眼睛看着别处。她含着泪说:"不能叫你饿死!"呕,是因为不饿死我,妈才另给我找了个爸!我不明白多少事,我有点怕,又有点希望——果然不再挨饿的话。多么凑巧呢,离开我们那间小屋的时候,天上又挂着月牙。这次的月牙比哪一回都清楚,都可怕;我是要离开这住惯了的小屋了。妈坐了一乘红轿,前面还有几个鼓手,吹打得一点也不好听。轿在前边走,我和一个男人在后边跟着,他拉着我的手。那可怕的月牙放着一点光,仿佛在凉风里颤动。街上没有什么人,只有些野狗追着鼓手们咬;轿子走得很快。上哪去呢?是不是把妈抬到城外去,抬到坟地去?那个男人扯着我走,我喘不过气来,要哭都哭不出来。那男人的手心出了汗,凉得像个鱼似的,我要喊"妈",可是不敢。一会儿,月牙像个要闭上的一道大眼缝,轿子进了个小巷。

八

我在三四年里似乎没再看见月牙。新爸对我们很好,他有两间屋子,他和妈住在里间,我在外间睡铺板。我起初还想跟妈妈睡,可是几天之后,我反倒爱"我的"小屋了。屋里有白白的墙,还有条长桌,一把椅子。这似乎都是我的。我的被子也比从前的厚实暖和了。妈妈也渐渐胖了点,脸上有了红色,手上的那层鳞也慢慢掉净。我好久没去当当了。新爸叫我去上学。有时候他还跟我玩一会儿。我不知道为什么不爱叫他"爸",虽然我知道他很可爱。他似乎也知道这个,他常常对我那么一笑;笑的时候他有很好看的眼睛。可是妈妈偷告诉我叫爸,我也不愿十分的别扭。我心中明白,妈和我现在是有吃有喝的,都因为有这个爸,我明白。是的,在这三四年里我想不起曾经看见过月牙儿;也许是看见过而不大记得了。爸死时那个月牙,妈轿子前面那个月牙,我永远忘不了。那一点点光,那一点寒气,老在我心中,比什么都亮,都清凉,像块玉似的,有时候想起来仿佛能用手摸到似的。

九

我很爱上学。我老觉得学校里有不少的花,其实并没有;只是一想起学校就想到花罢了,正像一想起爸的坟就想起城外的月牙儿——在野外的小风里歪歪着。妈妈是很爱花的,虽然买不起,可是有人送给她一朵,她就顶喜欢地戴在头上。我有机会便给她折一两朵来;戴上朵鲜花,妈的后影还很年轻似的。妈喜欢,我也喜欢。在学校里我也很喜欢。也许因为这个,我想起学校便想起花来?

十

当我要在小学毕业那年,妈又叫我去当当了。我不知道为什么新爸忽然走了。他上了哪儿,妈似乎也不晓得。妈妈还叫我上学,她想爸不久就会回来的。他许多日子没回来,连封信也没有。我想妈又该洗臭袜子了,这使我极难受。可是妈妈并没这么打算。她还打扮着,还爱戴花;奇怪! 她不落泪,反倒好笑;为什么呢? 我不明白! 好几次,我下学来,看她在门口儿立着。又隔了不久,我在路上走,有人"嗨"我了:"嗨! 给你妈捎个信儿去!""嗨! 你卖不卖呀? 小嫩的!"我的脸红得冒出火来,把头低得无可再低。我明白,只是没办法。我不能问妈妈,不能。她对我很好,而且有时候极郑重地说我:"念书! 念书!"妈是不识字的,为什么这样催我念书呢? 我疑心;又常由疑心而想到妈是为我才作那样的事。妈是没有更好的办法。疑心的时候,我恨不能骂妈妈一顿。再一想,我要抱住她,央告她不要再作那个事。我恨自己不能帮助妈妈。所以我也想到:我在小学毕业后又有什么用呢?我和同学们打听过了,有的告诉我,去年毕业的有好几个作姨太太的。有的告诉我,谁当了暗门子。我不大懂这些事,可是由她们的说法,我猜到这不是好事。她们似乎什么都知道,也爱偷偷地谈论她们明知是不正当的事——这些事叫她们的脸红红的而显出得意。我更疑心妈妈了,是不是等我毕业好去作……这么一想,有时候我不敢回家,我怕见妈妈。妈妈有时候给我点心钱,我不肯花,饿着肚子去上体操,常常要晕过去。看着别人吃点心,多么香甜呢!可是我得省着钱,万一妈妈叫我去……我可以跑,假如我手中有钱。我最阔的时候,手中有一毛多钱!在这些时候,即使在白天,我也有时望一望天上,找我的月牙儿呢。我心中的苦处假若可以用个形状比喻起来,必是个月牙儿形的。它无倚无靠的在灰蓝的天上挂着,光儿微弱,不大会儿便被黑暗包住。

十一

叫我最难过的是我慢慢地学会了恨妈妈。可是每当我恨她的时候,我不知不觉地便想起她背着我上坟的光景。想到了这个,我不能恨她了。我又非恨她不可。我的心像——还是像那个月牙儿,只能亮那么一会儿,而黑暗是无限的。妈妈的屋里常有男人来了,她不再躲避着我。他们的眼像狗似地看着我,舌头吐着,垂着涎。我在他们的眼中是更解馋的,我看出来。在很短的期间,我忽然明白了许多的事。我知道我得保护自己,我觉出我身上好像有什么可贵的地方,我闻得出我已有一种什么味道,使我自己害羞,多感。我身上有了些力量，可以保护自己，也可以毁了自己。我有时很硬气，有时候很软。我不知怎样好。我愿爱妈妈，这时候我有好些必要问妈妈的事，需要妈妈的安慰；可是正在这个时候，我得躲着她，我得恨她；要不然我自己便不存在了。当我睡不着的时节，我很冷静地思索，妈妈是可原谅的。她得顾我们俩的嘴。可是这个又使我要拒绝再吃她给我的饭菜。我的心就这么忽冷忽热，像冬天的风，休息一会儿，刮得更要猛；我静候着我的怒气冲来，没法儿止住。

十二

　　事情不容我想好方法就变得更坏了。妈妈问我，"怎样？"假若我真爱她呢，妈妈说，我应该帮助她。不然呢，她不能再管我了。这不像妈妈能说得出的话，但是她确是这么说了。她说得很清楚："我已经快老了，再过二年，想白叫人要也没人要了！"这是对的，妈妈近来擦许多的粉，脸上还露出摺子来。她要再走一步，去专伺候一个男人。她的精神来不及伺候许多男人了。为她自己想，这时候能有人要她——是个馒头铺掌柜的愿要她——她该马上就走。可是我已经是个大姑娘了，不像小时候那样容易跟在妈妈轿后走过去了。我得打主意安置自己。假若我愿意"帮助"妈妈呢，她可以不再走这一步，而由我代替她挣钱。代她挣钱，我真愿意；可是那个挣钱方法叫我哆嗦。我知道什么呢，叫我像个半老的妇人那样去挣钱？！妈妈的心是狠的，可是钱更狠。妈妈不逼着我走哪条路，她叫我自己挑选——帮助她，或是我们娘儿俩各走各的。妈妈的眼没有泪，早就干了。我怎么办呢？

十三

我对校长说了。校长是个四十多岁的妇人,胖胖的,不很精明,可是心热。我是真没了主意,要不然我怎会开口述说妈妈的……我并没和校长亲近过。当我对她说的时候,每个字都像烧红了的煤球烫着我的喉,我哑了,半天才能吐出一个字。校长愿意帮助我。她不能给我钱,只能供给我两顿饭和住处——就住在学校和个老女仆作伴儿。她叫我帮助文书写写字,可是不必马上就这么办,因为我的字还需要练习。两顿饭,一个住处,解决了天大的问题。我可以不连累妈妈了。妈妈这回连轿也没坐,只坐了辆洋车,摸着黑走了。我的铺盖,她给了我。临走的时候,妈妈挣扎着不哭,可是心底下的泪到底翻上来了。她知道我不能再找她去,她的亲女儿。我呢,我连哭都忘了怎么哭了,我只咧着嘴抽达,泪蒙住了我的脸。我是她的女儿、朋友、安慰,但是我帮助不了她,除非我得作那种我决不肯作的事。在事后一想,我们娘儿俩就像两个没人管的狗,为我们的嘴,我们得受着一切的苦处,好像我们身上没有别的,只有一张嘴。为这张嘴,我们得把其余一切的东西都卖了。我不恨妈妈了,我明白了。不是妈妈的毛病,也不是不该长那张嘴,是粮食的毛病,凭什么没有我们的吃食呢?这个别离,把过去一切的苦楚都压过去了。那最明白我的眼泪怎流的月牙这回会没出来,这回只有黑暗,连点萤火的光也没有。妈妈就在暗中像个活鬼似的走了,连个影子也没有。即使她马上死了,恐怕也不会和爸埋在一处了,我连她将来的坟在哪里都不会知道。我只有这么个妈妈,朋友。我的世界里剩下我自己。

十四

妈妈永不能相见了,爱死在我心里,像被霜打了的春花。我用心地练字,为是能帮助校长抄抄写写些不要紧的东西。我必须有用,我是吃着别人的饭。我不像那些女同学,她们一天到晚注意别人,别人吃了什么,穿了什么,说了什么;我老注意我自己,我的影子是我的朋友。"我"老在我的心上,因为没人爱我。我爱我自己,可怜我自己,鼓励我自己,责备我自己;我知道我自己,仿佛我是另一个人似的。我身上有一点变化都使我害怕,使我欢喜,使我莫名其妙。我在我自己手中拿着,像捧着一朵娇嫩的花。我只能顾目前,没有将来,也不敢深想。嚼着人家的饭,我知道那是晌午或晚上了,要不然我简直想不起时间来;没有希望,就没有时间。我好像钉在个没有日月的地方。想起妈妈,我晓得我曾经活了十几年。对将来,我不像同学们那样盼望放假,过节,过年;假期,节,年,跟我有什么关系呢?可是我的身体是往大了长呢,我觉得出。觉出我又长大了一些,我更渺茫,我不放心我自己。我越往大了长,我越觉得自己好看,这是一点安慰;美使我抬高了自己的身分。可是我根本没身分,安慰是先甜后苦的,苦到末了又使我自傲。穷,可是好看呢!这又使我怕:妈妈也是不难看的。

十五

我又老没看月牙了,不敢去看,虽然想看。我已毕了业,还在学校里住着。晚上,学校里只有两个老仆人,一男一女。他们不知怎样对待我好,我既不是学生,也不是先生,又不是仆人,可有点像仆人。晚上,我一个人在院中走,常被月牙给赶进屋来,我没有胆子去看它。可是在屋里,我会想象它是什么样,特别是在有点小风的时候。微风仿佛会给那点微光吹到我的心上来,使我想起过去,更加重了眼前的悲哀。我的心就好像在月光下的蝙蝠,虽然是在光的下面,可是自己是黑的;黑的东西,即使会飞,也还是黑的,我没有希望。我可是不哭,我只常皱着眉。

十六

我有了点进款:给学生织些东西,她们给我点工钱。校长允许我这么办。可是进不了许多,因为她们也会织。不过她们自己急于要用,而赶不来,或是给家中人打双手套或袜子,才来照顾我。虽然是这样,我的心似乎活了一点,我甚至想到:假若妈妈不走那一步,我是可以养活她的。一数我那点钱,我就知道这是梦想,可是这么想使我舒服一点。我很想看看妈妈。假若她看见我,她必能跟我来,我们能有方法活着,我想——可是不十分相信。我想妈妈,她常到我的梦中来。有一天,我跟着学生们去到城外旅行,回来的时候已经是下午四点多了。为是快点回来,我们抄了个小道。我看见了妈妈!在个小胡同里有一家卖馒头的,门口放着个元宝筐,筐上插着个顶大的白木头馒头。顺着墙坐着妈妈,身儿一仰一弯地拉风箱呢。从老远我就看见了那个大木馒头与妈妈,我认识她的后影。我要过去抱住她。可是我不敢,我怕学生们笑话我,她们不许我有这样的妈妈。越走越近了,我的头低下去,从泪中看了她一眼,她没看见我。我们一群人擦着她的身子走过去,她好像是什么也没看见,专心地拉她的风箱。走出老远,我回头看了看,她还在那儿拉呢。我看不清她的脸,只看到她的头发在额上披散着点。我记住这个小胡同的名儿。

十七

像有个小虫在心中咬我似的,我想去看妈妈,非看见她我心中不能安静。正在这个时候,学校换了校长。胖校长告诉我得打主意,她在这儿一天便有我一天的饭食与住处,可是她不能保险新校长也这么办。我数了数我的钱,一共是两块七毛零几个铜子。这几个钱不会叫我在最近的几天中挨饿,可是我上哪儿呢?我不敢坐在那儿呆呆地发愁,我得想主意。找妈妈去是第一个念头。可是她能收留我吗?假若她不能收留我,而我找了她去,即使不能引起她与那个卖馒头的吵闹,她也必定很难过。我得为她想,她是我的妈妈,又不是我的妈妈,我们母女之间隔着一层用穷作成的障碍。想来想去,我不肯找她去了。我应当自己担着自己的苦处。可是怎么担着自己的苦处呢?我想不起。我觉得世界很小,没有安置我与我的小铺盖卷的地方。我还不如一条狗,狗有个地方便可以躺下睡;街上不准我躺着。是的,我是人,人可以不如狗。假若我扯着脸不走,焉知新校长不往外撵我呢?我不能等着人家往外推。这是个春天。我只看见花儿开了,叶儿绿了,而觉不到一点暖气。红的花只是红的花,绿的叶只是绿的叶,我看见些不同的颜色,只是一点颜色;这些颜色没有任何意义,春在我的心中是个凉的死的东西。我不肯哭,可是泪自己往下流。

十八

我出去找事了。不找妈妈,不依赖任何人,我要自己挣饭吃。走了整整两天,抱着希望出去,带着尘土与眼泪回来。没有事情给我作。我这才真明白了妈妈,真原谅了妈妈。妈妈还洗过臭袜子,我连这个都作不上。妈妈所走的路是唯一的。学校里教给我的本事与道德都是笑话,都是吃饱了没事时的玩艺。同学们不准我有那样的妈妈,她们笑话暗门子;是的,她们得这样看,她们有饭吃。我差不多要决定了:只要有人给我饭吃,什么我也肯干;妈妈是可佩服的。我才不去死,虽然想到过;不,我要活着。我年轻,我好看,我要活着。羞耻不是我造出来的。

十九

这么一想,我好像已经找到了事似的。我敢在院中走了,一个春天的月牙在天上挂着。我看出它的美来。天是暗蓝的,没有一点云。那个月牙清亮而温柔,把一些软光儿轻轻送到柳枝上。院中有点小风,带着南边的花香,把柳条的影子吹到墙角有光的地方来,又吹到无光的地方去;光不强,影儿不重,风微微地吹,都是温柔,什么都有点睡意,可又要轻软地活动着。月牙下边,柳梢上面,有一对星儿好像微笑的仙女的眼,逗着那歪歪的月牙和那轻摆的柳枝。墙那边有棵什么树,开满了白花,月的微光把这团雪照成一半儿白亮,一半儿略带点灰影,显出难以想到的纯净。这个月牙是希望的开始,我心里说。

二十

　　我又找了胖校长去,她没在家。一个青年把我让进去。他很体面,也很和气。我平素很怕男人,但是这个青年不叫我怕他。他叫我说什么,我便不好意思不说;他么一笑,我心里就软了。我把找校长的意思对他说了,他很热心,答应帮助我。当天晚上,他给我送了两块钱来,我不肯收,他说这是他婶母——胖校长——给我的。他并且说他的婶母已经给我找好了地方住,第二天就可以搬过去。我要怀疑,可是不敢。他的笑脸好像笑到我的心里去。我觉得我要疑心便对不起人,他是那么温和可爱。

二十一

　　他的笑唇在我的脸上,从他的头发上我看着那也在微笑的月牙。春风像醉了,吹破了春云,露出月牙与一两对儿春星。河岸上的柳枝轻摆,春蛙唱着恋歌,嫩蒲的香味散在春晚的暖气里。我听着水流,像给嫩蒲一些生力,我想象着蒲梗轻快地往高里长。小蒲公英在潮暖的地上生长。什么都在溶化着春的力量,然后放出一些香味。我忘了自己,我没了自己,像化在了那点春风与月的微光中。月儿忽然被云掩住,我想起来自己。我失去那个月牙儿,也失去了自己,我和妈妈一样了!

二十二

我后悔，我自慰，我要哭，我喜欢，我不知道怎样好。我要跑开，永不再见他；我又想他，我寂寞。两间小屋，只有我一个人，他每天晚上来。他永远俊美，老那么温和。他供给我吃喝，还给我作了几件新衣。穿上新衣，我自己看出我的美。可是我也恨这些衣服，又舍不得脱去。我不敢思想，也懒得思想，我迷迷糊糊的，腮上老有那么两块红。我懒得打扮，又不能不打扮，太闲在了，总得找点事作。打扮的时候，我怜爱自己；打扮完了，我恨自己。我的泪很容易下来，可是我设法不哭，眼终日老那么湿润润的，可爱。我有时候疯了似的吻他，然后把他推开，甚至于破口骂他；他老笑。

二十三

我早知道，我没希望；一点云便能把月牙遮住，我的将来是黑暗。果然，没有多久，春便变成了夏，我的春梦作到了头儿。有一天，也就是刚晌午吧，来了一个少妇。她很美，可是美得不玲珑，像个磁人儿似的。她进到屋中就哭了。不用问，我已明白了。看她那个样儿，她不想跟我吵闹，我更没预备着跟她冲突。她是个老实人。她哭，可是拉住我的手："他骗了咱们俩！"她说。我以为她也只是个"爱人"。不，她是他的妻。她不跟我闹，只口口声声的说："你放了他吧！"我不知怎么才好，我可怜这个少妇。我答应了她。她笑了。看她这个样儿，我以为她是缺个心眼，她似乎什么也不懂，只知道要她的丈夫。

二十四

我在街上走了半天。很容易答应那个少妇呀,可是我怎么办呢?他给我的那些东西,我不愿意要;既然要离开他,便一刀两断。可是,放下那点东西,我还有什么呢?我上哪儿呢?我怎么能当天就有饭吃呢?好吧,我得要那些东西,无法。我偷偷的搬了走。我不后悔,只觉得空虚,像一片云那样的无倚无靠。搬到一间小屋里,我睡了一天。

二十五

我知道怎样俭省,自幼就晓得钱是好的。凑合着手里还有那点钱,我想马上去找个事。这样,我虽然不希望什么,或者也不会有危险了。事情可是并不因我长了一两岁而容易找到。我很坚决,这并无济于事,只觉得应当如此罢了。妇女挣钱怎这么不容易呢!妈妈是对的,妇人只有一条路走,就是妈妈所走的路。我不肯马上就往么走,可是知道它在不很远的地方等着我呢。我越挣扎,心中越害怕。我的希望是初月的光,一会儿就要消失。一两个星期过去了,希望越来越小。最后,我去和一排年轻的姑娘们在小饭馆受选阅。很小的一个饭馆,很大的一个老板;我们这群都不难看,都是高小毕业的少女们,等皇赏似的,等着那个破塔似的老板挑选。他选了我。我不感谢他,可是当时确有点痛快。那群女孩子们似乎很羡慕我,有的竟自含着泪走去,有的骂声"妈的!"女人够多么不值钱呢!

二十六

我成了小饭馆的第二号女招待。摆菜、端菜、算账、报菜名,我都不在行。我有点害怕。可是"第一号"告诉我不用着急,她也都不会。她说,小顺管一切的事;我们当招待的只要给客人倒茶,递手巾把,和拿账条;别的不用管。奇怪!"第一号"的袖口卷起来很高,袖口的白里子上连一个污点也没有。腕上放着一块白丝手绢,绣着"妹妹我爱你"。她一天到晚往脸上拍粉,嘴唇抹得血瓢似的。给客人点烟的时候,她的膝往人家腿上倚;还给客人斟酒,有时候她自己也喝了一口。对于客人,有的她伺候得非常的周到;有的她连理也不理,她会把眼皮一搭拉,假装没看见。她不招待的,我只好去。我怕男人。我那点经验叫我明白了些,什么爱不爱的,反正男人可怕。特别是在饭馆吃饭的男人们,他们假装义气,打架似的让座让账;他们拚命的猜拳,喝酒;他们野兽似的吞吃,他们不必要而故意的挑剔毛病,骂人。我低头递茶递手巾,我的脸发烧。客人们故意的和我说东说西,招我笑;我没心思说笑。晚上九点多钟完了事,我非常的疲乏了。到了我的小屋,连衣裳没脱,我一直地睡到天亮。醒来,我心中高兴了一些,我现在是自食其力,用我的劳力自己挣饭吃。我很早的就去上工。

二十七

"第一号"九点多才来,我已经去了两点多钟。她看不起我,可也并非完全恶意地教训我:"不用那么早来,谁八点来吃饭?告诉你,丧气鬼,把脸别搭拉得那么长;你是女跑堂的,没让你在这儿送殡玩。低着头,没人多给酒钱;你干什么来了?不为挣子儿吗?你的领子太矮,咱这行全得弄高领子,绸子手绢,人家认这个!"我知道她是好意,我也知道设若我不肯笑,她也得吃亏,少分酒钱;小账是大家平分的。我也并非看不起她,从一方面看,我实在佩服她,她是为挣钱。妇女挣钱就得这么着,没第二条路。但是,我不肯学她。我仿佛看得很清楚:有朝一日,我得比她还开通,才能挣上饭吃。可是那得到了山穷水尽的时候;"万不得已"老在那儿等我们女人,我只能叫它多等几天。这叫我咬牙切齿,叫我心中冒火,可是妇女的命运不在自己手里。又干了三天,那个大掌柜的下了警告:再试我两天,我要是愿意往长了干呢,得照"第一号"那么办。"第一号"一半嘲弄,一半劝告的说:"已经有人打听你,干吗藏着乖的卖傻的呢?咱们谁不知道谁是怎着?女招待嫁银行经理的,有的是;你当是咱们低贱呢?闯开脸儿干呀,咱们也他妈的坐几天汽车!"这个,逼上我的气来,我问她:"你什么时候坐汽车?"她把红嘴唇撇得要掉下去:"不用你耍嘴皮子,干什么说什么;天生下来的香屁股,还不会干这个呢!"我干不了,拿了一块零五分钱,我回了家。

二十八

最后的黑影又向我迈了一步。为躲它,就更走近了它。我不后悔丢了那个事,可我也真怕那个黑影。把自己卖给一个人,我会。自从那回事儿,我很明白了些男女之间的关系。女人把自己放松一些,男人闻着味儿就来了。他所要的是肉,他发散了兽力,你便暂时有吃有穿;然后他也许打你骂你,或者停止了你的供给。女人就这么卖了自己,有时候还很得意,我曾经觉到得意。在得意的时候说的净是一些天上的话;过了会儿,你觉得身上的疼痛与丧气。不过,卖给一个男人,还可以说些天上的话;卖给大家,连这些也没法说了,妈妈就没说过这样的话。怕的程度不同,我没法接受"第一号"的劝告;"一个"男人到底使我少怕一点。可是,我并不想卖我自己。我并不需要男人,我还不到二十岁。我当初以为跟男人在一块儿必定有趣,谁知道到了一块他就要求那个我所害怕的事。是的,那时候我像把自己交给了春风,任凭人家摆布;过后一想,他是利用我的无知,畅快他自己。他的甜言蜜语使我走入梦里;醒过来,不过是一个梦,一些空虚;我得到的是两顿饭,几件衣服。我不想再这样挣饭吃,饭是实在的,实在地去挣好了。可是,若真挣不上饭吃,女人得承认自己是女人,得卖肉!一个多月,我找不到事作。

二十九

我遇见几个同学,有的升入了中学,有的在家里作姑娘。我不愿理她们,可是一说起话儿来,我觉得我比她们精明。原先,在学校的时候,我比她们傻;现在,"她们"显着呆傻了。她们似乎还都作梦呢。她们都打扮得很好,像铺子里的货物。她们的眼溜着年轻的男人,心里好像作着爱情的诗。我笑她们。是的,我必定得原谅她们,她们有饭吃,吃饱了当然只好想爱情,男女彼此织成了网,互相捕捉;有钱的,网大一些,捉住几个,然后从容地选择一个。我没有钱,我连个结网的屋角都找不到。我得直接地捉人,或是被捉,我比她们明白一些,实际一些。

三十

 有一天,我碰见那个小媳妇,像磁人似的那个。她拉住了我,倒好像我是她的亲人似的。她有点颠三倒四的样儿。"你是好人!你是好人!我后悔了,"她很诚恳地说,"我后悔了!我叫你放了他,哼,还不如在你手里呢!他又弄了别人,更好了,一去不回头了!"由探问中,我知道她和他也是由恋爱而结的婚,她似乎还很爱他。他又跑了。我可怜这个小妇人,她也是还作着梦,还相信恋爱神圣。我问她现在的情形,她说她得找到他,她得从一而终。要是找不到他呢?我问。她咬上了嘴唇,她有公婆,娘家还有父母,她没有自由,她甚至于羡慕我,我没有人管着。还有人羡慕我,我真要笑了!我有自由,笑话!她有饭吃,我有自由;她没自由,我没饭吃,我俩都是女人。

三十一

 自从遇上那个小磁人,我不想把自己专卖给一个男人了,我决定玩玩了;换句话说,我要"浪漫"地挣饭吃了。我不再为谁负着什么道德责任,我饿。浪漫足以治饿,正如同吃饱了才浪漫,这是个圆圈,从哪儿走都可以。那些女同学与小磁人都跟我差不多,她们比我多着一点梦想,我比她们更直爽,肚子饿是最大的真理。是的,我开始卖了。把我所有的一点东西都折卖了,作了一身新行头,我的确不难看。我上了市。

三十二

我想我要玩玩,浪漫。啊,我错了。我还是不大明白世故。男人并不像我想的那么容易勾引。我要勾引文明一些的人,要至多只赔上一两个吻。哈哈,人家不上那个当,人家要初次见面便得到便宜。还有呢,人家只请我看电影,或逛逛大街,吃杯冰激凌;我还是饿着肚子回家。所谓文明人,懂得问我在哪儿毕业,家里作什么事。那个态度使我看明白,他若是要你,你得给他相当的好处;你若是没有好处可贡献呢,人家只用一角钱的冰激凌换你一个吻。要卖,得痛痛快快地。我明白了这个。小磁人们不明白这个。我和妈妈明白,我很想妈了。

三十三

据说有些女人是可以浪漫地挣饭吃,我缺乏资本;也就不必再这样想了。我有了买卖。可是我的房东不许我再住下去,他是讲体面的人。我连瞧他也没瞧,就搬了家,又搬回我妈妈和新爸爸曾经住过的那两间房。这里的人不讲体面,可也更真诚可爱。搬了家以后,我的买卖很不错。连文明人也来了。文明人知道了我是卖,他们是买,就肯来了;这样,他们不吃亏,也不丢身分。初干的时候,我很害怕,因为我还不到二十岁。及至作过了几天,我也就不怕了。多咱他们像了一摊泥,他们才觉得上了算,他们满意,还替我作义务的宣传。干过了几个月,我明白的事情更多了,差不多每一见面,我就能断定他是怎样的人。有的很有钱,这样的人一开口总是问我的身价,表示他买得起我。他也很嫉妒,总想包了我;逛暗娼他也想独占,因为他有钱。对这样的人,我不大招待。他闹脾气,我不怕,我告诉他,我可以找上他的门去,报告给他的太太。在小学里念了几年书,到底是没白念,他唬不住我。"教育"是有用的,我相信了。有的人呢,来的时候,手里就攥着一块钱,唯恐上了当。对这种人,我跟他细讲条件,他就乖乖地回家去拿钱,很有意思。最可恨的是那些油子,不但不肯花钱,反倒要占点便宜走,什么半盒烟卷呀,什么一小瓶雪花膏呀,他们随手拿去。这种人还是得罪不的,他们在地面上很熟,得罪了他们,他们会叫巡警跟我捣乱。我不得罪他们,我喂着他们;及至我认识了警官,才一个个的收拾他们。世界就是狼吞虎咽的世界,谁坏谁就占便宜。顶可怜的是那像学生样儿的,袋里装着一块钱,和几十铜子,叮当地直响,鼻子上出着汗。我可怜他们,可是也照常卖给他们。我有什么办法呢!还有老头子呢,都是些规矩人,或者家中已然儿孙成群。对他们,我不知道怎样好;但是我知道他们有钱,想在死前买些快乐,我只好供给他们所需要的。这些经验叫我认识了"钱"与"人"。钱比人更厉害一些,人若是兽,钱就是兽的胆子。

三十四

我发现了我身上有了病。这叫我非常的苦痛,我觉得已经不必活下去了。我休息了,我到街上去走;无目的,乱走。我想去看看妈,她必能给我一些安慰,我想象着自己已是快死的人了。我绕到那个小巷,希望见着妈妈;我想起她在门外拉风箱的样子。馒头铺已经关了门。打听,没人知道搬到哪里去。这使我更坚决了,我非找到妈妈不可。在街上丧胆游魂地走了几天,没有一点用。我疑心她是死了,或是和馒头铺的掌柜的搬到别处去,也许在千里以外。这么一想,我哭起来。我穿好了衣裳,擦上了脂粉,在床上躺着,等死。我相信我会不久就死去的。可是我没死。门外又敲门了,找我的。好吧,我伺候他,我把病尽力地传给他。我不觉得这对不起人,这根本不是我的过错。我又痛快了些,我吸烟,我喝酒,我好像已是三四十岁的人了。我的眼圈发青,手心发热,我不再管;有钱才能活着,先吃饱再说别的吧。我吃得并不错,谁肯吃坏的呢!我必须给自己一点好吃食,一些好衣裳,这样才稍微对得起自己一点。

三十五

一天早晨,大概有十点来钟吧,我正披着件长袍在屋中坐着,我听见院中有点脚步声。我十点来钟起来,有时候到十二点才想穿好衣裳,我近来非常的懒,能披着件衣服呆坐一两个钟头。我想不起什么,也不愿想什么,就那么独自呆坐。那点脚步声,向我的门外来了,很轻很慢。不久,我看见一对眼睛,从门上那块小玻璃向里面看呢。看了一会儿,躲开了;我懒得动,还在那儿坐着。待了一会儿,那对眼睛又来了。我再也坐不住,我轻轻的开了门。"妈!"

三十六

我们母女怎么进了屋,我说不上来。哭了多久,也不大记得。

妈妈已老得不像样儿了。她的掌柜的回了老家,没告诉她,偷偷地走了,没给她留下一个钱。她把那点东西变卖了,辞退了房,搬到一个大杂院里去。她已找了我半个多月。最后,她想到上这儿来,并没希望找到我,只是碰碰看,可是竟自找到了我。她不敢认我了,要不是我叫她,她也许就又走了。哭完了,我发狂似的笑起来:她找到了女儿,女儿已是个暗娼!她养着我的时候,她得那样;现在轮到我养着她了,我得那样!女子的职业是世袭的,是专门的!

三十七

我希望妈妈给我点安慰。我知道安慰不过是点空话,可是我还希望来自妈妈的口中。妈妈都往往会骗人,我们把妈妈的诓骗叫作安慰。我的妈妈连这个都忘了。她是饿怕了,我不怪她。她开始检点我的东西,问我的进项与花费,似乎一点也不以这种生意为奇怪。我告诉她,我有了病,希望她劝我休息几天。没有;她只说出去给我买药。"我们老干这个吗?"我问她。她没言语。可是从另一方面看,她确是想保护我,心疼我。她给我作饭,问我身上怎样,还常常偷看我,像妈妈看睡着了的小孩那样。只是有一层她不肯说,就是叫我不用再干这行了。我心中很明白——虽然有一点不满意她——除了干这个,还想不到第二个事情作。我们母女得吃得穿——这个决定了一切。什么母女不母女,什么体面不体面,钱是无情的。

三十八

　　妈妈想照应我,可是她得听着看着人家蹂躏我。我想好好对待她,可是我觉得她有时候讨厌。她什么都要管管,特别是对于钱。她的眼已失去年轻时的光泽,不过看见了钱还能发点光。对于客人,她就自居为仆人,可是当客人给少了钱的时候,她张嘴就骂。这有时候使我很为难。不错,既干这个还不是为钱吗?可是干这个的也似乎不必骂人。我有时候也会慢待人,可是我有我的办法,使客人急不得恼不得。妈妈的方法太笨了,很容易得罪人。看在钱的面上,我们不应当得罪人。我的方法或者出于我还年轻,还幼稚;妈妈便不顾一切的单单站在钱上了,她应当如此,她比我大着好些岁。恐怕再过几年我也就这样了,人老心也跟着老,渐渐老得和钱一样的硬。是的,妈妈不客气。她有时候劈手就抢客人的皮夹,有时候留下人家的帽子或值钱一点的手套与手杖。我很怕闹出事来,可是妈妈说的好:"能多弄一个是一个,咱们是拿十年当作一年活着的,等七老八十还有人要咱们吗?"有时候,客人喝醉了,她便把他架出去,找个僻静地方叫他坐下,连他的鞋都拿回来。说也奇怪,这种人倒没有来找账的,想是已人事不知,说不定也许病一大场。或者事过之后,想过滋味,也就不便再来闹了,我们不怕丢人,他们怕。

三十九

　　妈妈是说对了:我们是拿十年当一年活着。干了二三年,我觉出自己是变了。我的皮肤粗糙了,我的嘴唇老是焦的,我的眼睛里老灰渌渌的带着血丝。我起来的很晚,还觉得精神不够。我觉出这个来,客人们更不是瞎子,熟客渐渐少起来。对于生客,我更努力的伺候,可是也更厌恶他们,有时候我管不住自己的脾气。我暴躁,我胡说,我已经不是我自己了。我的嘴不由的老胡说,似乎是惯了。这样,那些文明人已不多照顾我,因为我丢了那点"小鸟依人"——他们唯一的诗句——的身段与气味。我得和野鸡学了。我打扮得简直不像个人,这才招得动那不文明的人。我的嘴擦得像个红血瓢,我用力咬他们,他们觉得痛快。有时候我似乎已看见我的死,接进一块钱,我仿佛死了一点。钱是延长生命的,我的挣法适得其反。我看着自己死,等着自己死。这么一想,便把别的思想全止住了。不必想了,一天一天地活下去就是了,我的妈妈是我的影子,我至好不过将来变成她那样,卖了一辈子肉,剩下的只是一些白头发与抽皱的黑皮。这就是生命。

四十

我勉强地笑,勉强地疯狂,我的痛苦不是落几个泪所能减除的。我这样的生命是没什么可惜的,可是它到底是个生命,我不愿撒手。况且我所作的并不是我自己的过错。死假如可怕,那只因为活着是可爱的。我决不是怕死的痛苦,我的痛苦久已胜过了死。我爱活着,而不应当这样活着。我想象着一种理想的生活,像作着梦似的;这个梦一会儿就过去了,实际的生活使我更觉得难过。这个世界不是个梦,是真的地狱。妈妈看出我的难过来,她劝我嫁人。嫁人,我有了饭吃,她可以弄一笔养老金。我是她的希望。我嫁谁呢?

四十一

因为接触的男子很多了,我根本已忘了什么是爱。我爱的是我自己,及至我已爱不了自己,我爱别人干什么呢?但是打算出嫁,我得假装说我爱,说我愿意跟他一辈子。我对好几个人都这样说了,还起了誓;没人接受。在钱的管领下,人都很精明。嫖不如偷,对,偷省钱。我要是不要钱,管保人人说爱我。

四十二

正在这个期间,巡警把我抓了去。我们城里的新官儿非常地讲道德,要扫清了暗门子。正式的妓女倒还照旧作生意,因为她们纳捐;纳捐的便是名正言顺的,道德的。抓了去,他们把我放在了感化院,有人教给我作工。洗、做、烹调、编织,我都会;要是这些本事能挣饭吃,我早就不干那个苦事了。我跟他们这样讲,他们不信,他们说我没出息,没道德。他们教给我工作,还告诉我必须爱我的工作。假如我爱工作,将来必定能自食其力,或是嫁个人。他们很乐观。我可没这个信心。他们最好的成绩,是已经有十几多个女的,经过他们感化而嫁了人。到这儿来领女人的,只须花两块钱的手续费和找一个妥实的铺保就够了。这是个便宜。从男人方面看;据我想,这是个笑话。我干脆就不受这个感化。当一个大官儿来检阅我们的时候,我唾了他一脸唾沫。他们还不肯放了我,我是带危险性的东西。可是他们也不肯再感化我。我换了地方,到了狱中。

四十三

  狱里是个好地方,它使人坚信人类的没有起色;在我作梦的时候都见不到这样丑恶的玩艺。自从我一进来,我就不再想出去,在我的经验中,世界比这儿并强不了许多。我不愿死,假若从这儿出去而能有个较好的地方;事实上既不这样,死在哪儿不一样呢。在这里,在这里,我又看见了我的好朋友,月牙儿!多久没见着它了!妈妈干什么呢?我想起来一切。

(收入《樱海集》,人间书屋 1935 年 8 月初版)

阳　光

一

想起幼年来,我便想到一株细条而开着朵大花的牡丹,在春晴的阳光下,放着明艳的红瓣儿与金黄的蕊。我便是那朵牡丹。偶尔有一点愁恼,不过像一片早霞,虽然没有阳光那样鲜亮,到底还是红的。我不大记得幼时有过阴天;不错,有的时候确是落了雨,可是我对于雨的印象是那美的虹,积水上飞来飞去的蜻蜓,与带着水珠的花。自幼我就晓得我的娇贵与美丽。自幼我便比别的小孩精明,因为我有机会学事儿。要说我比别人多会着什么,倒未必;我并不须学习什么。可是我精明,这大概是因为有许多人替我作事;我一张嘴,事情便作成了。这样,我的聪明是在怎样支使人,和判断别人作的怎样:好,还是不好。所以我精明。别人比我低,所以才受我的支使;别人比我笨,所以才不能老满足我的心意。地位的优越使我精明。可是我不愿承认地位的优越,而永远自信我很精明。因此,不但我是在阳光中,而且我自居是个明艳光暖的小太阳;我自己发着光。

二

我的父母兄弟,要是比起别人的,都很精明体面。可是跟我一比,他们还不算顶精明,顶体面。父母只有我这么一个女儿,兄弟只有我这么一个姊妹,我天生来的可贵。连父母都得听我的话。我永远是对的。我要在平地上跌倒,他们便争着去责打那块地;我要是说苹果咬了我的唇,他们便齐声的骂苹果。我并不感谢他们,他们应当服从我。世上的一切都应当服从我。

三

记忆中的幼年是一片阳光,照着没有经过排列的颜色,像风中的一片各色的花,摇动复杂而浓艳。我也记得我曾害过小小的病,但是病更使我娇贵,添上许多甜美的细小的悲哀,与意外的被人怜爱。我现在还记得那透明的冰糖块儿,把药汁的苦味减到几乎是可爱的。在病中我是温室里的早花,虽然稍微细弱一些,可是更秀丽可喜。

四

到学校去读书是较大的变动,可是父母的疼爱与教师的保护使我只记得我的胜利,而忘了那一点点痛苦。在低级里,我已经觉出我自己的优越。我不怕生人,对着生人我敢唱歌,跳舞。我的装束永远是最漂亮的。我的成绩也是最好的;假若我有作不上来的,回到家中自有人替我作成,而最高的分数是我的。因为这些学校中的训练,我也在亲友中得到美誉与光荣,我常去给新娘子拉纱,或提着花篮,我会眼看着我的脚尖慢慢的走,觉出我的腮上必是红得像两瓣儿海棠花。我的玩具,我的学校用品,都证明我的阔绰。我很骄傲,可也有时候很大方,我爱谁就给谁一件东西。在我生气的时候,我随便撕碎摔坏我的东西,使大家知道我的脾气。

五

入了高小,我开始觉出我的价值。我厉害,我美丽,我会说话,我背地里听见有人讲究我,说我聪明外露,说我的鼻孔有点向上翻着。我对着镜子细看,是的,他们说对了。但是那并不减少我的美丽。至于聪明外露,我喜欢这样。我的鼻孔向上撑着点,不但是件事实而且我自傲有这件事实。我觉出我的鼻孔可爱,它向上翻着点,好像是藐视一切,和一切挑战;我心中的最厉害的话先由鼻孔透出一点来;当我说过了那样的话,我的嘴唇向下撇一些,把鼻尖坠下来,像花朵在晚间自己并上那样甜美的自爱。对于功课,我不大注意;我的学校里本来不大注意功课。况且功课与我没多大关系,我和我的同学们都是阔家的女儿,我们顾衣裳与打扮还顾不来,哪有工夫去管功课呢。学校里的穷人与先生与工友们!我们不能听工友的管辖,正像不能受先生们的指挥。先生们也知道她们不应当管学生。况且我们的名誉并不因此而受损失;讲跳舞,讲唱歌,讲演剧,都是我们的最好,每次赛会都是我们第一。就是手工图画也是我们的最好,我们买得起的材料,别的学校的学生买不起。我们说不上爱学校与先生们来,可也不恨它与她们,我们的光荣常常与学校分不开。

六

在高小里,我的生活不尽是阳光了。有时候我与同学们争吵得很厉害。虽然胜利多半是我的,可是在战斗的期间到底是费心劳神的。我们常因服装与头发的式样,或别种小的事,发生意见,分成多少党。我总是作首领的。我得细心的计划,因为我是首领。我天生来是该作首领的,多数的同学好像是木头作的,只能服从,没有一点主意;我是她们的脑子。

七

在毕业的那一年,我与班友们都自居为大姑娘了。我们非常的爱上学。不是对功课有兴趣,而是我们爱学校中的自由。我们三个一群,两个一伙,挤着搂着,充分自由的讲究那些我们并不十分明白而愿意明白的事。我们不能在另一个地方找到这种谈话与欢喜,我们不再和小学生们来往,我们所知道的和我们以为已经知道的那些事使我们觉得像小说中的女子。我们什么也不知道,也不愿意知道什么;我们只喜爱小说中的人与事。我们交换着知识使大家都走入一种梦幻境界。我们知道许多女侠,许多烈女,许多不守规矩的女郎。可是我们所最喜欢的是那种多心眼的,痴情的女子,像林黛玉那样的。我们都愿意聪明,能说出些尖酸而伤感的话。我们管我们的课室叫"大观园"。是的,我们也看电影,但是电影中的动作太粗野,不像我们理想中的那么缠绵。我们既都是阔家的女儿,在谈话中也低声报告着在家中各人所看到的事,关于男女的事。这些事正如电影中的,能满足我们一时的好奇心,而没有多少味道。我们不希望干那些姨太太们所干的事,我们都自居为真正的爱人,有理想,有痴情;虽然我们并不懂得什么。无论怎说吧,我们的一半纯洁一半污浊的心使我们愿意听那些坏事,而希望自己保持住娇贵与聪明。我们是一群十四五岁的鲜花。

八

在初入中学的时候,我与班友们由大姑娘又变成了小姑娘;高年级的同学看不起我们。她们不但看不起我们,也故意的戏弄我们。她们常把我们捉了去,作她们的 dear,大学生自居为男子。这个,使我们害羞,可是并非没有趣味。这使我觉到一些假装的,同时又有点味道的,爱恋情味。我们仿佛是由盆中移到地上的花,虽然环境的改变使我们感觉不安,可是我们也正在吸收新的更有力的滋养;我们觉出我们是女子,觉出女子的滋味,而自惜自怜。在这个期间,我们对于电影开始吃进点味儿;看到男女的长吻,我们似乎明白了些意思。

九

到了二三年级,我们不这么老实了。我简直可以这么说,这二年是我的黄金时代。高年级的学生没有我们的胆量大,低年级的有我们在前面挡着也闹不起来;只有我们,既然和高年级的同学学到了许多坏招数,又不像新学生那样怕先生。我们要干什么便干什么。高年级的学生会思索,我们不必思索;我们的脸一红,动作就跟着来了,像一口血似的啐出来。我们粗暴,小气,使人难堪,一天到晚唧唧咕咕,笑不正经笑,哭也不好生哭。我非常好动怒,看谁也不顺眼。我爱作的不就去好好作,我不爱作的就干脆不去作,没有理由,更不屑于解释。这样,我的脾气越大,胆子也越大。我不怕男学生追我了。我与班友们都有了追逐的男学生。而且以此为荣。可是男学生并追不上我们,他们只使我们心跳,使我们彼此有的谈论,使我们成了电影狂。及至有机会真和男人——亲戚或家中的朋友——见面,我反倒吐吐舌头或端端肩膀,说不出什么。更谈不到交际。在事后,我觉得泄气,不成体统,可是没有办法。人是要慢慢长起来的,我现在明白了。但是,无论怎说吧,这是个黄金时代;一天一天胡胡涂涂的过去,完全没有忧虑,像棵傻大的热带的树,常开着花,一年四季是春天。

十

提到我的聪明,哼,我的鼻尖还是向上翻着点;功课呢,虽然不能算是最坏的,可至好也不过将就得个丙等。作小孩的时候,我愿意人家说我聪明;入了中学,特别是在二三年级的时候,我讨厌人家夸奖我。自然我还没完全丢掉争强好胜的心,可是不在功课上;因此,对于先生的夸奖我觉得讨厌;有的同学在功课上处处求好,得到荣誉,我恨这样的人。在我的心里,我还觉得我聪明;我以为我是不屑于表现我的聪明,所以得的分数不高;那能在功课上表现出才力来的不过是多用着点工夫而已,算不了什么。我才不那么傻用工夫,多演几道题,多作一些文章,干什么用呢?我的父母并没仗着我的学问才有饭吃。况且我的美已经是出名的，报纸上常有我的像片，称我为高材生，大家闺秀。用功与否有什么关系呢？我是个风筝，高高的在春云里，大家都仰着头看我，我只须晃动着，在春风里游戏便够了。我的上下左右都是阳光。

十一

可是到了高年级，我不这么野调无腔的了。我好像开始觉到我有了个固定的人格，虽然不似我想象的那么固定，可是我觉得自己稳重了一些，身中仿佛有点沉重的气儿。我想，这一方面是由于我的家庭，一方面是由于我自己的发育，而成的。我的家庭是个有钱而自傲的，不允许我老淘气精似的；我自己呢，从身体上与心灵上都发展着一些精微的，使我自怜的什么东西。我自然的应当自重。因为自重，我甚至于有时候循着身体或精神上的小小病痛，而显出点可怜的病态与娇羞。我好像正在培养着一种美，叫别人可怜我而又得尊敬我的美。我觉出我的尊严，而愿显露出自己的娇弱。其实我的身体很好。因为身体好，所以才想象到那些我所没有的姿态与秀弱。我仿佛要把女性所有的一切动人的情态全吸收到身上来。女子对于美的要求，至少是我这么想，是得到一切，要不然便什么也没有也好。因为这个绝对的要求，我们能把自己的一点美好扩展得像一个美的世界。我们醉心的搜求发现这一点点美所包含的力量与可爱。不用说，这样发现自己，欣赏自己，不知不觉的有个目的，为别人看。在这个时节我对于男人是老设法躲避的。我知道自己的美，而不能轻易给谁，我是有价值的。我非常的自傲，理想很高。影影抄抄的我想到假如我要属于哪个男人，他必是世间罕有的美男子,把我带到天上去。

十二

因为家里有钱,所以我得加倍的自尊自傲。有钱,自然得骄傲;因为钱多而发生的不体面的事,使我得加倍骄傲。我这时候有许多看不上眼的事都发生在家里,我得装出我们是清白的;钱买不来道德,我得装成好人。我家里的人用钱把别人家的女子买来,而希望我给他们转过脸来。别人家的女儿可以糟蹋在他们的手里,他们的女子——我——可得纯洁,给他们争脸面。我父亲,哥哥,都弄来女人,他们的乱七八糟都在我眼里。这个使我轻看他们,也使他们更重看我,他们可以胡闹,我必须贞洁。我是他们的希望。这个,使我清醒了一些,不能像先前那么欢蹦乱跳的了。

十三

可是在清醒之中,我也有时候因身体上的刺激,与心里对父兄的反感,使我想到去浪漫。我凭什么为他们而守身如玉呢?我的脸好看,我的身体美好,我有青春,我应当在个爱人的怀里。我还没想到结婚与别的大问题,我只想把青春放出一点去,像花不自己老包着香味,而是随着风传到远处去。在这么想的时节,我心中的天是蓝得近乎翠绿,我是这蓝绿空中的一片桃红的霞。可是一回到家中,我看到的是黑暗。我不能不承认我是比他们优越,于是我也就更难处置自己。即使我要肉体上的快乐,我也比他们更理想一些。因此,我既不能完全与他们一致,又恨我不能实际的得到什么。我好像是在黄昏中,不像白天也不像黑夜。我失了我自幼所有的阳光。

十四

我很想用功,可是安不下心去。偶尔想到将来,我有点害怕:我会什么呢?假若我有朝一日和家庭闹翻了,我仗着什么活着呢?把自己细细的分析一下,除了美丽,我什么也没有。可是再一想呢,我不会和家中决裂;即使是不可免的,现在也无须那样想。现在呢,我是富家的女儿;将来我总不至于陷在穷苦中吧。我庆幸我的命运,以过去的幸福预测将来的一帆风顺。在我的手里,不会有恶劣的将来,因为目前我有一切的幸福。何必多虑呢,忧虑是软弱的表示。我的前途是征服,正像我自幼便立在阳光里,我的美永远能把阳光吸了来。在这个时候,我听见一点使我不安的消息:家中已给我议婚了。

十五

我才十九岁!结婚,这并没吓住我;因为我老以为我是个足以保护自己的大姑娘。可是及至这好像真事似的要来到头上,我想起我的岁数来,我有点怕了。我不应这么早结婚。即使非结婚不可,也得容我自己去找到理想的英雄;我的同学们哪个不是抱着这样的主张,况且我是她们中最聪明的呢。可是,我也偷偷听到,家中所给提的人家,是很体面的,很有钱,有势力;我又痛快了点。并不是我想随便的被家里把我聘出去,我是觉出我的价值——不论怎说,我要是出嫁,必嫁个阔公子,跟我的兄弟一样。我过惯了舒服的日子,不能嫁个穷汉。我必须继续着在阳光里。这么一想,我想象着我已成了个少奶奶,什么都有,金钱,地位,服饰,仆人,这也许是有趣的。这使我有点害羞,可也另有点味道,一种渺茫而并非不甜美的味道。

十六

这可只是一时的想象。及至我细一想,我决定我不能这么断送了自己;我必须先尝着一点爱的味道。我是个小姐,但是在爱的里面我满可以把"小姐"放在一边。我忽然想自由,而自由必先平等。假如我爱谁,即使他是个叫花子也好。这是个理想;非常的高尚,我觉得。可是,我能不能爱个叫花子呢?不能!先不用提乞丐,就是拿个平常人说吧,一个小官,或一个当教员的,他能养得起我吗?别的我不知道,我知道我不会受苦。我生来是朵花,花不会工作,也不应当工作。花只嫁给富丽的春天。我是朵花,就得有花的香美,我必须穿的华丽,打扮得动人,有随便花用的钱,还有爱。这不是野心,我天生的是这样的人,应当享受。假若有爱而没有别的,我没法想到爱有什么好处。我自幼便精明,这时候更需要精明的思索一番了。我真用心思索了,思索的甚至于有点头疼。

十七

我的不安使我想到动作。我不能像乡下姑娘那样安安顿顿的被人家娶了走。我不能。可是从另一方面想,我似乎应当安顿着。

父母这么早给我提婚,大概就是怕我不老实而丢了他们的脸。他们想乘我还全须全尾的送了出去,成全了他们的体面,免去了累赘。为作父母的想,这或者是很不错的办法,但是我不能忍受这个;我自己是个人,自幼儿娇贵;我还是得作点什么,作点惊人的,浪漫的,而又不吃亏的事。说到归齐①,我是个"新"女子呀,我有我的价值呀!

十八

机会来了!我去给个同学作伴娘,同时觉得那个伴郎似乎可爱。即使他不可爱,在这么个场面下,也当可爱。看着别人结婚是最受刺激的事:新夫妇,伴郎伴娘,都在一团喜气里,都拿出生命中最像玫瑰的颜色,都在花的香味里。爱,在这种时候,像风似的刮出去刮回来,大家都荡漾着。我觉得我应当落在爱恋里,假如这个场面是在爱的风里。我,说真的,比全场的女子都美丽。设若在这里发生了爱的遇合,而没有我的事,那是个羞辱。全场中的男子就是那个伴郎长的漂亮,我要征服,就得是他。这自然只是环境使我这么想,我还不肯有什么举动;一位小姐到底是小姐。虽然我应当要什么便过去拿来,可是爱情这种事顶好得维持住点小姐的身分。及至他看我了,我可是没了主意。也就不必再想主意,他先看我的,我总算没丢了身分。况且我早就想他应当看我呢。他或者是早就明白了我的心意,而不能不照办;他既是照我的意思办,那就不必再否认自己了。

---

① 说到归齐,总而言之。

十九

　　事过之后,我走路都特别的爽利。我的胸脯向来没这样挺出来过,我不晓得为什么我老要笑;身上轻得像根羽毛似的。在我要笑的时节,我渺茫的看到一片绿海,被春风吹起些小小的浪。我是这绿波上的一只小船,挂着雪白的帆,在阳光下缓缓的飘浮,一直飘到那满是桃花的岛上。我想不到什么更具体的境界与事实,只感到我是在春海上游戏。我倒不十分的想他,他不过是个灵感。我还不会想到他有什么好处,我只觉得我的初次的胜利,我开始能把我的香味送出去,我开始看见一个新的境界,认识了个更大的宇宙,山水花木都由我得到鲜艳的颜色与会笑的小风。我有了力量,四肢有了弹力,我忘了我的聪明与厉害,我温柔得像一团柳絮。我设若不能再见到他,我想我不会惦记着他,可是我将永久忘不下这点快乐,好像头一次春雨那样不易被忘掉。有了这次春雨,一切便有了主张,我会去创造一个顶完美的春天。我的心展开了一条花径,桃花开后还有紫荆呢。

二十

　　可是,他找我来了。这个破坏了我的梦境,我落在尘土上,像只伤了翅的蝴蝶。我不能不拿出我在地上的手段来了。我不答理他,我有我的身分。我毫不迟疑的拒绝了他。等他羞惭的还勉强笑着走去之后,我低着头慢慢的走,我的心中看清楚我全身的美,甚至我的后影。我是这样的美,我觉得我是立在高处的一个女神刻像,只准人崇拜,不许动手来摸。我有女神的美,也有女神的智慧与尊严。

二十一

过了一会儿,我又盼他再回来了:不是我盼望他,惦记他;他应当回来,好表示出他的虔诚,女神有时候也可以接收凡人的爱,只要他虔诚。果然在不久之后,他又来了。这使我心里软了点。可是我还不能就这么轻易给他什么,我自幼便精明,不能随便任着冲动行事。我必须把他揉搓得像块皮糖;能绕在我的小手指上,我才能给他所要求的百分之一二。爱是一种游戏,可由得我出主意。我真有点爱他了,因为他供给了我作游戏的材料。我总让他闻见我的香味,而这个香味像一层厚雾隔开他与我,我像雾后的一个小太阳,微微的发着光,能把四围射成一圈红晕,但是他觉不到我的热力,也看不清楚我。我非常的高兴,我觉出我青春的老练,像座小春山似的,享受着春的雨露,而稳固不能移动。我自信对男人已有了经验,似乎把我放在什么地方,我也可以有办法。我没有可怕的了,我不再想林黛玉,黛玉那种女子已经死绝了。

二十二

因此我越来越胆大了。我的理想是变成电影中那个红发女郎,多情而厉害,可以叫人握着手,及至他要吻的时候,就抢手给他个嘴巴。我不稀罕他请我看电影,请我吃饭,或送给我点礼物。我自己有钱。我要的是香火,我是女神。自然我有时候也希望一个吻,可是我的爱应当是另一种,一种没有吻的爱,我不是普通的女子。他给我开了爱的端,我只感激他这点;我的脚底下应有一群像他的青年男子;我的脚是多么好看呢!

二十三

家中还进行着我的婚事。我暗中笑他们,一声儿不出。我等着。等到有了定局再说,我会给他们一手儿看看。是的,我得多预备人,万一到和家中闹翻的时候,好挑选一个捉住不放。我在同学中成了顶可羡慕的人,因为我敢和许多男子交际。那些只有一个爱人的同学,时常的哭,把眼哭得桃儿似的。她们只有一个爱人,而且任着他的性儿欺侮,怎能不哭呢。我不哭,因为我有准备。我看不起她们,她们把小姐的身分作丢了。她们管哭哭啼啼叫作爱的甘蔗,我才不吃这样的甘蔗,我和她们说不到一块。她们没有脑子。她们常受男人的骗。回到宿舍哭一整天,她们引不起我的同情,她们该受骗!我在爱的海边游泳,她们闭着眼往里跳。这群可怜的东西。

二十四

中学毕了业,我要求家中允许我入大学。我没心程读书,只为多在外面玩玩,本来吗,洗衣有老妈,作衣裳有裁缝,作饭有厨子,教书有先生,出门有汽车,我学本事干什么呢?我得入学,因为别的女子有入大学的,我不能落后;我还想出洋呢。学校并不给我什么印象,我只记得我的高跟鞋在洋灰路上或地板上的响声,咯噔咯噔的,怪好听。我的宿室顶阔气,床下堆着十来双鞋,我永远不去整理它们,就那么堆着。屋中越乱越显出阔气。我打扮好了出来,像个青蛙从水中跳出,谁也想不到水底下有泥。我的眉须画半点多钟,哪有工夫去收拾屋子呢?赶到下雨的天,鞋上沾了点泥,我才去访那好清洁的同学,把泥留在她的屋里。她们都不敢惹我。入学不久我便被举为学校的皇后。与我长的同样美的都失败了,她们没有脑子,没有手段;我有。在中学交的男朋友全断绝了关系,连那个伴郎。我的身分更高了,我的阅历更多了,我既是皇后,至少得有个皇帝作我的爱人。被我拒绝了的那些男子还有时候给我来信,都说他们常常因想我而落泪;落吧,我有什么法子呢?他们说我狠心,我何尝狠心呢?我有我的身分,理想,与美丽。爱和生命一样,经验越多便越高明,聪明的爱是理智的,多咱爱把心迷住——我由别人的遭遇看出来——便是悲剧。我不能这么办。作了皇后以后,我的新朋友很多很多了。我戏耍他们,嘲弄他们,他们都羊似的驯顺老实。这几乎使我绝望了,我找不到可征服的,他们永远投降,没有一点战斗的心思与力量。谁说男子强硬呢?我还没看见一个。

二十五

我的办法使我自傲,但是和别人的一比较,我又有点嫉妒:我觉得空虚。别的女同学们每每因为恋爱的波折而极伤心的哭泣,或因恋爱的成功而得意,她们有哭有笑,我没有。在一方面呢,我自信比她们高明,在另一方面呢,我又希望我也应表示出点真的感情。可是我表示不出,我只会装假,我的一切举动都被那个"小姐"管束着,我没了自己。说话,我团着舌头;行路,我扭着身儿;笑,只有声音。我作小姐作惯了,凡事都有一定的程式,我找不到自己在哪儿。因此,我也想热烈一点,愚笨一点,也使我能真哭真笑。可是不成功。我没有可哭的事,我有一切我所需要的;我也不会狂喜,我不是三岁的小孩儿能被一件玩艺儿哄得跳着脚儿笑。我看父母,他们的悲喜也多半是假的,只在说话中用几个适当的字表示他们的情感,并不真动感情。有钱,天下已没有可悲的事;欲望容易满足,也就无从狂喜;他们微笑着表示出气度不凡与雍容大雅。可是我自己到底是个青年女郎,似乎至少也应当偶然愚傻一次,我太平淡无奇了。这样,我开始和同学们捣乱了,谁叫她们有哭有笑而我没有呢?我设法引诱她们的"朋友",和她们争斗,希望因失败或成功而使我的感情运动运动。结果,女同学们真恨我了,而我还是觉不到什么重大的刺激。我太聪明了,开通了,一定是这样;可是几时我才能把心打开,觉到一点真的滋味呢?

二十六

我几乎有点着急了,我想我得闭上眼往水里跳一下,不再细细的思索,跳下去再说。哼,到了这个时节,也不知怎么了,男子不上我的套儿了。他们跟我敷衍,不更进一步使我尝着真的滋味,他们怕我。我真急了,我想哭一场;可是无缘无故的怎好哭呢?女同学们的哭都是有理由的。我怎能白白的不为什么而哭呢?况且,我要是真哭起来,恐怕也得不到同情,而只招她们暗笑。我不能丢这个脸。我真想不再读书了,不再和这群破同学们周旋了。

二十七

正在这个期间,家中已给我定了婚。我可真得细细思索一番了。我是个小姐——我开始想——小姐的将来是什么?这么一问我把许多男朋友从心中注销了。这些男朋友都不能维持住我——小姐——所希望的将来。我的将来必须与现在差不多,最好是比现在还好上一些。家中给找的人有这个能力;我的将来,假如我愿嫁他,可很保险的。可是爱呢?这可有点不好办。那群破女同学在许多事上不如我,可是在爱上或者足以向我夸口;我怎能在这一点上输给她们呢?假若她们知道我的婚姻是家中给定的,她们得怎样轻看我呢?这倒真不好办了!既无顶好的办法,我得退一步想了:倘若有个男子,既然可以给我爱,而且对将来的保障也还下得去,虽不能十分满意,我是不是该当下嫁他呢?这把小姐的身分与应有的享受牺牲了些,可是有爱足以抵补;说到归齐,我是位新式小姐呀。是的,可以这么办。可是,这么办,怎样对付家里呢?奋斗,对,奋斗!

二十八

我开始奋斗了,我是何等的强硬呢,强硬得使我自己可怜我自己了。家中的人也很强硬呀,我真没想到他们会能这么样。他们的态度使我怀疑我的身分了,他们一向是怕我的,为什么单在这件事上这么坚决呢?大概他们是并没有把我看在眼里,小事由着我,大事可得他们拿主意。这可使我真动了气。啊,我明白了点什么,我并不是像我所想的那么贵重。我的太阳没了光,忽然天昏地暗了。

二十九

怎办呢!我既是位小姐,又是个"新"小姐,这太难安排了。我好像被圈在个夹壁墙里了,没法儿转身。身分地位是必要的,爱也是必要的,没有哪样也不行。即使我肯舍去一样,我应当舍去哪个呢?我活了这么大,向来没有着过这样的急。我不能只为我打算,我得为"小姐"打算,我不是平常的女子。抛弃了我的身分,是对不起自己。我得勇敢,可不能装疯卖傻,我不能把自己放在危险的地方。那些男朋友都说爱我,可是哪一个能满足我所应当要的,必得要的呢?他们多数是学生,他们自己也不准知道他们的将来怎样;有一两个怪漂亮的助教也跟我不错,我能不能要个小小的助教?即使他们是教授,教授还不是一群穷酸?我应当,必须,对得起自己,把自己放在最高最美丽的地点。

三十

奋斗了许多日子,我自动的停战了。家中给提的人家到底是合乎我的高尚的自尊的理想。除了欠着一点爱,别的都合适。爱,说回来,值多少钱一斤呢?我爽性不上学了,既怕同学们暗笑我,就躲开她们好了。她们有爱,爱把她们拉到泥塘里去!我才不那么傻。在家里,我很快乐,父母们对我也特别的好。我开始预备嫁衣。作好了,我偷偷的穿上看一看,戴上钻石的戒指与胸珠,确是足以压倒一切！我自傲幸而我机警,能见风转舵,使自己能成为最可羡慕的新娘子,能把一切女人压下去。假若我只为了那点爱,而随便和个穷汉结婚,头上只戴上一束纸花,手指套上个铜圈,头纱在地上抛着一尺多,我怎样活着,羞也羞死了！

三十一

自然我还不能完全忘掉那个无利于实际而怪好听的字——爱。但是没法子再转过这个弯儿来。我只好拿这个当作一种牺牲,我自幼儿还没牺牲过什么,也该挑个没多大用处的东西扔出去了。况且要维持我的"新"还另有办法呢,只要有钱,我的服装,鞋袜,头发的样式,都足以作新女子的领袖。只要有钱,我可以去跳舞,交际,到最文明而热闹的地方去。钱使人有生趣,有身分,有实际的利益。我想象着结婚时的热闹与体面,婚后的娱乐与幸福,我的一生是在阳光下,永远不会有一小片黑云。我甚至于迷信了一些,觉得父母看宪书,择婚日,都是善意的,婚仪虽是新式的,可是择个吉日吉时也并没什么可反对的。他们是尽其所能的使我吉利顺当。我预备了一件红小袄,到婚期好穿在里面,以免身上太素淡了。

三十二

不能不承认我精明,我作对了！我的丈夫是个顶有身分,顶有财产,顶体面,而且顶有道德的人。他很精明,可是不肯自由结婚。他是少年老成,事业是新的,思想是新的,而愿意保守着旧道德。

他的婚姻必须经过父母之命,媒妁之言,他要给胡闹的青年们立个好榜样,要挽回整个社会道德的堕落。他是二十世纪的孔孟,我们的结婚像片在各报纸上刊出来,差不多都有一些评论,说我们俩是挽救颓风的一对天使!我在良心上有点害羞了,我曾想过奋斗呢!曾经要求过爱的自由呢!幸而我转变的那么快,不然……

三十三

我的快乐增加了我的美丽,我觉得出全身发散着一种新的香味,我胖了一些,而更灵活,大气,我像一只彩凤!可是我并不专为自己的美丽而欣喜,丈夫的光荣也在我身上反映出去,到处我是最体面最有身分最被羡慕的太太。我随便说什么都有人爱听。在作小姐的时候,我的尊傲没有这么足;小姐是一股清泉,太太是一座开满了桃李的山。山是更稳固的,更大样的,更显明的,更有一定的形式与色彩的。我是一座春山,丈夫是阳光,射到山坡上,我腮上的桃花向阳光发笑,那些阳光是我一个人的。

三十四

可是我也必得说出来。我的快乐是对于我的光荣的欣赏,我像一朵阳光下的花,花知道什么是快乐吗?除了这点光荣,我必得说,我并没有从心里头感到什么可快活的。我的快活都在我见客人的时候,出门的时候,像只挂着帆,顺风而下的轻舟,在晴天碧海的中间儿。赶到我独自坐定的时候,我觉到点空虚,近于悲哀。我只好不常独自坐定,我把帆老挂起来,有阵风儿我便出去。我必须这样,免得万一我有点不满意的念头。我必须使人知道我快乐,好使人家羡慕我。还有呢,我必须谨慎一点,因为我的丈夫是讲道德的人,我不能得罪他而把他给我的光荣糟蹋了。我的光荣与身分值得用心看守着,可是因此我的快活有时候成为会变动的,像忽晴忽阴的天气,冷暖不定。不过,无论怎么说吧,我必须努力向前;后悔是没意思的,我顶好利用着风力把我的一生光美的度过去;我一开首总算已遇到顺风了,往前走就是了。

三十五

以前的事像离我很远了,我没想到能把它们这么快就忘掉。自从结婚那一天我仿佛忽然入了另一个世界,就像在个新地方酣睡似的,猛一睁眼,什么都是新的。及至过了相当时期,我又逐渐的把它们想起来,一个一个的,零散的,像拾起一些散在地上的珠子。赶到我把这些珠子又串起来,它们给我一些形容不出的情感,我不能再把这串珠子挂在项上,拿不出手来了。是的,我的丈夫的道德使我换了一对眼睛,用我这对新眼睛看,我几乎有点后悔从前是那样的狂放了。我纳闷,为什么他——一个社会上的柱石——要娶我呢?难道他不晓得我的行为吗?是,我知道,我的身分家庭足以配得上他,可是他不能不知道在学校里我是个浪漫皇后吧?我不肯问他,不问又难受。我并不怕他,我只是要明白明白。说真的,我不甚明白,他待我很好,可是我不甚明白他。他是个太阳,给我光明,而不使我摸到他。我在人群中,比在他面前更认识他;人们尊敬我,因为他们尊敬他;及至我俩坐在一处,没人提醒我或他的身分,我觉得很渺茫。在报纸上我常见到他的姓名,这个姓名最可爱；坐在他面前，我有时候忘了他是谁。他很客气，有礼貌，每每使我想到他是我的教师或什么保护人，而不是我的丈夫。在这种时节，似有一小片黑云掩住了太阳。

三十六

　　阳光要是常被掩住，春天也可以很阴惨。久而久之，我的快活的热度低降下来。是的，我得到了光荣，身分，丈夫；丈夫，我怎能只要个丈夫呢？我不是应当要个男子么？一个男子，哪怕是个顶粗莽的，打我骂我的男子呢，能把我压碎了，吻死的男子呢！我的丈夫只是个丈夫，他衣冠齐楚，谈吐风雅，是个最体面的杨四郎，或任何戏台上的穿绣袍的角色。他的行止言谈都是戏文儿。我这是一辈子的事呀！可是我不能马上改变态度，"太太"的地位是不好意思随便扔弃了的。不扔弃了吧，我又觉得空虚，生命是多么不易安排的东西呢！当我回到母家，大家是那么恭维我，我简直张不开口说什么。他们为我骄傲，我不能鼻一把泪一把像个受气的媳妇诉委屈，自己泄气。在娘家的时候我是小姐，现在我是姑奶奶，作小姐的时候我厉害，作姑奶奶的更得撑起架子。我母亲待我像个客人，我张不开口说什么。在我丈夫的家里呢，我更不能向谁说什么，我不能和女仆们谈心，我是太太。我什么也别说了，说出去只招人笑话；我的苦处须自己负着。是呀，我满可以冒险去把爱找到，但是我怎么对我母家与我的丈夫呢？我并不为他们生活着，可是我所有的光荣是他们给我的，因为他们给我光荣，我当初才服从他们，现在再反悔似乎不大合适吧？只有一条路给我留着呢，好好的作太太，不要想别的了。这是永远有阳光的一条路。

三十七

人到底是肉作的。我年轻，我美，我闲在，我应当把自己放在血肉的浓艳的香腻的旋风里，不能呆呆对着镜子，看着自己消灭在冰天雪地里。我应当从各方面丰富自己，我不是个尼姑。这么一想我管不了许多了。况且我若是能小心一点呢——我是有聪明的——或者一切都能得到，而出不了毛病。丈夫给我支持着身分，我自己再找到他所不能给我的，我便是个十全的女子了，这一辈子总算值得！小姐，太太，浪漫，享受，都是我的，都应当是我的；我不再迟疑了，再迟疑便对不起自己。我不害怕，我这是种冒险，牺牲；我怕什么呢？即使出了毛病，也是我吃亏，把我的身分降低，与父母丈夫都无关。自然，我不甘心丢失了身分，但是事情还没作，怎见得结果必定是坏的呢？精明而至于过虑便是愚蠢。饥鹰是不择食的。

三十八

我的海上又飘着花瓣了，点点星星暗示着远地的春光。像一只早春的蝴蝶，我顾盼着，寻求着，一些渺茫而又确定的花朵。这使我又想到作学生的时候的自由，愿意重述那种种小风流勾当。可是这次我更热烈一些，我已经在别方面成功，只缺这一样完成我的幸福。这必须得到，不准再落个空。我明白了点肉体需要什么，希望大量的增加，把一朵花完全打开，即使是个雹子也好，假如不能再细腻温柔一些，一朵花在暗中谢了是最可怜的。同时呢，我的身分也使我这次的寻求异于往日的,我须找到个地位比我的丈夫还高的,要快活便得登峰造极,我的爱须在水晶的宫殿里,花儿都是珊瑚。私事儿要作得最光荣,因为我不是平常人。

三十九

我预料着这不是什么难事,果然不是什么难事,我有眼光。一个粗莽的,俊美的,像团炸药样的贵人,被我捉住。他要我的一切,他要把我炸碎而后再收拾好,以便重新炸碎。我所缺乏的,一次就全补上了;可是我还需要第二次。我真哭真笑了,他野得像只老虎,使我不能安静。我必须全身颤动着,不论是跟他玩耍,还是与他争闹,我有时候完全把自己忘掉,完全焚烧在烈火里,然后我清醒过来,回味着创痛的甜美,像老兵谈战那样。他能一下子把我掷在天外,一下子又拉回我来贴着他的身。我晕在爱里,迷忽的在生命与死亡之间,梦似的看见全世界都是红花。我这才明白了什么是爱,爱是肉体的,野蛮的,力的,生死之间的。

四十

这个实在的,可捉摸的爱,使我甚至于敢公开的向我的丈夫挑战了。我知道他的眼睛是尖的,我不怕,在他鼻子底下漂漂亮亮的走出去,去会我的爱人。我感谢他给我的身分,可是我不能不自己找到他所不能给的。我希望点吵闹,把生命更弄得火炽一些;我确是快乐得有点发疯了。奇怪,奇怪,他一声也不出。他仿佛暗示给我——"你作对了!"多么奇怪呢!他是讲道德的人呀!他这个办法减少了好多我的热烈;不吵不闹是多么没趣味呢!不久我就明白了,他升了官,那个贵人的力量。我明白了,他有道德,而缺乏最高的地位,正像我有身分而缺乏恋爱。因为我对自己的充实,而同时也充实了他,他不便言语。我的心反倒凉了,我没希望这个,简直没想到过这个。啊,我明白了,怨不得他这么有道德而娶我这个"皇后"呢,他早就有计划!我软倒在地上,这个真伤了我的心,我原来是个傀儡。我想脱身也不行了,我本打算偷偷的玩一会儿,敢情我得长期的伺候两个男子了。是呀,假如我愿意,我多有些男朋友岂不是可喜的事。我可不能听从别人的指挥。不能像妓女似的那么干,丈夫应当养着妻子,使妻子快乐;不应当利用妻子获得利禄——这不成体统,不是官派儿!

四十一

我可是想不出好办法来。设若我去质问丈夫,他满可以说,"我待你不错,你也得帮助我。"再急了,他简直可以说,"干吗当初嫁给我呢?"我辩论不过他。我断绝了那个贵人吧,也不行,贵人是我所喜爱的,我不能因要和丈夫赌气而把我的快乐打断。况且我即使冷淡了他,他很可以找上前来,向我索要他对我丈夫的恩惠的报酬。我已落在陷坑里了。我只好闭着眼混吧。好在呢,我的身分在外表上还是那么高贵,身体上呢,也得到满意的娱乐,算了吧。我只是不满意我的丈夫,他太小看我,把我当作个礼物送出去,我可是想不出办法惩治他。这点不满意,继而一想,可也许能给我更大的自由。我这么想了:他既是仗着我满足他的志愿,而我又没向他反抗,大概他也得明白以后我的行动是自由的了,他不能再管束我。这无论怎说,是公平的吧。好了,我没法惩治他,也不便惩治他了,我自由行动就是了。焉知我自由行动的结果不叫他再高升一步呢!我笑了,这倒是个办法,我又在晴美的阳光中生活着了。

四十二

没看见过榕树,可是见过榕树的图。若是那个图是正确的,我想我现在就是株榕树,每一个枝儿都能生根,变成另一株树,而不和老本完全分离开。我是位太太,可是我有许多的枝干,在别处生了根,我自己成了个爱之林。我的丈夫有时候到外面去演讲,提倡道德,我也坐在台上;他讲他的道德,我想我的计划。我觉得这非常的有趣。社会上都知道我的浪漫,可是这并不妨碍他们管我的丈夫叫作道德家。他们尊敬我的丈夫,同时也羡慕我,只要有身分与金钱,干什么也是好的;世界上没有什么对不对,我看出来了。

四十三

要是老这么下去,我想倒不错。可是事实老不和理想一致,好像不许人有理想似的。这使我恨这个世界,这个不许我有理想的世界。我的丈夫娶了姨太太。一个讲道德的人可以娶姨太太,嫖窑子;只要不自由恋爱与离婚就不违犯道德律。我早看明白了这个,所以并不因为这点事恨他。我所不放心的是我觉到一阵风,这阵风不好。我觉到我是往下坡路走了。怎么说呢,我想他绝不是为娶小而娶小,他必定另有作用。我已不是他升官发财的唯一工具了。他找来个生力军。假如这个女的能替他谋到更高的差事，我算完了事。我没法跟他吵，他办的名正言顺，娶妾是最正当不过的事。设若我跟他闹，他满可以翻脸无情，剥夺我的自由，他既是已不完全仗着我了。我自幼就想征服世界，啊，我的力量不过如是而已！我看得很清楚，所以不必去招瘪子吃①；我不管他，他也别管我，这是顶好的办法。家里坐不住，我出去消遣好了。

四十四

哼，我不能不信命运。在外边，我也碰了；我最爱的那个贵人不见我了。他另找到了爱人。这比我的丈夫娶妾给我的打击还大。我原来连一个男人也抓不住呀！这几年我相信我和男子要什么都能得到，我是顶聪明的女子。身分，地位，爱情，金钱，享受，都是我的；啊，现在，现在，这些都顺着手缝往下溜呢！我是老了么？不，我相信我还是很漂亮；服装打扮我也还是时尚的领导者。那么，是我的手段不够？不能呀，设若我的手段不高明，以前怎能有那样的成功呢？我的运气！太阳也有被黑云遮住的时候呀。是，我不要灰心，我将慢慢熬着，把这一步恶运走过去再讲。我不承认失败；只要我不慌，我的心老清楚，自会有办法。

四十五

但是，我到底还是作下了最愚蠢的事！在我独自思索的时候，

---

① 招瘪子吃，招人讨厌，自讨没趣。

我大概是动了点气。我想到了一篇电影:一个贵家的女郎,经过多少情海的风波,最后嫁了个乡村的平民,而得到顶高的快乐。村外有些小山,山上满是羽样的树叶,随风摆动。他们的小家庭面着山,门外有架蔓玫瑰,她在玫瑰架下作活,身旁坐着个长毛白猫,头儿随着她的手来回的动。他在山前耕作,她有时候放下手中的针线,立起来看看他。他工作回来,她已给预备好顶简单而清净的饭食,猫儿坐在桌上希冀着一点牛奶或肉屑。他们不多说话,可是眼神表现着深情……我忽然想到这个故事,而且借着气劲而想我自己也可以抛弃这一切劳心的事儿,华丽的衣服,而到那个山村去过那简单而甜美的生活。我明知这只是个无聊的故事,可是在生气的时候我信以为真有其事了。我想,只要我能遇到那个多情的少年,我一定不顾一切的跟了他去。这个,使我从记忆中掘出许多旧日的朋友来:他们都干什么呢?我甚至于想起那第一个爱人,那个伴郎,他作什么了?这些人好像已离开许许多多年了,当我想起他们来,他们都有极新鲜的面貌,像一群小孩,像春后的花草,我不由的想再见着他们,他们必至少能打开我的寂寞与悲哀,必能给生命一个新的转变。我想他们,好像想起幼年所喜吃的一件食物,如若能得到它,我必定能把青春再唤回来一些。想到这儿,我没再思索一下,便出去找他们了,即使找不到他们,找个与他们相似的也行;我要尝尝生命的另一方面,可以说是生命的素淡方面吧,我已吃腻了山珍海味。

四十六

我找到一个旧日的同学,虽然不是乡村的少年,可已经合乎我的理想了。他有个人钱不多的职业,他温柔,和蔼,亲热,绝不像我日常所接触的男人。他领我入了另一世界,像是厌恶了跳舞场,而逛一回植物园那样新鲜有趣。他很小心,不敢和我太亲热了;同时我看出来,他也有点得意,好像穷人拾着一两块钱似的。我呢,也不愿太和他亲近了,只是拿他当一碟儿素菜,换换口味。可是,呕,我的愚蠢!这被我的丈夫看见了!他拿出我以为他绝不会的厉害来。我给他丢了脸,他说!我明白他的意思:我们阔人尽管乱七八糟,可是得有个范围;同等的人彼此可以交往,这个圈必得划清楚了!我犯了不可赦的罪过。

四十七

我失去了自由。遇到必须出头的时候,他把我带出去;用不着我的时候,他把我关在屋里。在大众面前,我还是太太;没人看着的时节,我是个囚犯。我开始学会了哭,以前没想到过我也会有哭的机会。可是哭有什么用呢!我得想主意。主意多了,最好的似乎是逃跑:放下一切,到村间或小城市去享受,像那个电影中玫瑰架下的女郎。可是,再一想,我怎能到那里去享受呢?我什么也不会呀!没有仆人,我连饭也吃不上,叫我逃跑,我也跑不了啊!

四十八

有了,离婚!离婚,和他要供给,那就没有可怕的了。脱离了他,而手中有钱,我的将来完全在自己的手中,爱怎着便可以怎着。想到这里,我马上办起来,看守我的仆人受了贿赂,给我找来律师。

呕，我的胡涂！状子递上去了，报纸上宣扬起来，我的丈夫登时从最高的地方堕下来。他是提倡旧道德的人呀，我怎会忘了呢？离婚；呕！别的都不能打倒他，只有离婚！只有离婚！他所认识的贵人们，马上变了态度，不认识了他，也不认识了我。和我有过关系的人，一点也不责备我与他们的关系，现在恨起我来，我什么不可以作，单单必得离婚呢？我的母家与我断绝了关系。官司没有打，我的丈夫变成了个平民，官司也无须再打了，我丢了一切。假如我没有这一个举动，失了自由，而到底失不了身分啊，现在我什么也没有了。

四十九

事情还不止于此呢。我的丈夫倒下来，墙倒人推，大家开始控告他的劣迹了。贵人们看着他冷笑，没人来帮忙。我们的财产，到诉讼完结以后，已剩了不多。我还是不到三十岁的人哪，后半辈子怎么过呢？太阳不会再照着我了！我这样聪明，这样努力，结果竟会是这样，谁能相信呢！谁能想到呢！坐定了，我如同看着另一个人的样子，把我自己简略的，从实的，客观的，描写下来。有志的女郎们呀，看了我，你将知道怎样维持住你的身分，你宁可失了自由，也别弃掉你的身分。自由不会给你饭吃，控告了你的丈夫便是拆了你的粮库！我的将来只有回想过去的光荣，我失去了明天的阳光！

（收入《樱海集》，人间书屋1935年8月初版）

断 魂 枪

沙子龙的镳局已改成客栈。

东方的大梦没法子不醒了。炮声压下去马来与印度野林中的虎啸。半醒的人们,揉着眼,祷告着祖先与神灵;不大会儿,失去了国土、自由与主权。门外立着不同面色的人,枪口还热着。他们的长矛毒弩,花蛇斑彩的厚盾,都有什么用呢;连祖先与祖先所信的神明全不灵了啊!龙旗的中国也不再神秘,有了火车呀,穿坟过墓破坏着风水。枣红色多穗的镳旗,绿鲨皮鞘的钢刀,响着串铃的口马①,江湖上的智慧与黑话,义气与声名,连沙子龙,他的武艺、事业,都梦似的变成昨夜的。今天是火车、快枪,通商与恐怖。听说,有人还要杀下皇帝的头呢!

这是走镳已没有饭吃,而国术还没被革命党与教育家提倡起来的时候。

谁不晓得沙子龙是短瘦、利落、硬棒,两眼明得像霜夜的大星?可是,现在他身上放了肉。镳局改了客栈,他自己在后小院占着三

---

① 口马,指张家口外的马匹。

间北房,大枪立在墙角,院子里有几只楼鸽。只是在夜间,他把小院的门关好,熟习熟习他的"五虎断魂枪"。这条枪与这套枪,二十年的工夫,在西北一带,给他创出来:"神枪沙子龙"五个字,没遇见过敌手。现在,这条枪与这套枪不会再替他增光显胜了;只是摸摸这凉、滑、硬而发颤的杆子,使他心中少难过一些而已。只有在夜间独自拿起枪来,才能相信自己还是"神枪沙"。在白天,他不大谈武艺与往事;他的世界已被狂风吹了走。

在他手下创练起来的少年们还时常来找他。他们大多数是没落子弟,都有点武艺,可是没地方去用。有的在庙会上去卖艺:踢两趟腿,练套家伙,翻几个跟头,附带着卖点大力丸,混个三吊两吊的。有的实在闲不起了,去弄筐果子,或挑些毛豆角,赶早儿在街上论斤吆喝出去。那时候,米贱肉贱,肯卖膀子力气本来可以混个肚儿圆;他们可是不成:肚量既大,而且得吃口管事儿的①;干饽饽辣饼子②咽不下去。况且他们还时常去走会:五虎棍,开路,太狮少狮……虽然算不了什么——比起走镖来——可是到底有个机会活动活动,露露脸。是的,走会捧场是买脸的事,他们打扮的像个样儿,至少得有条青洋绉裤子,新漂白细市布的小褂,和一双鱼鳞洒鞋——顶好是青缎子抓地虎靴子。他们是神枪沙子龙的徒弟——虽然沙子龙并不承认——得到处露脸,走会得赔上俩钱,说不定还得打场架。没钱,上沙老师那里去求。沙老师不含糊,多少不拘,不让他们空着手儿走。可是,为打架或献技去讨教一个招数,或是请给说个"对子"——什么空手夺刀,或虎头钩进枪——

---

① 管事儿的,有营养,吃了不至于不久又饿的。
② 辣饼子,剩下的隔夜干粮。

沙老师有时说句笑话,马虎过去:"教什么？拿开水浇吧!"有时直接把他们赶出去。他们不大明白沙老师是怎么了,心中也有点不乐意。

可是,他们到处为沙老师吹腾,一来是愿意使人知道他们的武艺有真传授,受过高人的指教;二来是为激动沙老师:万一有人不服气而找上老师来,老师难道还不露一两手真的么？所以:沙老师一拳就砸倒了个牛! 沙老师一脚把人踢到房上去,并没使多大的劲! 他们谁也没见过这种事,但是说着说着,他们相信这是真的了,有年月,有地方,千真万确,敢起誓!

王三胜——沙子龙的大伙计——在土地庙拉开了场子,摆好了家伙。抹了一鼻子茶叶末色的鼻烟,他抡了几下竹节钢鞭,把场子打大一些。放下鞭,没向四围作揖,叉着腰念了两句:"脚踢天下好汉,拳打五路英雄!"向四围扫了一眼:"乡亲们,王三胜不是卖艺的;玩艺儿会几套,西北路上走过镖,会过绿林中的朋友。现在闲着没事,拉个场子陪诸位玩玩。有爱练的尽管下来,王三胜以武会友,有赏脸的,我陪着。神枪沙子龙是我的师傅;玩艺地道! 诸位,有愿下来的没有？"他看着,准知道没人敢下来,他的话硬,可是那条钢鞭更硬,十八斤重。

王三胜,大个子,一脸横肉,努着对大黑眼珠,看着四围。大家不出声。他脱了小褂,紧了紧深月白色的"腰里硬",把肚子杀进去。给手心一口唾沫,抄起大刀来:

"诸位,王三胜先练趟瞧瞧。不白练,练完了,带着的扔几个;没钱,给喊个好,助助威。这儿没生意口。好,上眼①!"

---

① 上眼,请观众注意看。

断魂枪

大刀靠了身,眼珠努出多高,脸上绷紧,胸脯子鼓出,像两块老桦木根子。一跺脚,刀横起,大红缨子在肩前摆动。削砍劈拨,蹲越闪转,手起风生,忽忽直响。忽然刀在右手心上旋转,身弯下去,四围鸦雀无声,只有缨铃轻叫。刀顺过来,猛的一个"跺泥",身子直挺,比众人高着一头,黑塔似的。收了势:"诸位!"一手持刀,一手叉腰,看着四围。稀稀的扔下几个铜钱,他点点头。"诸位!"他等着,等着,地上依旧是那几个亮而削薄的铜钱,外层的人偷偷散去。他咽了口气:"没人懂!"他低声的说,可是大家全听见了。

"有功夫!"西北角上一个黄胡子老头儿答了话。

"啊?"王三胜好似没听明白。

"我说:你——有——功——夫!"老头子的语气很不得人心。

放下大刀,王三胜随着大家的头往西北看。谁也没看重这个老人:小干巴个儿,披着件粗蓝布大衫,脸上窝窝瘪瘪,眼陷进去很深,嘴上几根细黄胡,肩上扛着条小黄草辫子,有筷子那么细,而绝对不像筷子那么直顺。王三胜可是看出这老家伙有功夫,脑门亮,眼睛亮——眼眶虽深,眼珠可黑得像两口小井,深深的闪着黑光。王三胜不怕:他看得出别人有功夫没有,可更相信自己的本事,他是沙子龙手下的大将。

"下来玩玩,大叔!"王三胜说得很得体。

点点头,老头儿往里走。这一走,四外全笑了。他的胳臂不大动;左脚往前迈,右脚随着拉上来,一步步的往前拉扯,身子整着①,像是患过瘫痪病。蹭到场中,把大衫扔在地上,一点没理会四围怎样笑他。

---

① 身子整着,两臂不动,身体僵硬地走路。

"神枪沙子龙的徒弟,你说? 好,让你使枪吧;我呢?"老头子非常的干脆,很像久想动手。

人们全回来了,邻场耍狗熊的无论怎么敲锣也不中用了。

"三截棍进枪吧?"王三胜要看老头子一手,三截棍不是随便就拿得起来的家伙。

老头子又点点头,拾起家伙来。

王三胜努着眼,抖着枪,脸上十分难看。

老头子的黑眼珠更深更小了,像两个香火头,随着面前的枪尖儿转,王三胜忽然觉得不舒服,那俩黑眼珠似乎要把枪尖吸进去!四外已围得风雨不透,大家都觉出老头子确是有威。为躲那对眼睛,王三胜耍了个枪花。老头子的黄胡子一动:"请!"王三胜一扣枪,向前躬步,枪尖奔了老头子的喉头去,枪缨打了一个红旋。老人的身子忽然活展了,将身微偏,让过枪尖,前把一挂,后把撩王三胜的手。拍,拍,两响,王三胜的枪撒了手。场外叫了好。王三胜连脸带胸口全紫了,抄起枪来;一个花子,连枪带人滚了过来,枪尖奔了老人的中部。老头子的眼亮得发着黑光;腿轻轻一屈,下把掩裆,上把打着刚要抽回的枪杆;拍,枪又落在地上。

场外又是一片彩声。王三胜流了汗,不再去拾枪,努着眼,木在那里。老头子扔下家伙,拾起大衫,还是拉拉着腿,可是走得很快了。大衫搭在臂上,他过来拍了王三胜一下:"还得练哪,伙计!"

"别走!"王三胜擦着汗:"你不离,姓王的服了! 可有一样,你敢会会沙老师?"

"就是为会他才来的!"老头子的干巴脸上皱起点来,似乎是笑呢。"走;收了吧;晚饭我请!"

断魂枪　　079

王三胜把兵器拢在一处,寄放在变戏法二麻子那里,陪着老头子往庙外走。后面跟着不少人,他把他们骂散了。

"你老贵姓?"他问。

"姓孙哪,"老头子的话与人一样,都那么干巴。"爱练;久想会会沙子龙。"

沙子龙不把你打扁了!王三胜心里说。他脚底下加了劲,可是没把孙老头落下。他看出来,老头子的腿是老走着查拳门中的连跳步;交起手来,必定很快。但是,无论他怎么快,沙子龙是没对手的。准知道孙老头要吃亏,他心中痛快了些,放慢了些脚步。

"孙大叔贵处?"

"河间的,小地方。"孙老者也和气了些:"月棍年刀一辈子枪,不容易见功夫!说真的,你那两手就不坏!"

王三胜头上的汗又回来了,没言语。

到了客栈,他心中直跳,唯恐沙老师不在家,他急于报仇。他知道老师不爱管这种事,师弟们已碰过不少回钉子,可是他相信这回必定行,他是大伙计,不比那些毛孩子;再说,人家在庙会上点名叫阵,沙老师还能丢这个脸么?

"三胜,"沙子龙正在床上看着本《封神榜》,"有事吗?"

三胜的脸又紫了,嘴唇动着,说不出话来。

沙子龙坐起来,"怎么了,三胜?"

"栽了跟头!"

只打了个不甚长的哈欠,沙老师没别的表示。

王三胜心中不平,但是不敢发作;他得激动老师:"姓孙的一个老头儿,门外等着老师呢;把我的枪,枪,打掉了两次!"他知道"枪"字在老师心中有多大分量。没等盼咐,他慌忙跑出去。

客人进来,沙子龙在外间屋等着呢。彼此拱手坐下,他叫三胜去泡茶。三胜希望两个老人立刻交了手,可是不能不沏茶去。孙老者没话讲,用深藏着的眼睛打量沙子龙。沙很客气:

"要是三胜得罪了你,不用理他,年纪还轻。"

孙老者有些失望,可也看出沙子龙的精明。他不知怎样好了,不能拿一个人的精明断定他的武艺。"我来领教领教枪法!"他不由地说出来。

沙子龙没接碴儿。王三胜提着茶壶走进来——急于看二人动手,他没管水开了没有,就沏在壶中。

"三胜,"沙子龙拿起个茶碗来,"去找小顺们去,天汇见,陪孙老者吃饭。"

"什么!"王三胜的眼珠几乎掉出来。看了看沙老师的脸,他敢怒而不敢言地说了声"是啦!"走出去,撅着大嘴。

"教徒弟不易!"孙老者说。

"我没收过徒弟。走吧,这个水不开!茶馆去喝,喝饿了就吃。"沙子龙从桌子上拿起缎子褡裢,一头装着鼻烟壶,一头装着点钱,挂在腰带上。

"不,我还不饿!"孙老者很坚决,两个"不"字把小辫从肩上抡到后边去。

"说会子话儿。"

"我来为领教领教枪法。"

"功夫早搁下了,"沙子龙指着身上,"已经放了肉!"

"这么办也行,"孙老者深深的看了沙老师一眼:"不比武,教给我那趟五虎断魂枪。"

"五虎断魂枪?"沙子龙笑了:"早忘干净了!早忘干净了!告

断魂枪　　081

诉你，在我这儿住几天，咱们各处逛逛，临走，多少送点盘缠。"

"我不逛，也用不着钱，我来学艺！"孙老者立起来，"我练趟给你看看，看够得上学艺不够！"一屈腰已到了院中，把楼鸽都吓飞起去。拉开架子，他打了趟查拳：腿快，手飘洒，一个飞脚起去，小辫儿飘在空中，像从天上落下来一个风筝；快之中，每个架子都摆得稳、准、利落；来回六趟，把院子满都打到，走得圆，接得紧，身子在一处，而精神贯串到四面八方。抱拳收势，身儿缩紧，好似满院乱飞的燕子忽然归了巢。

"好！好！"沙子龙在台阶上点着头喊。

"教给我那趟枪！"孙老者抱了抱拳。

沙子龙下了台阶，也抱着拳："孙老者，说真的吧；那条枪和那套枪都跟我入棺材，一齐入棺材！"

"不传？"

"不传！"

孙老者的胡子嘴动了半天，没说出什么来。到屋里抄起蓝布大衫，拉拉着腿："打搅了，再会！"

"吃过饭走！"沙子龙说。

孙老者没言语。

沙子龙把客人送到小门，然后回到屋中，对着墙角立着的大枪点了点头。

他独自上了天汇，怕是王三胜们在那里等着。他们都没有去。

王三胜和小顺们都不敢再到土地庙去卖艺，大家谁也不再为沙子龙吹胜；反之，他们说沙子龙栽了跟头，不敢和个老头儿动手；那个老头子一脚能踢死个牛。不要说王三胜输给他，沙子龙也不是他的对手。不过呢，王三胜到底和老头子见了个高低，而沙子龙连句硬话也没敢说。"神枪沙子龙"慢慢似乎被人们忘了。

夜静人稀,沙子龙关好了小门,一气把六十四枪刺下来;而后,挂着枪,望着天上的群星,想起当年在野店荒林的威风。叹一口气,用手指慢慢摸着凉滑的枪身,又微微一笑,"不传!不传!"

(收入《蛤藻集》,开明书店 1936 年 11 月初版)

我这一辈子

一

我幼年读过书,虽然不多,可是足够读七侠五义与三国志演义什么的。我记得好几段聊斋,到如今还能说得很齐全动听,不但听的人都夸奖我的记性好,连我自己也觉得应该高兴。可是,我并念不懂聊斋的原文,那太深了;我所记得的几段,都是由小报上的"评讲聊斋"念来的——把原文变成白话,又添上些逗哏打趣,实在有个意思!

我的字写得也不坏。拿我的字和老年间衙门里的公文比一比,论个儿的匀适,墨色的光润,与行列的齐整,我实在相信我可以作个很好的"笔帖式"。自然我不敢高攀,说我有写奏折的本领,可是眼前的通常公文是准保能写到好处的。

凭我认字与写的本事,我本该去当差。当差虽不见得一定能增光耀祖,但是至少也比作别的事更体面些。况且呢,差事不管大小,多少总有个升腾。我看见不止一位了,官职很大,可是那笔字还不如我的好呢,连句整话都说不出来。这样的人既能作高官,我怎么不能呢?

可是,当我十五岁的时候,家里教我去学徒。五行八作,行行出状元,学手艺原不是什么低搭的事;不过比较当差稍差点劲儿罢了。学手艺,一辈子逃不出手艺人去,即使能大发财源,也高不过大官儿不是?可是我并没和家里闹别扭,就去学徒了;十五岁的人,自然没有多少主意。况且家里老人还说,学满了艺,能挣上钱,就给我说亲事。在当时,我想象着结婚必是件有趣的事。那么,吃上二三年的苦,而后大人似的去耍手艺挣钱,家里再有个小媳妇,大概也很下得去了。

我学的是裱糊匠。在那太平年月,裱糊匠是不愁没饭吃的。那时候,死一个人不像现在这么省事。这可并不是说,老年间的人要翻来覆去的死好几回,不干脆的一下子断了气。我是说,那时候死人,丧家要拚命的花钱,一点不惜力气与金钱的讲排场。就拿与冥衣铺有关系的事来说吧,就得花上老些个钱。人一断气,马上就得去糊"倒头车"——现在,连这个名词儿也许有好多人不晓得了。紧跟着便是"接三",必定有些烧活:车轿骡马,墩箱灵人,引魂幡,灵花等等。要是害月子病死的,还必须另糊一头牛,和一个鸡罩。赶到"一七"念经,又得糊楼库,金山银山,尺头元宝,四季衣服,四季花草,古玩陈设,各样木器。及至出殡,纸亭纸架之外,还有许多烧活,至不济也得弄一对"童儿"举着。"五七"烧伞,六十天糊船桥。一个死人到六十天后才和我们裱糊匠脱离关系。一年之中,死那么十来个有钱的人,我们便有了吃喝。

裱糊匠并不专伺候死人,我们也伺候神仙。早年间的神仙不像如今晚儿的这样寒碜,就拿关老爷说吧,早年间每到六月二十四,人们必给他糊黄幡宝盖,马童马匹,和七星大旗什么的。现在,几乎没有人再惦记着关公了!遇上闹"天花",我们又得为娘娘们忙一阵。九位娘娘得糊九顶轿子,红马黄马各一匹,九份凤冠霞帔,还得预备痘哥哥痘姐姐们的袍带靴帽,和各样执事。如今,医院都施种牛痘,娘娘们无事可作,裱糊匠也就陪着她们闲起来了。此外还有许许多多的"还愿"的事,都要糊点什么东西,可是也都随着破除迷信没人再提了。年头真是变了啊!

　　除了伺候神与鬼外,我们这行自然也为活人作些事。这叫作"白活",就是给人家糊顶棚。早年间没有洋房,每遇到搬家,娶媳妇,或别项喜事,总要把房间糊得四白落地,好显出焕然一新的气象。那大富之家,连春秋两季糊窗子也雇用我们。人是一天穷似一天了,搬家不一定糊棚顶,而那些有钱的呢,房子改为洋式的,棚顶抹灰,一劳永逸;窗子改成玻璃的,也用不着再糊上纸或纱。什么都是洋式好,耍手艺的可就没了饭吃。我们自己也不是不努力呀,洋车时行,我们就照样糊洋车;汽车时行,我们就糊汽车,我们知道改良。可是有几家死了人来糊一辆洋车或汽车呢?年头一旦大改良起来,我们的小改良全算白饶,水大漫不过鸭子去,有什么法儿呢!

二

　　上面交代过了:我若是始终仗着那份儿手艺吃饭,恐怕就早已饿死了。不过,这点本事虽不能永远有用,可是三年的学艺并非没有很大的好处,这点好处教我一辈子享用不尽。我可以撂下家伙,干别的营生去;这点好处可是老跟着我。就是我死后,有人谈到我的为人如何,他们也必须要记得我少年曾学过三年徒。

学徒的意思是一半学手艺,一半学规矩。在初到铺子去的时候,不论是谁也得害怕,铺中的规矩就是委屈。当徒弟的得晚睡早起,得听一切的指挥与使遣,得低三下四的伺候人,饥寒劳苦都得高高兴兴的受着,有眼泪往肚子里咽。像我学艺的所在,铺子也就是掌柜的家;受了师傅的,还得受师母的,夹板儿气!能挺过这么三年,顶倔强的人也得软了,顶软和的人也得硬了;我简直的可以这么说,一个学徒的脾性不是天生带来的,而是被板子打出来的;像打铁一样,要打什么东西便成什么东西。

在当时正挨打受气的那一会儿,我真想去寻死,那种气简直不是人所受得住的!但是,现在想起来,这种规矩与调教实在值金子。受过这种排练,天下便没有什么受不了的事啦。随便提一样吧,比方说教我去当兵,好哇,我可以作个满好的兵。军队的操演有时有会儿,而学徒们是除了睡觉没有任何休息时间的。我抓着工夫去出恭,一边蹲着一边就能打个盹儿,因为遇上赶夜活的时候,我一天一夜只能睡上三四点钟的觉。我能一口吞下去一顿饭,刚端起饭碗,不是师傅喊,就是师娘叫,要不然便是有照顾主儿来定活,我得恭而敬之的招待,并且细心听着师傅怎样论活讨价钱。不把饭整吞下去怎办呢?这种排练教我遇到什么苦处都能硬挺,外带着还是挺和气。读书的人,据我这粗人看,永远不会懂得这个。现在的洋学堂里开运动会,学生跑上两个圈就仿佛有了汗马功劳一般,喝!又是搀着,又是抱着,往大腿上拍火酒,还闹脾气,还坐汽车!这样的公子哥儿哪懂得什么叫作规矩,哪叫排练呢?话往回来说,我所受的苦处给我打下了作事任劳任怨的底子,我永远不肯闲着,作起活来永不晓得闹脾气,要别扭,我能和大兵们一

我这一辈子 | 087

样受苦,而大兵们不能像我这么和气。

　　再拿件实事来证明这个吧:在我学成出师以后,我和别的耍手艺的一样,为表明自己是凭本事挣钱的人,第一我先买了根烟袋,只要一闲着便捻上一袋吧唧着,仿佛很有身分,慢慢的,我又学了喝酒,时常弄两盅猫尿咂着嘴儿抿几口。嗜好就怕开了头,会了一样就不难学第二样,反正都是个玩艺吧咧。这可也就出了毛病。我爱烟爱酒,原本不算什么稀奇的事,大家伙儿都差不多是这样。可是,我一来二去的学会了吃大烟。那个年月,鸦片烟不犯私,非常的便宜;我先是吸着玩,后来可就上了瘾。不久,我便觉出手紧来了,作事也不似先前那么上劲了。我并没等谁劝告我,不但戒了大烟,而且把旱烟袋也撅了,从此烟酒不动!我入了"理门"。入理门,烟酒都不准动;一旦破戒,必走背运。所以我不但戒了嗜好,而且入了理门;背运在那儿等着我,我怎肯再犯戒呢?这点心胸与硬气,如今想起来,还是由学徒得来的。多大的苦处我都能忍受。初一戒烟戒酒,看着别人吸,别人饮,多么难过呢!心里真像有一千条小虫爬挠那么痒痒触触的难过。但是我不能破戒,怕走背运。其实背运不背运的,都是日后的事,眼前的罪过可是不好受呀!硬挺,只有硬挺才能成功,怕走背运还在其次。我居然挺过来了,因为我学过徒,受过排练呀!

　　提到我的手艺来,我也觉得学徒三年的光阴并没白费了。凡是一门手艺,都得随时改良,方法是死的,运用可是活的。三十年前的瓦匠,讲究会磨砖对缝,作细工儿活;现在,他得会用洋灰和包镶人造石什么的。三十年前的木匠,讲究会雕花刻木,现在得会造洋式木器。我们这行也如此,不过比别的行业更活动。我们这行讲究看见什么就能糊什么。比方说,人家落了丧事,教我们糊一桌全席,我们就能糊出鸡鸭鱼肉来。赶上人家死了未出阁的姑娘,教我们糊一全份嫁妆,不管是四十八抬,还是三十二抬,我们便能由粉罐油瓶一直糊到衣橱穿衣镜。眼睛一看,手就能模仿下来,这是我们的本事。我们的本事不大,可是得有点聪明,一个心窟窿的人绝不会成个好裱糊匠。

这样,我们作活,一边工作也一边游戏,仿佛是。我们的成败全仗着怎么把各色的纸调动的合适,这是耍心路的事儿。以我自己说,我有点小聪明。在学徒时候所挨的打,很少是为学不上活来,而多半是因为我有聪明而好调皮不听话。我的聪明也许一点也显露不出来,假若我是去学打铁,或是拉大锯——老那么打,老那么拉,一点变动没有。幸而我学了裱糊匠,把基本的技能学会了以后,我便开始自出花样,怎么灵巧逼真我怎么作。有时候我白费了许多工夫与材料,而作不出我所想到的东西,可是这更教我加紧的去揣摩,去调动,非把它作成不可。这个,真是个好习惯。有聪明,而且知道用聪明,我必须感谢这三年的学徒,在这三年养成了我会用自己的聪明的习惯。诚然,我一辈子没作过大事,但是无论什么事,只要是平常人能作的,我一瞧就能明白个五六成。我会砌墙,栽树,修理钟表,看皮货的真假,合婚择日,知道五行八作的行话上诀窍……这些,我都没学过,只凭我的眼去看,我的手去试验;我有勤苦耐劳与多看多学的习惯;这个习惯是在冥衣铺学徒三年养成的。到如今我才明白过来——我已是快饿死的人了!——假若我多读上几年书,只抱着书本死啃,像那些秀才与学堂毕业的人们那样,我也许一辈子就糊糊涂涂的下去,而什么也不晓得呢!裱糊的手艺没有给我带来官职和财产,可是它让我活的很有趣;穷,但是有趣,有点人味儿。

刚二十多岁，我就成为亲友中的重要人物了。不因为我有钱与身分，而是因为我办事细心，不辞劳苦。自从出了师，我每天在街口的茶馆里等着同行的来约请帮忙。我成了街面上的人，年轻，利落，懂得场面。有人来约，我便去作活；没人来约，我也闲不住：亲友家许许多多的事都托咐我给办，我甚至于刚结过婚便给别人家作媒了。

给别人帮忙就等于消遣。我需要一些消遣。为什么呢？前面我已说过：我们这行有两种活，烧活和白活。作烧活是有趣而干净的，白活可就不然了。糊顶棚自然得先把旧纸撕下来，这可真够受的，没作过的人万也想不到顶棚上会能有那么多尘土，而且是日积月累攒下来的，比什么土都干、细，钻鼻子，撕完三间屋子的棚，我们就都成了土鬼。及至扎好了秫秸，糊新纸的时候，新银花纸的面子是又臭又挂鼻子。尘土与纸面子就能教人得痨病——现在叫作肺病。我不喜欢这种活儿。可是，在街上等工作，有人来约就不能拒绝，有什么活得干什么活。应下这种活儿，我差不多老在下边裁纸递纸抹浆糊，为的是可以不必上"交手"，而且可以低着头干活儿，少吃点土。就是这样，我也得弄一身灰，我的鼻子也得像烟筒。作完这么几天活，我愿意作点别的，变换变换。那么，有亲友托我办点什么，我是很乐意帮忙的。

再说呢，作烧活吧，作白活吧，这种工作老与人们的喜事或丧事有关系。熟人们找我定活，也往往就手儿托我去讲别项的事，如婚丧事的搭棚，讲执事，雇厨子，定车马等等。我在这些事儿中渐渐找出乐趣，晓得如何能捏住巧处，给亲友们既办得漂亮，又省些钱，不能窝窝囊囊的被人捉了"大头"。我在办这些事儿的时候，得到许多经验，明白了许多人情，久而久之，我成了个很精明的人，虽然还不到三十岁。

三

由前面所说过的去推测,谁也能看出来,我不能老靠着裱糊的手艺挣饭吃。像逛庙会忽然遇上雨似的,年头一变,大家就得往四散里跑。在我这一辈子里,我仿佛是走着下坡路,收不住脚。心里越盼着天下太平,身子越往下出溜。这次的变动,不使人缓气,一变好像就要变到底。这简直不是变动,而是一阵狂风,把人糊糊涂涂的刮得不知上哪里去了。在我小时候发财的行当与事情,许多许多都忽然走到绝处,永远不再见面,仿佛掉在了大海里头似的。裱糊这一行虽然到如今还阴死巴活的始终没完全断了气,可是大概也不会再有抬头的一日了。我老早的就看出这个来。在那太平的年月,假若我愿意的话,我满可以开个小铺,收两个徒弟,安安顿顿的混两顿饭吃。幸而我没那么办。一年得不到一笔大活,只仗着糊一辆车或两间屋子的顶棚什么的,怎能吃饭呢?睁开眼看看,这十几年了,可有过一笔体面的活?我得改行,我算是猜对了。

不过,这还不是我忽然改了行的唯一的原因。年头儿的改变不是个人所能抵抗的,胳臂扭不过大腿去,跟年头儿叫死劲简直是自己找别扭。可是,个人独有的事往往来得更厉害,它能马上教人疯了。去投河觅井都不算新奇,不用说把自己的行业放下,而去干些别的了。个人的事虽然很小,可是一加在个人身上便受不住;一个米粒很小,教蚂蚁去搬运便很费力气。个人的事也是如此。人活着是仗了一口气,多咱有点事儿,把这口气憋住,人就要抽风。人是多么小的玩艺儿呢!

我的精明与和气给我带来背运。乍一听这句话仿佛是不合情理,可是千真万确,一点儿不假,假若这要不落在我自己身上,我也许不大相信天下会有这宗事。它竟自找到了我;在当时,我差不多真成了个疯子。隔了这么二三十年,现在想起那回事儿来,我满可以微微一笑,仿佛想起一个故事来似的。现在我明白了个人的好处不必一定就有利于自己。一个人好,大家都好,这点好处才有用,正是如鱼得水。一个人好,而大家并不都好,个人的好处也许就是让他倒霉的祸根。精明和气有什么用呢!现在,我悟过这点理儿来,想起那件事不过点点头,笑一笑罢了。在当时,我可真有点咽不下去那口气。那时候我还很年轻啊。

哪个年轻的人不爱漂亮呢?在我年轻的时候,给人家行人情或办点事,我的打扮与气派谁也不敢说我是个手艺人。在早年间,皮货很贵,而且不准乱穿。如今晚的人,今天得了马票或奖券,明天就可以穿上狐皮大衣,不管是个十五岁的孩子还是二十岁还没刮过脸的小伙子。早年间可不行,年纪身分决定个人的服装打扮。那年月,在马褂或坎肩上安上一条灰鼠领子就仿佛是很漂亮阔气。我老安着这么条领子,马褂与坎肩都是青大缎的——那时候的缎子也不怎么那样结实,一件马褂至少也可以穿上十来年。在给人家糊棚顶的时候,我是个土鬼;回到家中一梳洗打扮,我立刻变成个漂亮小伙子。我不喜欢那个土鬼,所以更爱这个漂亮的青年。我的辫子又黑又长,脑门剃得锃光青亮,穿上带灰鼠领子的缎子坎肩,我的确像个"人儿"!

一个漂亮小伙子所最怕的恐怕就是娶个丑八怪似的老婆吧。我早已有意无意的向老人们透了个口话:不娶倒没什么,要娶就得来个够样儿的。那时候,自然还不时行自由婚,可是已有男女两造对相对看的办法。要结婚的话,我得自己去相看,不能马马虎虎就凭媒人的花言巧语。

二十岁那年,我结了婚,我的妻比我小一岁。把她放在哪里,她也得算个俏式利落的小媳妇;在定婚以前,我亲眼相看的呀。她美不美,我不敢说,我说她俏式利落,因为这四个字就是我择妻的标准;她要是不够这四个字的格儿,当初我决不会点头。在这四个字里很可以见出我自己是怎样的人来。那时候,我年轻,漂亮,作事麻利,所以我一定不能要个笨牛似的老婆。

这个婚姻不能说不是天配良缘。我俩都年轻,都利落,都个子不高;在亲友面前,我们像一对轻巧的陀螺似的,四面八方的转动,招得那年岁大些的人们眼中要笑出一朵花来。我俩竞争着去在大家面前显出个人的机警与口才,到处争强好胜,只为教人夸奖一声我们是一对最有出息的小夫妇。别人的夸奖增高了我俩彼此间的敬爱,颇有点英雄惜英雄,好汉爱好汉的劲儿。

我很快乐,说实话:我的老人没挣下什么财产,可是有一所儿房。我住着不用花租金的房子,院中有不少的树木,檐前挂着一对黄鸟。我呢,有手艺,有人缘,有个可心的年轻女人。不快乐不是自找别扭吗?

对于我的妻,我简直找不出什么毛病来。不错,有时候我觉得她有点太野;可是哪个利落的小媳妇不爽快呢?她爱说话,因为她会说;她不大躲避男人,因为这正是作媳妇所应享的利益,特别是刚出嫁而有些本事的小媳妇,她自然愿意把作姑娘时的腼腆收起一些,而大大方方的自居为"媳妇"。这点实在不能算作毛病。况且,她见了长辈又是那么亲热体贴,殷勤的伺候,那么她对年轻一点的人随便一些也正是理之当然;她是爽快大方,所以对于年老的正像对于年少的,都愿表示出亲热周到来。我没因为她爽快而责

我这一辈子 | 093

备她过。

她有了孕,作了母亲,她更好看了,也更大方了——我简直的不忍再用那个"野"字!世界上还有比怀孕的少妇更可怜,年轻的母亲更可爱的吗?看她坐在门坎上,露着点胸,给小娃娃奶吃,我只能更爱她,而想不起责备她太不规矩。

到了二十四岁,我已有一儿一女。对于生儿养女,作丈夫的有什么功劳呢!赶上高兴,男子把娃娃抱起来,耍巴一回;其余的苦处全是女人的。我不是个糊涂人,不必等谁告诉我才能明白这个。真的,生小孩,养育小孩,男人有时候想去帮忙也归无用;不过,一个懂得点人事的人,自然该使作妻的痛快一些,自由一些;欺侮孕妇或一个年轻的母亲,据我看,才真是混蛋呢!对于我的妻,自从有了小孩之后,我更放任了些;我认为这是当然的合理的。

再一说呢,夫妇是树,儿女是花;有了花的树才能显出根儿深。一切猜忌,不放心,都应该减少,或者完全消灭;小孩子会把母亲拴得结结实实的。所以,即使我觉得她有点野——真不愿用这个臭字——我也不能不放心了,她是个母亲呀。

四

直到如今,我还是不能明白那到底是怎么一回事。

我所不能明白的事也就是当时教我差点儿疯了的事,我的妻跟人家跑了。

我再说一遍,到如今我还不能明白那到底是怎回事。我不是个固执的人,因为我久在街面上,懂得人情,知道怎样找出自己的长处与短处。但是,对于这件事,我把自己的短处都找遍了,也找不出应当受这种耻辱与惩罚的地方来。所以,我只能说我的聪明与和气给我带来祸患,因为我实在找不出别的道理来。

我有位师哥,这位师哥也就是我的仇人。街口上,人们都管他叫作黑子,我也就还这么叫他吧;不便道出他的真名实姓来,虽然他是我的仇人。"黑子",由于他的脸不白;不但不白,而且黑得特别,所以才有这个外号。他的脸真像个早年间人们揉的铁球,黑,可是非常的亮;黑,可是光润;黑,可是油光水滑的可爱。当他喝下两盅酒,或发热的时候,脸上红起来,就好像落太阳时的一些黑云,黑里透出一些红光。至于他的五官,简直没有什么好看的地方,我比他漂亮多了。他的身量很高,可也不见得怎么魁梧,高大而懈懈松松的。他所以不至教人讨厌他,总而言之,都仗着那一张发亮的黑脸。

我跟他是很好的朋友。他既是我的师哥,又那么傻大黑粗的,即使我不喜爱他,我也不能无缘无故的怀疑他。我的那点聪明不是给我预备着去猜疑人的;反之,我知道我的眼睛里不容砂子,所以我因信任自己而信任别人。我以为我的朋友都不至于偷偷的对我掏坏招数。一旦我认定谁是个可交的人,我便真拿他当个朋友看待。对于我这个师哥,即使他有可猜疑的地方,我也得敬重他,招待他,因为无论怎样,他到底是我的师哥呀。同是一门儿学出来的手艺,又同在一个街口上混饭吃,有活没活,一天至少也得见几面;对这么熟的人,我怎能不拿他当作个好朋友呢?有活,我们一同去作活;没活,他总是到我家来吃饭喝茶,有时候也摸几把索儿胡玩——那时候"麻将"还不十分时兴。我和蔼,他也不客气;遇到什么就吃什么,遇到什么就喝什么,我一向不特别为他预备什么,他也永远不挑剔。他吃的很多,可是不懂得挑食。看他端着大碗,跟着我们吃热汤儿面什么的,真是个痛快的事。他吃得四脖子汗流,嘴里西啦胡噜的响,脸上越来越红,慢慢的成了个半红的大煤球似的;谁能说这样的人能存着什么坏心眼儿呢!

一来二去,我由大家的眼神看出来天下并不很太平。可是,我并没有怎么往心里搁这回事。假若我是个糊涂人,只有一个心眼,大概对这种事不会不听见风就是雨,马上闹个天昏地暗,也许立刻把事情弄个水落石出,也许是望风捕影而弄一鼻子灰。我的心眼多,决不肯这么糊涂瞎闹,我得平心静气的想一想。

先想我自己,想不出我有什么不对的地方来,即使我有许多毛病,反正至少我比师哥漂亮,聪明,更像个人儿。

再看师哥吧,他的长像,行为,财力,都不能教他为非作歹,他不是那种一见面就教女人动心的人。

最后,我详详细细的为我的年轻的妻子想一想:她跟了我已经四五年,我俩在一处不算不快乐。即使她的快乐是假装的,而愿意去跟个她真喜爱的人——这在早年间几乎是不能有的——大概黑子也绝不会是这个人吧?他跟我都是手艺人,他的身分一点不比我高。同样,他不比我阔,不比我漂亮,不比我年轻;那么,她贪图的是什么呢?想不出。就满打说她是受了他的引诱而迷了心,可是他用什么引诱她呢,是那张黑脸,那点本事,那身衣裳,腰里那几吊钱?笑话!哼,我要是有意的话吗,我倒满可以去引诱引诱女人;虽然钱不多,至少我有个样子。黑子有什么呢?再说,就是说她一时迷了心窍,分别不出好歹来,难道她就肯舍得那两个小孩吗?

我不能信大家的话,不能立时疏远了黑子,也不能傻子似的去盘问她。我全想过了,一点缝子没有,我只能慢慢的等着大家明白过来他们是多虑。即使他们不是凭空造谣,我也得慢慢的察看,不能无缘无故的把自己,把朋友,把妻子,都卷在黑土里边。有点聪明的人作事不能鲁莽。

可是,不久,黑子和我的妻子都不见了。直到如今,我没再见过他俩。为什么她肯这么办呢?我非见着她,由她自己吐出实话,我不会明白。我自己的思想永远不够对付这件事的。

我真盼望能再见她一面,专为明白明白这件事。到如今我还是在个葫芦里。

当时我怎样难过,用不着我自己细说。谁也能想到,一个年轻漂亮的人,守着两个没了妈的小孩,在家里是怎样的难过;一个聪明规矩的人,最亲爱的妻子跟师哥跑了,在街面上是怎么难堪。同情我的人,有话说不出,不认识我的人,听到这件事,总不会责备我的师哥,而一直的管我叫"王八"。在咱们这讲孝悌忠信的社会里,人们很喜欢有个王八,好教大家有放手指头的准头。我的口闭上,我的牙咬住,我心中只有他们俩的影儿和一片血。不用教我见着他们,见着就是一刀,别的无须乎再说了。

在当时,我只想拚上这条命,才觉得有点人味儿。现在,事情过去这么多年了。我可以细细的想这件事在我这一辈子里的作用了。

我的嘴并没闲着,到处我打听黑子的消息。没用,他俩真像石沉大海一般。打听不着确实的消息,慢慢的我的怒气消散了一些;说也奇怪,怒气一消,我反倒可怜我的妻子。黑子不过是个手艺人,而这种手艺只能在京津一带大城里找到饭吃,乡间是不需要讲究的烧活的。那么,假若他俩是逃到远处去,他拿什么养活她呢?哼,假若他肯偷好朋友的妻子,难道他就不会把她卖掉吗?这个恐惧时常在我心中绕来绕去。我真希望她忽然逃回来,告诉我她怎样上了当,受了苦处;假若她真跪在我的面前,我想我不会不收下她的,一个心爱的女人,永远是心爱的,不管她作了什么错事。她没有回来,没有消息,我恨她一会儿,又可怜她一会儿,胡思乱想,我有时候整夜的不能睡。

过了一年多,我的这种乱想又轻淡了许多。是的,我这一辈子也不能忘了她,可是我不再为她思索什么了。我承认了这是一段千真万确的事实,不必为它多费心思了。

我到底怎样了呢?这倒是我所要说的,因为这件我永远猜不透的事在我这一辈子里实在是件极大的事。这件事好像是在梦中丢失了我最亲爱的人,一眨眼,她真的跑得无影无踪了。这个梦没法儿明白,可是它的真确劲儿是谁也受不了的。作过这么个梦的人,就是没有成疯子,也得大大的改变;他是丢失了半个命呀!

五

最初,我连屋门也不肯出,我怕见那个又明又暖的太阳。

顶难堪的是头一次上街:抬着头大大方方的走吧,准有人说我天生来的不知羞耻。低着头走,便是自己招认了脊背发软。怎么着也不对。我可是问心无愧,没作过一点对不起人的事。

我破了戒,又吸烟喝酒了。什么背运不背运的,有什么再比丢了老婆更倒霉的呢?我不求人家可怜我,也犯不上成心对谁耍刺儿,我独自吸烟喝酒,把委屈放在心里好了。再没有比不测的祸患更能扫除了迷信的;以前,我对什么神仙都不敢得罪;现在,我什么也不信,连活佛也不信了。迷信,我咂摸出来,是盼望得点意外的好处;赶到遇上意外的难处,你就什么也不盼望,自然也不迷信了。我把财神和灶王的龛——我亲手糊的——都烧了。亲友中很有些人说我成了二毛子的。什么二毛子三毛子的,我再不给谁磕头。人若是不可靠,神仙就更没准儿了。

我并没变成忧郁的人。这种事本来是可以把人愁死的,可是我没往死牛犄角里钻。我原是个活泼的人,好吧,我要打算活下去,就得别丢了我的活泼劲儿。不错,意外的大祸往往能忽然把一个人的习惯与脾气改变了;可是我决定要保持住我的活泼。我吸烟,喝酒,不再信神佛,不过都是些使我活泼的方法。不管我是真乐还是假乐,我乐!在我学艺的时候,我就会这一招,经过这次的变动,我更必须这样了。现在,我已快饿死了,我还是笑着,连我自己也说不清这是真的还是假的笑,反正我笑,多咱死了多咱我并上嘴。从那件事发生了以后,直到如今,我始终还是个有用的人,热心的人,可是我心中有了个空儿。这个空儿是那件不幸的事给我留下的,像墙上中了枪弹,老有个小窟窿似的。我有用,我热心,我爱给人家帮忙,但是不幸而事情没办到好处,或者想不到的扎手,我不着急,也不动气,因为我心中有个空儿。这个空儿会教我在极热心的时候冷静,极欢喜的时候有点悲哀,我的笑常常和泪碰在一起,而分不清哪个是哪个。

这些,都是我心里头的变动,我自己要是不说——自然连我自己也说不大完全——大概别人无从猜到。在我的生活上,也有了变动,这是人人能看到的。我改了行,不再当裱糊匠,我没脸再上街口去等生意,同行的人,认识我的,也必认识黑子;他们只须多看我几眼,我就没法再咽下饭去。在那报纸还不大时行的年月,人们的眼睛是比新闻还要厉害的。现在,离婚都可以上衙门去明说讲,早年间男女的事儿可不能这么随便。我把同行中的朋友全放下了,连我的师傅师母都懒得去看,我仿佛是要由这个世界一脚跳到另一个世界去。这样,我觉得我才能独自把那桩事关在心里头。年头的改变教裱糊匠们的活路越来越狭,但是要不是那回事,我也不会改行改得这么快,这么干脆。放弃了手艺,没什么可惜;可是这么放弃了手艺,我也不会感谢"那"回事儿!不管怎说吧,我改了行,这是个显然的变动。

决定扔下手艺可不就是我准知道应该干什么去。我得去乱碰,像一只空船浮在水面上,浪头是它的指南针。在前面我已经说过,我认识字,还能抄抄写写,很够当个小差事的。再说呢,当差是个体面的事,我这丢了老婆的人若能当上差,不用说那必能把我的名誉恢复了一些。现在想起来,这个想法真有点可笑;在当时我可是诚心的相信这是最高明的办法。"八"字还没有一撇儿,我觉得很高兴,仿佛我已经很有把握,既得到差事,又能恢复了名誉。我的头又抬得很高了。

哼!手艺是三年可以学成的;差事,也许要三十年才能得上吧!一个钉子跟着一个钉子,都预备着给我碰呢!我说我识字,哼!敢情有好些个能整本背书的人还挨饿呢。我说我会写字,敢情会写字的绝不算出奇呢。我把自己看得太高了。可是,我又亲眼看见,那作着很大的官儿的,一天到晚山珍海味的吃着,连自己的姓都不大认得。那么,是不是我的学问又太大了,而超过了作官所需要的呢?我这个聪明人也没法儿不显着糊涂了。

慢慢的,我明白过来。原来差事不是给本事预备着的,想做官第一得有人。这简直没了我的事,不管我有多么大的本事。我自己是个手艺人,所认识的也是手艺人;我爸爸呢,又是个白丁,虽然是很有本事与品行的白丁。我上哪里去找差事当呢?

事情要是逼着一个人走上哪条道儿,他就非去不可,就像火车一样,轨道已摆好,照着走就是了,一出花样准得翻车!我也是如此。决定扔下了手艺,而得不到个差事,我又不能老这么闲着。好啦,我的面前已摆好了铁轨,只准上前,不许退后。

我当了巡警。

巡警和洋车是大城里头给苦人们安好的两条火车道。大字不识而什么手艺也没有的,只好去拉车。拉车不用什么本钱,肯出汗就能吃窝窝头。识几个字而好体面的,有手艺而挣不上饭的,只好去当巡警;别的先不提,挑巡警用不着多大的人情,而且一挑上先有身制服穿着,六块钱拿着;好歹是个差事。除了这条道,我简直无路可走。我既没混到必须拉车去的地步,又没有作高官的舅舅或姐丈,巡警正好不高不低,只要我肯,就能穿上一身铜钮子的制服。当兵比当巡警有起色,即使熬不上军官,至少能有抢劫些东西的机会。可是,我不能去当兵,我家中还有俩没娘的小孩呀。当兵要野,当巡警要文明;换句话说,当兵有发邪财的机会,当巡警是穷而文明一辈子;穷得要命,文明得稀松!

以后这五六十年的经验,我敢说这么一句:真会办事的人,到时候才说话,爱张罗办事的人——像我自己——没话也找话说。我的嘴老不肯闲着,对什么事我都有一片说词,对什么人我都想很恰当的给起个外号。我受了报应:第一件事,我丢了老婆,把我的嘴封起来一二年!第二件是我当了巡警。在我还没当上这个差事的时候,我管巡警们叫作"马路行走","避风阁大学士"和"臭脚巡"。这些无非都是说巡警们的差事只是站马路,无事忙,跑臭脚。哼!我自己当上"臭脚巡"了!生命简直就是自己和自己开

我这一辈子

玩笑,一点不假!我自己打了自己的嘴巴,可并不因为我作了什么缺德的事;至多也不过爱多说几句玩笑话罢了。在这里,我认识了生命的严肃,连句玩笑话都说不得的!好在,我心中有个空儿;我怎么叫别人"臭脚巡",也照样叫自己。这在早年间叫作"抹稀泥",现在的新名词应叫着什么,我还没能打听出来。

　　我没法不去当巡警,可是真觉得有点委屈。是呀,我没有什么出众的本事,但是论街面上的事,我敢说我比谁知道的也不少。巡警不是管街面上的事情吗?那么,请看看那些警官儿吧:有的连本地的话都说不上来,二加二是四还是五都得想半天。哼!他是官,我可是"招募警";他的一双皮鞋够开我半年的饷!他什么经验与本事也没有,可是他作官。这样的官儿多了去啦!上哪儿讲理去呢?记得有位教官,头一天教我们操法的时候,忘了叫"立正",而叫了"闸住"。用不着打听,这位大爷一定是拉洋车出身。有人情就行,今天你拉车,明天你姑父作了什么官儿,你就可以弄个教官当当;叫"闸住"也没关系,谁敢笑教官一声呢!这样的自然是不多,可是有这么一位教官,也就可以教人想到巡警的操法是怎么稀松二五眼了。内堂的功课自然绝不是这样教官所能担任的,因为至少得认识些个字才能"虎"得下来。我们的内堂的教官大概可以分为两种:一种是老人儿们,多数都有口鸦片烟瘾;他们要是能讲明白一样东西,就凭他们那点人情,大概早就作上大官儿了;唯其什么也讲不明白,所以才来作教官。另一种是年轻的小伙子们,讲的都是洋事,什么东洋巡警怎么样,什么法国违警律如何,仿佛我们都是洋鬼子。这种讲法有个好处,就是他们信口开河瞎扯,我们一边打盹一边听着,谁也不准知道东洋和法国是什么样儿,可不就随他的便说吧。我满可以编一套美国的事讲给大家听,可惜我不是教官罢了。这群年轻的小人们真懂外国事儿不懂,无从知道;反正我准知道他们一点中国事儿也不晓得。这两种教官的年纪上学问上都不同,可是他们有个相同的地方,就是他们都高不成低不就,所以对对付付的只能作教官。他们的人情真不小,可是本事太差,所以来教一群为六块洋钱而一声不敢出的巡警就最合适。

教官如此,别的警官也差不多是这样。想想:谁要是能去作一任知县或税局局长,谁肯来作警官呢?前面我已交代过了,当巡警是高不成低不就,不得已而为之。警官也是这样。这群人由上至下全是"狗熊耍扁担,混碗儿饭吃"。不过呢,巡警一天到晚在街面上,不论怎样抹稀泥,多少得能说会道,见机而作,把大事化小,小事化无;既不多给官面上惹麻烦,又让大家都过得去;真的吧假的吧,这总得算点本事。而作警官的呢,就连这点本事似乎也不必有。阎王好作,小鬼难当,诚然!

六

我再多说几句,或者就没人再说我太狂傲无知了。我说我觉得委屈,真是实话;请看吧:一月挣六块钱,这跟当仆人的一样,而没有仆人们那些"外找儿";死挣六块钱,就凭这么个大人——腰板挺直,样子漂亮,年轻力壮,能说会道,还得识文断字!这一大堆资格,一共值六块钱!

六块钱饷粮,扣去三块半钱的伙食,还得扣去什么人情公议儿,净剩也就是两块上下钱吧。衣服自然是可以穿官发的,可是到休息的时候,谁肯还穿着制服回家呢;那么,不作不作也得有件大褂什么的。要是把钱作了大褂,一个月就算白混。再说,谁没有家呢？父母——呕,先别提父母吧！就说一夫一妻吧:至少得赁一间房,得有老婆的吃,喝,穿。就凭那两块大洋！谁也不许生病,不许生小孩,不许吸烟,不许吃点零碎东西;连这么着,月月还不够嚼谷！

我就不明白为什么肯有人把姑娘嫁给当巡警的,虽然我常给同事的做媒。当我一到女家提说的时候,人家总对我一撇嘴,虽不明说,但是意思很明显,"哼！当巡警的！"可是我不怕这一撇嘴,因为十回倒有九回是撇完嘴而点了头。难道是世界上的姑娘太多了吗？我不知道。

由哪面儿看,巡警都活该是鼓着腮帮子充胖子而教人哭不得笑不得的。穿起制服来,干净利落,又体面又威风,车马行人,打架吵嘴,都由他管着。他这是差事;可是他一月除了吃饭,净剩两块来钱。他自己也知道中气不足,可是不能不硬挺着腰板,到时候他得娶妻生子,还是仗着那两块来钱。提婚的时候,头一句是说:"小人呀当差！"当差的底下还有什么呢？没人愿意细问,一问就糟到底。

是的,巡警们都知道自己怎样的委屈,可是风里雨里他得去巡街下夜,一点懒儿不敢偷;一偷懒就有被开除的危险;他委屈,可不敢抱怨,他劳苦,可不敢偷闲,他知道自己在这里混不出来什么,而不敢冒险搁下差事。这点差事扔了可惜,作着又没劲;这些人也就人儿似的先混过一天是一天,在没劲中要露出劲儿来,像打太极拳似的。

世上为什么应当有这种差事,和为什么有这样多肯作这种差事的人？我想不出来。假若下辈子我再托生为人,而且忘了喝迷魂汤,还记得这一辈子的事,我必定要扯着脖子去喊:这玩艺儿整个的是丢人,是欺骗,是杀人不流血!现在,我老了,快饿死了,连喊这么几句也顾不及了,我还得先为下顿的窝窝头着忙呀!

自然在我初当差的时候,我并没有一下子就把这些都看清楚了,谁也没有那么聪明。反之,一上手当差我倒觉出点高兴来:穿上整齐的制服,靴帽,的确我是漂亮精神,而且心里说:好吧歹吧,这是个差事;凭我的聪明与本事,不久我必有个升腾。我很留神看巡长巡官们制服上的铜星与金道,而想象着我将来也能那样。我一点也没想到那铜星与金道并不按着聪明与本事颁给人们呀。

新鲜劲儿刚一过去,我已经讨厌那身制服了。它不教任何人尊敬,而只能告诉人:"臭脚巡"来了!拿制服的本身说,它也很讨厌:夏天它就像牛皮似的,把人闷得满身臭汗;冬天呢,它一点也不像牛皮了,而倒像是纸糊的;它不许谁在里边多穿一点衣服,只好任着狂风由胸口钻进来,由脊背钻出去,整打个穿堂!再看那双皮鞋,冬冷夏热,永远不教脚舒服一会儿;穿单袜的时候,它好像是两大篓子似的,脚指脚踵都在里边乱抓弄,而始终找不到鞋在哪里;到穿棉袜的时候,它们忽然变得很紧,不许棉袜与脚一齐伸进去。有多少人因包办制服皮鞋而发了财,我不知道,我只知道我的脚永远烂着,夏天闹湿气,冬天闹冻疮。自然,烂脚也得照常的去巡街站岗,要不然就别挣那六块洋钱!多么热,或多么冷,别人都可以找地方去躲一躲,连洋车夫都可以自由的歇半天,巡警得去巡街,得去站岗,热死冻死都活该,那六块现大洋买着你的命呢!

记得在哪儿看见过这么一句:食不饱,力不足。不管这句在原地方讲的是什么吧,反正拿来形容巡警是没有多大错儿的。最可怜,又可笑的是我们既吃不饱,还得挺着劲儿,站在街上得像个样子!要饭的花子有时不饿也弯着腰,假充饿了三天三夜;反之,巡警却不饱也得鼓起肚皮,假装刚吃完三大碗鸡丝面似的。花子装饿倒有点道理,我可就是想不出巡警假装酒足饭饱有什么理由来,我只觉得这真可笑。

人们都不满意巡警的对付事,抹稀泥。哼!抹稀泥自有它的理由。不过,在细说这个道理之前,我愿先说件极可怕的事。有了这件可怕的事,我再反回头来细说那些理由,仿佛就更顺当,更生动。好!就这样办啦。

七

应当有月亮,可是教黑云给遮住了,处处都很黑。我正在个僻静的地方巡夜。我的鞋上钉着铁掌,那时候每个巡警又须带着一把东洋刀,四下里鸦雀无声,听着我自己的铁掌与佩刀的声响,我感到寂寞无聊,而且几乎有点害怕。眼前忽然跑过一只猫,或忽然听见一声鸟叫,都教我觉得不是味儿,勉强着挺起胸来,可是心中总空空虚虚的,仿佛将有些什么不幸的事情在前面等着我。不完全是害怕,又不完全气粗胆壮,就那么怪不得劲的,手心上出了点凉汗。平日,我很有点胆量,什么看守死尸,什么独自看管一所脏房,都算不了一回事。不知为什么这一晚上我这样胆虚,心里越要耻笑自己,便越觉得不定哪里藏着点危险。我不便放快了脚步,可是心中急切的希望快回去,回到那有灯光与朋友的地方去。

忽然,我听见一排枪!我立定了,胆子反倒壮起来一点;真正的危险似乎倒可以治好了胆虚,惊疑不定才是恐惧的根源。我听着,像夜行的马竖起耳朵那样。又一排枪,又一排枪!没声了,我等着,听着,静寂得难堪。像看见闪电而等着雷声那样,我的心跳得很快。拍,拍,拍,拍,四面八方都响起来了!

我的胆气又渐渐的往下低落了。一排枪,我壮起气来;枪声太多了,真遇到危险了;我是个人,人怕死;我忽然的跑起来,跑了几步,猛的又立住,听一听,枪声越来越密,看不见什么,四下漆黑,只有枪声,不知为什么,不知在哪里,黑暗里只有我一个人,听着远处的枪响。往哪里跑?到底是什么事?应当想一想,又顾不得想;胆大也没用,没有主意就不会有胆量。还是跑吧,糊涂的乱动,总比呆立哆嗦着强。我跑,狂跑,手紧紧的握住佩刀。像受了惊的猫狗,不必想也知道往家里跑。我已忘了我是巡警,我得先回家看看我那没娘的孩子去,要是死就死在一处!

要跑到家,我得穿过好几条大街。刚到了头一条大街,我就晓得不容易再跑了。街上黑黑忽忽的人影,跑得很快,随跑随着放枪。兵!我知道那是些辫子兵。而我才刚剪了发不多日子。我很后悔我没像别人那样把头发盘起来,而是连根儿烂真正剪去了辫子。假若我能马上放下辫子来,虽然这些兵们平素很讨厌巡警,可是因为我有辫子或者不至于把枪口冲着我来。在他们眼中,没有辫子便是二毛子,该杀。我没有了这么条宝贝!我不敢再动,只能藏在黑影里,看事行事。兵们在路上跑,一队跟着一队,枪声不停。我不晓得他们是干什么呢?待一会儿,兵们好像是都过去了,我往外探了探头,见外面没有什么动静,我就像一只夜鸟儿似的飞过了马路,到了街的另一边。在这极快的穿过马路的一会儿里,我的眼梢撩着一点红光。十字街头起了火。我还藏在黑影里,不久,火光远远的照亮了一片;再探头往外看,我已可以影影抄抄的看到十字街口,所有四面把角的铺户已全烧起来,火影中那些兵们来回的奔跑,放着枪。我明白了,这是兵变。不久,火光更多了,一处接着一处,由光亮的距离我可以断定:凡是附近的十字口与丁字街全烧了起来。

说句该挨嘴巴的话,火是真好看!远处,漆黑的天上,忽然一白,紧跟着又黑了。忽然又一白,猛的冒起一个红团,有一块天像烧红的铁板,红得可怕。在红光里看见了多少股黑烟,和火舌们高低不齐的往上冒,一会儿烟遮住了火苗;一会儿火苗冲破了黑烟。黑烟滚着,转着,千变万化的往上升,凝成一片,罩住下面的火光,像浓雾掩住了夕阳。待一会儿,火光明亮了一些,烟也改成灰白色儿,纯净,旺炽,火苗不多,而光亮结成一片,照明了半个天。那近处的,烟与火中带着种种的响声,烟往高处起,火往四下里奔;烟像些丑恶的黑龙,火像些乱长乱钻的红铁笋。烟裹着火,火裹着烟,卷起多高,忽然离散,黑烟里落下无数的火花,或者三五个极大的火团。火花火团落下,烟像痛快轻松了一些,翻滚着向上冒。火团下降,在半空中遇到下面的火柱,又狂喜的往上跳跃,炸出无数火花。火团远落,遇到可以燃烧的东西,整个的再点起一把新火,新烟掩住旧火,一时变为黑暗;新火冲出了黑烟,与旧火联成一气,处处是火舌,火柱,飞舞,吐动,摇摆,颠狂。忽然哗啦一声,一架房倒下去,火星,焦炭,尘土,白烟,一齐飞扬,火苗压在下面,一齐在底下往横里吐射,像千百条探头吐舌的火蛇。静寂,静寂,火蛇慢慢的,忍耐的,往上翻。绕到上边来,与高处的火接到一处,通明,纯亮,忽忽的响着,要把人的心全照亮了似的。

我看着,不,不但看着,我还闻着呢!在种种不同的味道里,我咂摸着:这是那个金匾黑字的绸缎庄,那是那个山西人开的油酒店。由这些味道,我认识了那些不同的火团,轻而高飞的一定是茶叶铺的,迟笨黑暗的一定是布店的。这些买卖都不是我的,可是我都认得,闻着它们火葬的气味,看着它们火团的起落,我说不上来心中怎样难过。

我看着,闻着,难过,我忘了自己的危险,我仿佛是个不懂事的小孩,只顾了看热闹,而忘了别的一切。我的牙打得很响,不是为自己害怕,而是对这奇惨的美丽动了心。

回家是没希望了。我不知道街上一共有多少兵,可是由各处的火光猜度起来,大概是热闹的街口都有他们。他们的目的是抢劫,可是顺着手儿已经烧了这么多铺户,焉知不就棍打腿的杀些人玩玩呢?我这剪了发的巡警在他们眼中还不和个臭虫一样,只须一搂枪机就完了,并不费多少事。

想到这个,我打算回到"区"里去,"区"离我不算远,只须再过一条街就行了。可是,连这个也太晚了。当枪声初起的时候,连贫带富,家家关了门;街上除了那些横行的兵们,简直成了个死城。及至火一起来,铺户里的人们开始在火影里奔走,胆大一些的立在街旁,看着自己的或别人的店铺燃烧,没人敢去救火,可也舍不得走开,只那么一声不出的看着火苗乱窜。胆小一些的呢,争着往胡同里藏躲,三五成群的藏在巷内,不时向街上探探头,没人出声,大家都哆嗦着。火越烧越旺了,枪声慢慢的稀少下来,胡同里的住户仿佛已猜到是怎么一回事,最先是有人开门向外望望,然后有人试着步往街上走。街上,只有火光人影,没有巡警,被兵们抢过的当铺与首饰店全大敞着门!……这样的街市教人们害怕,同时也教人们胆大起来;一条没有巡警的街正像是没有老师的学房,多么老实的孩子也要闹哄闹哄。一家开门,家家开门,街上人多起来;铺户已有被抢过的了,跟着抢吧!平日,谁能想到那些良善守法的人民会去抢劫呢?哼!机会一到,人们立刻显露了原形。说声抢,壮实的小伙子们首先进了当铺,金店,钟表行。男人们回去一趟,第二趟出来已搀夹上女人和孩子们。被兵们抢过的铺子自然不必费事,进去随便拿就是了;可是紧跟着那些尚未被抢过的铺户的门也拦不住谁了。粮食店,茶叶铺,百货店,什么东西也是好的,门板一律砸开。

我一辈子只看见了这么一回大热闹:男女老幼喊着叫着,狂跑着,拥挤着,争吵着,砸门的砸门,喊叫的喊叫,嗑喳!门板倒下去,一窝蜂似的跑进去,乱挤乱抓,压倒在地的狂号,身体利落的往柜台上蹿,全红着眼,全拚着命,全奋勇前进,挤成一团,倒成一片,散走全街。背着,抱着,扛着,曳着,像一片战胜的蚂蚁,昂首疾走,去而复归,呼妻唤子,前呼后应。

苦人当然出来了,哼!那中等人家也不甘落后呀!

贵重的东西先搬完了,煤米柴炭是第二拨。有的整坛的搬着香油,有的独自扛着两口袋面,瓶子罐子碎了一街,米面洒满了便道,抢啊!抢啊!抢啊!谁都恨自己只长了一双手,谁都嫌自己的腿脚太慢;有的人会推着一坛子白糖,连人带坛在地上滚,像屎壳郎推着个大粪球。

强中自有强中手,人是到处会用脑子的!有人拿出切菜刀来了,立在巷口等着:"放下!"刀晃了晃。口袋或衣服,放下了;安然的,不费力的,拿回家去。"放下!"不灵验,刀下去了,把面口袋砍破,下了一阵小雪,二人滚在一团。过路的急走,稍带着说了句:"打什么,有的是东西!"两位明白过来,立起来向街头跑去。抢啊,抢啊!有的是东西!

我挤在了一群买卖人的中间,藏在黑影里。我并没说什么,他们似乎很明白我的困难,大家一声不出,而紧紧的把我包围住。不要说我还是个巡警,连他们买卖人也不敢抬起头来。他们无法去保护他们的财产与货物,谁敢出头抵抗谁就是不要命,兵们有枪,人民也有切菜刀呀!是的,他们低着头,好像倒怪羞惭似的。他们唯恐和抢劫的人们——也就是他们平日的照顾主儿——对了脸,羞恼成怒,在这没有王法的时候,杀几个买卖人总不算一回事呢!所以,他们也保护着我。想想看吧,这一带的居民大概不会不认识我吧!我三天两头的到这里来巡逻。平日,他们在墙根撒尿,我都要讨他们的厌,上前干涉;他们怎能不恨恶我呢!现在大家正在兴高采烈的白拿东西,要是遇见我,他们一人给我一砖头,我也就活不成了。即使他们不认识我,反正我是穿着制服,佩着东洋刀呀!在这个局面下,冒而咕咚的出来个巡警,够多么不合适呢!我满可以上前去道歉,说我不该这么冒失,他们能白白的饶了我吗?

街上忽然清静了一些,便道上的人纷纷往胡同里跑,马路当中走着七零八散的兵,都走得很慢;我摘下帽子,从一个学徒的肩上往外看了一眼,看见一位兵士,手里提着一串东西,像一串儿螃蟹似的。我能想到那是一串金银的镯子。他身上还有多少东西,不晓得,不过一定有许多硬货,因为他走得很慢。多么自然,多么可羡慕呢!自自然然的,提着一串镯子,在马路中心缓缓的走,有烧亮的铺户作着巨大的火把,给他们照亮了全城!

兵过去了,人们又由胡同里钻出来。东西已抢得差不多了,大家开始搬铺户的门板,有的去摘门上的匾额。我在报纸上常看见"彻底"这两个字,咱们的良民们打抢的时候才真正彻底呢!

这时候,铺户的人们才有出头喊叫的:"救火呀!救火呀!别等着烧净了呀!"喊得教人一听见就要落泪!我身旁的人们开始活动。我怎么办呢?他们要是都去救火,剩下我这一个巡警,往哪儿跑呢？我拉住了一个屠户！他脱给了我那件满是猪油的大衫。把帽子夹在夹肢窝底下。一手握着佩刀，一手揪着大襟，我擦着墙根，逃回"区"里去。

八

我没去抢，人家所抢的又不是我的东西，这回事简直可以说和我不相干。可是，我看见了，也就明白了。明白了什么？我不会干脆的，恰当的，用一半句话说出来；我明白了点什么意思，这点意思教我几乎改变了点脾气。丢老婆是一件永远忘不了的事，现在它有了伴儿，我也永远忘不了这次的兵变。丢老婆是我自己的事，只须记在我的心里，用不着把家事国事天下事全拉扯上。这次的变乱是多少万人的事，只要我想一想，我便想到大家，想到全城，简直的我可以用这回事去断定许多的大事，就好像报纸上那样谈论这个问题那个问题似的。对了，我找到了一句漂亮的了。这件事教我看出一点意思，由这点意思我咂摸着许多问题。不管别人听得懂这句与否，我可真觉得它不坏。

我说过了：自从我的妻潜逃之后，我心中有了个空儿。经过这回兵变，那个空儿更大了一些，松松通通的能容下许多玩艺儿。还接着说兵变的事吧！把它说完全了，你也就可以明白我心中的空儿为什么大起来了。

当我回到宿舍的时候，大家还全没睡呢。不睡是当然的，可是，大家一点也不显着急或恐慌，吸烟的吸烟，喝茶的喝茶，就好像有红白事熬夜那样。我的狼狈的样子，不但没引起大家的同情，倒招得他们直笑。我本排着一肚子话要向大家说，一看这个样子也就不必再言语了。我想去睡,可是被排长给拦住了:"别睡!待一会儿,天一亮,咱们全得出去弹压地面!"这该轮到我发笑了;街上烧抢到那个样子,并不见一个巡警,等到天亮再去弹压地面,岂不是天大的笑话!命令是命令,我只好等到天亮吧!

还没到天亮,我已经打听出来:原来高级警官们都预先知道兵变的事儿,可是不便于告诉下级警官和巡警们。这就是说,兵变是警察们管不了的事,要变就变吧;下级警官和巡警们呢,夜间糊糊涂涂的照常去巡逻站岗,是生是死随他们去!这个主意够多么活动而毒辣呢!再看巡警们呢,全和我自己一样,听见枪声就往回跑,谁也不傻。这样巡警正好对得起这样警官,自上而下全是瞎打混的当"差事",一点不假!

虽然很要困,我可是急于想到街上去看看,夜间那一些情景还都在我的心里,我愿白天再去看一眼,好比较比较,教我心中这张画儿有头有尾。天亮得似乎很慢,也许是我心中太急。天到底慢慢的亮起来,我们排上队。我又要笑,有的人居然把盘起来的辫子梳好了放下来,巡长们也作为没看见。有的人在快要排队的时候,还细细刷了刷制服,用布擦亮了皮鞋!街上有那么大的损失,还有人顾得擦亮了鞋呢。我怎能不笑呢!

到了街上,我无论如何也笑不出了!从前,我没真明白过什么叫作"惨",这回才真晓得了。天上还有几颗懒得下去的大星,云色在灰白中稍微带出些蓝,清凉,暗淡。到处是焦糊的气味,空中游动着一些白烟。铺户全敞着门,没有一个整窗子,大人和小徒弟都在门口,或坐或立,谁也不出声,也不动手收拾什么,像一群没主儿的傻羊。火已经停止住延烧,可是已被烧残的地方还静静的冒着白烟,吐着细小而明亮的火苗。微风一吹,那烧焦的房柱忽然又亮起来,顺着风摆开一些小火旗。最初起火的几家已成了几个巨大的焦土堆,山墙没有倒,空空的围抱着几座冒烟的坟头。最后燃烧的地方还都立着,墙与前脸全没塌倒,可是门窗一律烧掉,成了些黑洞。有一只猫还在这样的一家门口坐着,被烟熏的连连打嚏,可是还不肯离开那里。

平日最热闹体面的街口变成了一片焦木头破瓦,成群的焦柱静静的立着,东西南北都是这样,懒懒的,无聊的,欲罢不能的冒着些烟。地狱什么样?我不知道。大概这就差不多吧!我一低头,便想起往日街头上的景象,那些体面的铺户是多么华丽可爱。一抬头,眼前只剩了焦糊的那么一片。心中记得的景象与眼前看见的忽然碰到一处,碰出一些泪来。这就叫作"惨"吧?火场外有许多买卖人与学徒们呆呆的立着,手揣在袖里,对着残火发愣。遇见我们,他们只淡淡的看那么一眼,没有任何别的表示,仿佛他们已绝了望,用不着再动什么感情。

过了这一带火场,铺户全敞着门窗,没有一点动静,便道上马路上全是破碎的东西,比那火场更加凄惨。火场的样子教人一看便知道那是遭了火灾,这一片破碎静寂的铺户与东西使人莫名其妙,不晓得为什么繁华的街市会忽然变成绝大的垃圾堆。我就被派在这里站岗。我的责任是什么呢?不知道。我规规矩矩的立在那里,连动也不敢动,这破烂的街市仿佛有一股凉气,把我吸住。一些妇女和小孩子还在铺子外边拾取一些破东西,铺子的人不作声,我也不便去管;我觉得站在那里简直是多此一举。

太阳出来,街上显着更破了,像阳光下的叫化子那么丑陋。地上的每一个小物件都露出颜色与形状来,花哨的奇怪,杂乱得使人憋气。没有一个卖菜的,赶早市的,卖早点心的,没有一辆洋车,一匹马,整个的街上就是那么破破烂烂,冷冷清清,连刚出来的太阳都仿佛垂头丧气不大起劲,空空洞洞的悬在天上。一个邮差从我身旁走过去,低着头,身后扯着一条长影。我哆嗦了一下。

待了一会儿,段上的巡官下来了。他身后跟着一名巡警,两人都非常的精神,在马路当中当当的走,好像得了什么喜事似的。巡官告诉我:注意街上的秩序,大令已经下来了!我行了礼,莫名其妙他说的是什么?那名巡警似乎看出来我的傻气,低声找补了一句:赶开那些拾东西的,大令下来了!我没心思去执行,可是不敢公然违抗命令,我走到铺户外边,向那些妇人孩子们摆了摆手,我说不出话来!

一边这样维持秩序,我一边往猪肉铺走,为是说一声,那件大褂等我给洗好了再送来。屠户在小肉铺门口坐着呢,我没想到这样的小铺也会遭抢,可是竟自成个空铺子了。我说了句什么,屠户连头也没抬。我往铺子里望了望:大小肉墩子,肉钩子,钱筒子,油盘,凡是能拿走的吧,都被人家拿走了,只剩下了柜台和架肉案子的土台!

我又回到岗位,我的头痛得要裂。要是老教我看着这条街,我知道不久就会疯了。

大令真到了。十二名兵,一个长官,捧着就地正法的令牌,枪全上着刺刀。呕!原来还是辫子兵啊!他们抢完烧完,再出来就地正法别人;什么玩艺呢?我还得给令牌行礼呀!

行完礼,我急快往四下里看,看看还有没有捡拾零碎东西的人,好警告他们一声。连屠户的木墩都搬了走的人民,本来值不得同情;可是被辫子兵们杀掉,似乎又太冤枉。

说时迟,那时快,一个十四五岁的男孩子没有走脱。枪刺围住了他,他手中还攥住一块木板与一只旧鞋。拉倒了,大刀亮出来,孩子喊了声"妈!"血溅出去多远,身子还抽动,头已悬在电线杆子上!

我连吐口唾沫的力量都没有了,天地都在我眼前翻转。杀人,看见过,我不怕。我是不平!我是不平!请记住这句,这就是前面所说过的,"我看出一点意思"的那点意思。想想看,把整串的金银镯子提回营去,而后出来杀个拾了双破鞋的孩子,还说就地正"法"呢!天下要有这个"法",我×"法"的亲娘祖奶奶!请原谅我的嘴这么野,但是这种事恐怕也不大文明吧?

事后,我听人家说,这次的兵变是有什么政治作用,所以打抢的兵在事后还出来弹压地面。连头带尾,一切都是预先想好了的。什么政治作用?咱不懂!咱只想再骂街。可是,就凭咱这么个"臭脚巡",骂街又有什么用呢!

九

简直我不愿再提这回事了,不过为圆上场面,我总得把问题提出来;提出来放在这里,比我聪明的人有的是,让他们自己去细咂摸吧!

怎么会"政治作用"里有兵变?

若是有意教兵来抢,当初干吗要巡警?

巡警到底是干吗的?是只管在街上小便的,而不管抢铺子的吗?

安善良民要是会打抢,巡警干吗去专拿小偷?

人们到底愿意要巡警不愿意?不愿意吧!为什么刚要打架就

喊巡警,而且月月往外拿"警捐"? 愿意吧! 为什么又喜欢巡警不管事:要抢的好去抢,被抢的也一声不言语?

好吧,我只提出这么几个"样子"来吧! 问题还多得很呢! 我既不能去解决,也就不便再瞎叨叨了。这几个"样子"就真够教我糊涂的了,怎想怎不对,怎摸不清哪里是哪里,一会儿它有头有尾,一会儿又没头没尾,我这点聪明不够想这么大的事的。

我只能说这么一句老话,这个人民,连官儿,兵丁,巡警,带安善的良民,都"不够本"! 所以,我心中的空儿就更大了呀! 在这群"不够本"的人们里活着,就是个对付劲儿,别讲究什么"真"事儿,我算是看明白了。

还有个好字眼儿,别忘下:"汤儿事"。谁要是跟我一样,想不出什么好办法来,顶好用这个话,又现成,又恰当,而且可以不至把自己绕糊涂了。"汤儿事",完了;如若还嫌稍微秃一点呢,再补上"真他妈的",就挺合适。

十

不须再发什么议论,大概谁也能看清楚咱们国的人是怎回事了。由这个再谈到警察,稀松二五眼正是理之当然,一点也不出奇。就拿抓赌来说吧:早年间的赌局都是由顶有字号的人物作后台老板;不但官面上不能够抄拿,就是出了人命也没有什么了不得的;赌局里打死人是常有的事。赶到有了巡警之后,赌局还照旧开着,敢去抄吗? 这谁也能明白,不必我说。可是,不抄吧,又太不像话;怎么办呢? 有主意,检着那老实的办几案,拿几个老头儿老太太,抄去几打儿纸牌,罚上十头八块的。巡警呢,算交上了差事;社会上呢,大小也有个风声,行了。拿这一件事比方十件事,警察自从一开头就是抹稀泥。它养着一群混饭吃的人,作些个混饭吃的事。社会上既不需要真正的巡警,巡警也犯不上为六块钱卖命。这很清楚。

这次兵变过后,我们的困难增多了老些。年轻的小伙子们,抢着了不少的东西,总算发了邪财。有的穿着两件马褂,有的十个手指头戴着十个戒指,都扬扬得意的在街上扭,斜眼看着巡警,鼻子里哽哽的哼白气。我只好低下头去,本来吗,那么大的阵式,我们巡警都一声没出,事后还能怨人家小看我们吗?赌局到处都是,白抢来的钱,输光了也不折本儿呀!我们不敢去抄,想抄也抄不过来,太多了。我们在墙儿外听见人家里面喊"人九","对子",只作为没听见,轻轻的走过去。反正人们在院儿里头耍,不到街上来就行。哼!人们连这点面子也不给咱们留呀!那穿两件马褂的小伙子们偏要显出一点也不怕巡警——他们的祖父,爸爸,就没怕过巡警,也没见过巡警,他们为什么这辈子应当受巡警的气呢?——单要来到街上赌一场。有骰子就能开宝,蹲在地上就玩起活来。有一对石球就能踢,两人也行,五个人也行,"一毛钱一脚,踢不踢?好啦!'倒回来!'"拍,球碰了球,一毛。耍儿真不小呢,一点钟里也过手好几块。这都在我们鼻子底下,我们管不管呢?管吧!一个人,只佩着连豆腐也切不齐的刀,而赌家老是一帮年轻的小伙子。明人不吃眼前亏,巡警得绕着道儿走过去,不管的为是。可是,不幸,遇见了稽察,"你难道瞎了眼,看不见他们聚赌?"回去,至轻是记一过。这份儿委屈上哪儿诉去呢?

这样的事还多得很呢!以我自己说,我要不是佩着那么把破刀,而是拿着把手枪,跟谁我也敢碰碰,六块钱的饷银自然合不着卖命，可是泥人也有个土性，架不住碰在气头儿上。可是，我摸不着手枪，枪在土匪和大兵手里呢。

明明看见了大兵坐了车不给钱，而且用皮带抽洋车夫，我不敢不笑着把他劝了走。他有枪，他敢放，打死个巡警算得了什么呢！有一年，在三等窑子里，大兵们打死了我们三位弟兄，我们连凶首也没要出来。三位弟兄白白的死了，没有一个抵偿的，连一个挨几十军棍的也没有！他们的枪随便放，我们赤手空拳，我们这是文明事儿呀！

总而言之吧，在这么个以蛮横不讲理为荣，以破坏秩序为增光耀祖的社会里，巡警简直是多余。明白了这个，再加上我们前面所说过的食不饱力不足那一套，大概谁也能明白个八九成了。我们不抹稀泥，怎么办呢？我——我是个巡警——并不求谁原谅，我只是愿意这么说出来，心明眼亮，好教大家心里有个谱儿。

爽性我把最泄气的也说了吧：

当过了一二年差事，我在弟兄们中间已经是个了不得的人物。遇见官事，长官们总教我去挡头一阵。弟兄们并不因此而忌妒我，因为对大家的私事我也不走在后边。这样，每逢出个排长的缺，大家总对我咕唧："这回一定是你补缺了！"仿佛他们非常希望要我这么个排长似的。虽然排长并没落在我身上，可是我的才干是大家知道的。

我的办事诀窍，就是从前面那一大堆话中抽出来的。比方说吧，有人来报被窃，巡长和我就去察看。糙糙的把门窗户院看一过儿，顺口搭音就把我们在哪儿有岗位，夜里有几趟巡逻，都说得详详细细，有滋有味，仿佛我们比谁都精细，都卖力气。然后，找门窗不甚严密的地方，话软而意思硬的开始反攻："这扇门可不大保险,得安把洋锁吧?告诉你,安锁要往下安,门坎那溜儿就很好,不容易教贼摸到。屋里养着条小狗也是办法,狗圈在屋里,不管是多么小,有动静就会汪汪,比院里放着三条大狗还有用。先生你看,我们多留点神,你自己也得注点意,两下一凑合,准保丢不了东西了。好吧,我们回去,多派几名下夜的就是了;先生歇着吧!"这一套,把我们的责任卸了,他就赶紧得安锁养小狗;遇见和气的主儿呢,还许给我们泡壶茶喝。这就是我的本事。怎么不负责任,而且不教人看出抹稀泥来,我就怎办。话要说得好听,甜嘴蜜舌的把责任全推到一边去,准保不招灾不惹祸。弟兄们都会这一套,可是他们的嘴与神气差着点劲儿。一句话有多少种说法,把神气弄对了地方,话就能说出去又拉回来,像有弹簧似的。这点,我比他们强,而且他们还是学不了去,这是天生来的才分!

　　赶到我独自下夜,遇见贼,你猜我怎么办?我呀!把佩刀攥在手里,省得有响声;他爬他的墙,我走我的路,各不相扰。好吗,真要教他记恨上我,藏在黑影儿里给我一砖,我受得了吗?那谁,傻王九,不是瞎了一只眼吗?他还不是为拿贼呢!有一天,他和董志和在街口上强迫给人们剪发,一人手里一把剪刀,见着带小辫的,拉过来就是一剪子。哼!教人家记上了。等傻王九走单了的时候,人家照准了他的眼就是一把石灰:"让你剪我的发,×你妈妈的!"他的眼就那么瞎了一只。你说,这差事要不像我那么去当,还活着不活着呢?凡是巡警们以为该干涉的,人们都以为是"狗拿耗子多管闲事",有什么法子呢?

　　我不能像傻王九似的,平白无故的丢去一只眼睛,我还留着眼睛看这个世界呢!轻手蹑脚的躲开贼,我的心里并没闲着,我想我那俩没娘的孩子,我算计这一个月的嚼谷。也许有人一五一十的算计,而用洋钱作单位吧?我呀,得一个铜子一个铜子的算。多几个铜子,我心里就宽绰;少几个,我就得发愁。还拿贼,谁不穷呢?穷到无路可走,谁也会去偷,肚子才不管什么叫作体面呢!

十一

这次兵变过后,又有一次大的变动:大清国改为中华民国了。改朝换代是不容易遇上的,我可是并没觉得这有什么意思。说真的,这百年不遇的事情,还不如兵变热闹呢。据说,一改民国,凡事就由人民主管了;可是我没看见。我还是巡警,饷银没有增加,天天出来进去还是那一套。原先我受别人的气,现在我还是受气;原先大官儿们的车夫仆人欺负我们,现在新官儿手底下的人也并不和气。"汤儿事"还是"汤儿事",倒不因为改朝换代有什么改变。可也别说,街上剪发的人比从前多了一些,总得算作一点进步吧。牌九押宝慢慢的也少起来,贫富人家都玩"麻将"了,我们还是照样的不敢去抄赌,可是赌具不能不算改了良,文明了一些。

民国的民倒不怎样,民国的官和兵可了不得!像雨后的蘑菇似的,不知道哪儿来的这么些官和兵。官和兵本不当放在一块儿说,可是他们的确有些相像的地方。昨天还一脚黄土泥,今天作了官或当了兵,立刻就瞪眼;越糊涂,眼越瞪得大,好像是糊涂灯,糊涂得透亮儿。这群糊涂玩艺儿听不懂哪叫好话,哪叫歹话,无论你说什么;他们总是横着来。他们糊涂得教人替他们难过,可是他们很得意。有时候他们教我都这么想了:我这辈大概作不了文官或是武官啦!因为我糊涂的不够程度!

几乎是个官儿就可以要几名巡警来给看门护院,我们成了一种保镖的，挣着公家的钱，可为私人作事。我便被派到宅门里去。从道理上说，为官员看守私宅简直不能算作差事；从实利上讲，巡警们可都愿意这么被派出来。我一被派出来，就拔升为"三等警"；"招募警"还没有被派出来的资格呢！我到这时候才算入了"等"。再说呢，宅门的事情清闲，除了站门，守夜，没有别的事可作；至少一年可以省出一双皮鞋来。事情少，而且外带着没有危险；宅里的老爷与太太若打起架来，用不着我们去劝，自然也就不会把我们打在底下而受点误伤。巡夜呢，不过是绕着宅子走两圈，准保遇不上贼；墙高狗厉害，小贼不能来，大贼不便于来——大贼找退职的官儿去偷，既有油水，又不至于引起官面严拿；他们不惹有势力的现任官。在这里，不但用不着去抄赌，我们反倒保护着老爷太太们打麻将。遇到宅里请客玩牌，我们就更清闲自在：宅门外放着一片车马，宅里到处亮如白昼，仆人来往如梭，两三桌麻将，四五盏烟灯，彻夜的闹哄，绝不会闹贼，我们就睡大觉，等天亮散局的时候，我们再出来站门行礼，给老爷们助威。要赶上宅里有红白事，我们就更合适：喜事唱戏，我们跟着白听戏，准保都是有名的角色，在戏园子里绝听不到这么齐全。丧事呢，虽然没戏可听，可是死人不能一半天就抬出去，至少也得停三四十天，念好几棚经；好了，我们就跟着吃吧；他们死人，咱们就吃犒劳。怕就怕死小孩，既不能开吊，又得听着大家呕呕的真哭。其次是怕小姐偷偷跑了，或姨太太有了什么大错而被休出去，我们捞不着吃喝看戏，还得替老爷太太们怪不得劲儿的！

　　教我特别高兴的，是当这路差事，出入也随便了许多，我可以常常回家看看孩子们。在"区"里或"段"上，请会儿浮假都好不容易，因为无论是在"内勤"或"外勤"，工作是刻板儿排好了的，不易调换更动。在宅门里,我站完门便没了我的事,只须对弟兄们说一声就可以走半天。这点好处常常教我害怕,怕再调回"区"里去;我的孩子们没有娘,还不多教他们看看父亲吗?

就是我不出去,也还有好处。我的身上既永远不疲乏,心里又没多少事儿,闲着干什么呢?我呀,宅上有的是报纸,闲着就打头到底的念。大报小报,新闻社论,明白吧不明白吧,我全念,老念。这个,帮助我不少,我多知道了许多的事,多识了许多的字。有许多字到如今我还念不出来,可是看惯了,我会猜出它们的意思来,就好像街面上常见着的人,虽然叫不上姓名来,可是彼此怪面善。除了报纸,我还满世界去借闲书看。不过,比较起来,还是念报纸的益处大,事情多,字眼儿杂,看着开心。唯其事多字多,所以才费劲;念到我不能明白的地方,我只好再拿起闲书来了。闲书老是那一套,看了上回,猜也会猜到下回是什么事;正因为它这样,所以才不必费力,看着玩玩就算了。报纸开心,闲书散心,这是我的一点经验。

在门儿里可也有坏处:吃饭就第一成了问题。在"区"里或"段"上,我们的伙食钱是由饷银里坐地儿扣,好歹不拘,天天到时候就有饭吃。派到宅门里来呢,一共三五个人,绝不能找厨子包办伙食,没有厨子肯包这么小的买卖的。宅里的厨房呢,又不许我们用;人家老爷们要巡警,因为知道可以白使唤几个穿制服的人,并不大管这群人有肚子没有。我们怎办呢?自己起灶,作不到,买一堆盆碗锅勺,知道哪时就又被调了走呢?再说,人家门头上要巡警原为体面好看,好,我们若是给人家弄得盆朝天碗朝地,刀勺乱响,成何体统呢?没法子,只好买着吃。

这可够别扭的。手里若是有钱,不用说,买着吃是顶自由了,

我这一辈子 | 123

爱吃什么就叫什么,弄两盅酒儿伍的,叫俩可口的菜,岂不是个乐子?请别忘了,我可是一月才共总进六块钱!吃的苦还不算什么,一顿一顿想主意可真教人难过,想着想着我就要落泪。我要省钱,还得变个样儿,不能老啃干馍馍辣饼子,像填鸭子似的。省钱与可口简直永远不能碰到一块,想想钱,我认命吧,还是弄几个干烧饼,和一块老腌萝卜,对付一下吧;想到身子,似乎又不该如此。想,越想越难过,越不能决定;一直饿到太阳平西还没吃上午饭呢!

我家里还有孩子呢!我少吃一口,他们就可以多吃一口,谁不心疼孩子呢?吃着包饭,我无法少交钱;现在我可以自由的吃饭了,为什么不多给孩子们省出一点来呢?好吧,我有八个烧饼才够,就硬吃六个,多喝两碗开水,来个"水饱"!我怎能不落泪呢!

看看人家宅门里吧,老爷挣钱没数儿!是呀,只要一打听就能打听出来他拿多少薪俸,可是人家绝不指着那点固定的进项,就这么说吧,一月挣八百块的,若是干挣八百块,他怎能那么阔气呢?这里必定有文章。这个文章是这样的,你要是一月挣六块钱,你就死挣那个数儿,你兜儿里忽然多出一块钱来,都会有人斜眼看你,给你造些谣言。你要是能挣五百块,就绝不会死挣这个数儿,而且你的钱越多,人们越佩服你。这个文章似乎一点也不合理,可是它就是这么作出来的,你爱信不信!

报纸与宣讲所里常常提倡自由;事情要是等着提倡,当然是原来没有。我原没有自由;人家提倡了会子,自由还没来到我身上,可是我在宅门里看见它了。民国到底是有好处的,自己有自由没有吧,反正看见了也就得算开了眼。

你瞧,在大清国的时候,凡事都有个准谱儿;该穿蓝布大褂的就得穿蓝布大褂,有钱也不行。这个,大概就应叫作专制吧!一到民国来,宅门里可有了自由,只要有钱,你爱穿什么,吃什么,戴什么,都可以,没人敢管你。所以,为争自由,得拚命的去搂钱;搂钱也自由,因为民国没有御史。你要是没在大宅门待过,大概你还不信我的话呢,你去看看好了。现在的一个小官都比老年间的头品大员多享着点福:讲吃的,现在交通方便,山珍海味随便的吃,只要有钱。吃腻了这些还可以拿西餐洋酒换换口味;哪一朝的皇上大概也没吃过洋饭吧?讲穿的,讲戴的,讲看的听的,使的用的,都是如此;坐在屋里你可以享受全世界最好的东西。如今享福的人才真叫作享福,自然如今搂钱也比从前自由的多。别的我不敢说,我准知道宅门里的姨太太擦五十块钱一小盒的香粉,是由什么巴黎来的;巴黎在哪儿?我不知道,反正那里来的粉是很贵。我的邻居李四,把个胖小子卖了,才得到四十块钱,足见这香粉贵到什么地步了,一定是又细又香呀,一定!

好了,我不再说这个了;紧自贫嘴恶舌,倒好像我不赞成自由似的,那我哪敢呢!

我再从另一方面说几句,虽然还是话里套话,可是多少有点变化,好教人听着不俗气厌烦。刚才我说人家宅门里怎样自由,怎样阔气,谁可也别误会了人家作老爷的就整天的大把往外扔洋钱,老爷们才不这么傻呢! 是呀,姨太太擦比一个小孩还贵的香粉,但是姨太太是姨太太,姨太太有姨太太的造化与本事。人家作老爷的给姨太太买那么贵的粉,正因为人家有地方可以抠出来。你就这么说吧,好比你作了老爷,我就能按着宅门的规矩告诉你许多诀窍:你的电灯,自来水,煤,电话,手纸,车马,天棚,家具,信封信纸,花草,都不用花钱;最后,你还可以白使唤几名巡警。这是规矩,你要不明白这个,你简直不配作老爷。告诉你一句到底的话吧,作老爷的要空着手儿来,满腔满馅的去,就好像刚惊蛰后的臭虫,来的时候是两张皮,一会儿就变成肚大腰圆,满兜儿血。这个比喻稍粗一点,意思可是不错。自由的搂钱,专制的省钱,两下里一合,你的姨太太就可以擦巴黎的香粉了。这句话也许说得太深奥了一些,随便吧!你爱懂不懂。

这可就该说到我自己了。按说,宅门里白使唤了咱们一年半载,到节了年了的,总该有个人心,给咱们哪怕是顿犒劳饭呢,也大小是个意思。哼!休想!人家作老爷的钱都留着给姨太太花呢,巡警算哪道货?等咱被调走的时候,求老爷给"区"里替我说句好话,咱都得感激不尽。

你看,命令下来,我被调到别处。我把铺盖卷打好,然后恭而敬之的去见宅上的老爷。看吧,人家那股子劲儿大了去啦!带理不理的,倒仿佛我偷了他点东西似的。我托咐了几句:求老爷顺便和"区"里说一声,我的差事当得不错。人家微微的一抬眼皮,连个屁都懒得放。我只好退出来了,人家连个拉铺盖的车钱也不给;我得自己把它扛了走。这就是他妈的差事,这就是他妈的人情!

十二

机关和宅门里的要人越来越多了。我们另成立了警卫队,一共有五百人,专作那义务保镖的事。为是显出我们真能保卫老爷们,我们每人有一杆洋枪,和几排子弹。对于洋枪——这些洋枪——我一点也不感觉兴趣;它又沉,又老,又破,我摸不清这是由哪里找来的一些专为压人肩膀,而一点别的用处没有的玩艺儿。我的子弹老在腰间围着,永远不准往枪里搁;到了什么大难临头,老爷们都逃走了的时候,我们才安上刺刀。

这可并非是说,我可以完全不管那枝破家伙;它虽然是那么破,我可得给它支使着。枪身里外,连刺刀,都得天天擦;即使永远擦不亮,我的手可不能闲着。心到神知!再说,有了枪,身上也就多了些玩艺儿,皮带,刺刀鞘,子弹袋子,全得弄得利落抹腻,不能像猪八戒挎腰刀那么懈懈松松的,还得打裹腿呢!

多出这么些事来,肩膀上添了七八斤的分量,我多挣了一块钱;现在我是一个月挣七块大洋了,感谢天地!

七块钱,扛枪,打裹腿,站门,我干了三年多。由这个宅门串到那个宅门,由这个衙门调到那个衙门;老爷们出来,我行礼;老爷进去,我行礼。这就是我的差事。这种差事才毁人呢:你说没事作吧,又有事;说有事作吧,又没事。还不如上街站岗去呢。在街上,至少得管点事,用用心思。在宅门或衙门,简直永远不用费什么一点脑子。赶到在闲散的衙门或汤儿事的宅子里,连站门的时候都满可以随便,挂着枪立着也行,抱着枪打盹也行。这样的差事教人不起一点儿劲,它生生的把人耗疲了。一个当仆人的可以有个盼望,哪儿的事情甜就想往哪儿去,我们当这份儿差事,明知一点好来头没有,可是就那么一天天的穷耗,耗得连自己都看不起了自己。按说,这么空闲无事,就应当吃得白白胖胖,也总算个体面呀。哼!我们并蹲不出膘儿来。我们一天老绕着那七块钱打算盘,穷得揪心。心要是揪上,还怎么会发胖呢?以我自己说吧,我的孩子已到上学的年岁了,我能不教他去吗?上学就得花钱,古今一理,不算出奇,可是我上哪里找这份钱去呢?作官的可以白占许多许多便宜,当巡警的连孩子白念书的地方也没有。上私塾吧,学费节礼,书籍笔墨,都是钱。上学校吧,制服,手工材料,种种本子,比上私塾还费的多。再说,孩子们在家里,饿了可以掰一块窝窝头吃;一上学,就得给点心钱,即使咱们肯教他揣着块窝窝头去,他自己肯吗?小孩的脸是更容易红起来的。

我简直没办法。这么大个活人,就会干瞪着眼睛看自己的儿女在家里荒荒着!我这辈无望了,难道我的儿女应当更不济吗?看着人家宅门的小姐少爷去上学,喝!车接车送,到门口还有老妈子丫环来接书包,抱进去,手里拿着橘子苹果,和新鲜的玩具。人家的孩子这样,咱的孩子那样;孩子不都是将来的国民吗?我真想辞差不干了。我楞当仆人去,弄俩零钱,好教我的孩子上学。

可是人就是别入了辙,入到哪条辙上便一辈子拔不出腿来。当了几年的差事——虽然是这样的差事——我事事入了辙,这里有朋友,有说有笑,有经验,它不教我起劲,可是我也仿佛不大能狠心的离开它。再说,一个人的虚荣心每每比金钱还有力量,当惯了差,总以为去当仆人是往下走一步,虽然可以多挣些钱。这可笑,很可笑,可是人就是这么个玩艺儿。我一跟朋友们说这个,大家都摇头。有的说,大家混的都很好的,干吗去改行?有的说,这山望着那山高,咱们这些苦人干什么也发不了财,先忍着吧!有的说,人家中学毕业生还有当"招募警"的呢,咱们有这个差事当,就算不错!何必呢?连巡官都对我说了:好歹混着吧,这是差事;凭你的本事,日后总有升腾!大家这么一说,我的心更活了,仿佛我要是固执起来,倒不大对得住朋友似的。好吧,还往下混吧。小孩念书的事呢?没有下文!

不久,我可有了个好机会。有位冯大人哪,官职大得很,一要就要十二名警卫;四名看门,四名送信跑道,四名作跟随。这四名跟随得会骑马。那时候,汽车还没出世,大官们都讲究坐大马车。

在前清的时候,大官坐轿或坐车,不是前有顶马,后有跟班吗?这位冯大人愿意恢复这点官威,马车后得有四名带枪的警卫。敢情会骑马的人不好找,找遍了全警卫队,才找到了三个;三条腿不大像话,连巡官都急得直抓脑袋。我看出便宜来了:骑马,自然得有粮钱哪!为我的小孩念书起见,我得冒下子险,假如从马粮钱里能弄出块儿八毛的来,孩子至少也可以去私塾了。按说,这个心眼不甚好,可是我这是卖着命,我并不会骑马呀!我告诉了巡官,我愿意去。他问我会骑马不会?我没说我会,也没说我不会;他呢,反正找不到别人,也就没究根儿。

有胆子,天下便没难事。当我头一次和马见面的时候,我就合计好了:摔死呢,孩子们入孤儿院,不见得比在家里坏;摔不死呢,好,孩子们可以念书去了。这么一来,我就先不怕马了。我不怕它,它就得怕我,天下的事不都是如此吗?再说呢,我的腿脚利落,心里又灵,跟那三位会骑马的瞎扯巴了一会儿,我已经把骑马的招数知道了不少。找了匹老实的,我试了试,我手心里攥着把汗,可是硬说我有了把握。头几天,我的罪过真不小,浑身像散了一般,屁股上见了血。我咬了牙。等到伤好了,我的胆子更大起来,而且觉出来骑马的快乐。跑,跑,车多快,我多快,我算是治服了一种动物!

我把马治服了,可是没把粮草钱拿过来,我白冒了险。冯大人家中有十几匹马呢,另有看马的专人,没有我什么事。我几乎气病了。可是,不久我又高兴了:冯大人的官职是这么大,这么多,他简直没有回家吃饭的工夫。我们跟着他出去,一跑就是一天。他当然喽,到处都有饭吃,我们呢?我们四个人商议了一下,决定跟他交涉,他在哪里吃饭,也得有我们的。冯大人这个人心眼还不错,他很爱马,爱面子,爱手下的人。我们一对他说,他马上答应了。这个,可是个便宜。不用往多里说。我们要是一个月准能在外边白吃半个月的饭,我们不就省下半个月的饭钱吗?我高了兴!

冯大人,我说,很爱面子。当我们去见他交涉饭食的时候,他细细看了看我们。看了半天,他摇了摇头,自言自语的说:"这可不行!"我以为他是说我们四个人不行呢,敢情不是。他登时要笔墨,写了个条子:"拿这个见总队长去,教他三天内都办好!"把条子拿下来,我们看了看,原来是教队长给我们换制服:我们平常的制服是斜纹布的,冯大人现在教换呢子的;袖口,裤缝,和帽箍,一律要安金绦子。靴子也换,要过膝的马靴。枪要换上马枪,还另外给一人一把手枪。看完这个条子,连我们自己都觉得不合适:长官们才能穿呢衣,镶金绦,我们四个是巡警,怎能平白无故的穿上这一套呢?自然,我们不能去教冯大人收回条子去,可是我们也怪不好意思去见总队长。总队长要是不敢违抗冯大人,他满可以对我们四个人发发脾气呀!

你猜怎么着?总队长看了条子,连大气没出,照话而行,都给办了。你就说冯大人有多么大的势力吧!喝!我们四个人可抖起来了,真正细黑呢制服,镶着黄登登的金绦,过膝的黑皮长靴,靴后带着白亮亮的马刺,马枪背在背后,手枪挎在身旁,枪匣外搭拉着长杏黄穗子。简直可以这么说吧,全城的巡警的威风都教我们四个人给夺过来了。我们在街上走,站岗的巡警全都给我们行礼,以为我们是大官儿呢!

当我作裱糊匠的时候,稍微讲究一点的烧活,总得糊上匹菊花青的大马。现在我穿上这么抖的制服,我到马棚去挑了匹菊花青的马,这匹马非常的闹手,见了人是连啃带踢;我挑了它,因为我原先糊过这样的马,现在我得骑上匹活的;菊花青,多么好看呢!这匹马闹手,可是跑起来真作脸,头一低,嘴角吐着点白沫,长鬃像风吹着一垄春麦,小耳朵立着像俩小瓢儿;我只须一认镫,它就要飞起来。这一辈子,我没有过什么真正得意的事;骑上这匹菊花青大马,我必得说,我觉到了骄傲与得意!

按说,这回的差事总算过得去了,凭那一身衣裳与那匹马还不值得高高兴兴的混吗?哼!新制服还没穿过三个月,冯大人吹了台,警卫队也被解散;我又回去当三等警了。

十三

警卫队解散了。为什么?我不知道。我被调到总局里去当差,并且得了一面铜片的奖章,仿佛是说我在宅门里立下了什么功劳似的。在总局里,我有时候管户口册子,有时候管辅捐的账簿,有时候值班守大门,有时候看管军装库。这么二三年的工夫,我又把局子里的事情全明白了个大概。加上我以前在街面上,衙门口和宅门里的那些经验,我可以算作个百事通了,里里外外的事,没有我不晓得的。要提起警务,我是地道内行。可是一直到这个时候,当了十年的差,我才升到头等警,每月挣大洋九元。

大家伙或者以为巡警都是站街的,年轻轻的好管闲事。其实,我们还有一大群人在区里局里藏着呢。假若有一天举行总检阅,你就可以看见些稀奇古怪的巡警:罗锅腰的,近视眼的,掉了牙的,瘸着腿的,无奇不有。这些怪物才真是巡警中的盐,他们都有资格有经验,识文断字,一切公文案件,一切办事的诀窍,都在他们手里呢。要是没有他们,街上的巡警就非乱了营不可。这些人,可是永远不会升腾起来；老给大家办事，一点起色也没有，平生连出头露面的体面一次都没有过。他们任劳任怨的办事，一直到他们老得动不了窝，老是头等警，挣九块大洋。多咱你在街上看见：穿着洗得很干净的灰布大褂，脚底下可还穿着巡警的皮鞋，用脚后跟慢慢的走，仿佛支使不动那双鞋似的，那就准是这路巡警。他们有时候也到大"酒缸"上，喝一个"碗酒"，就着十几个花生豆儿，挺有规矩，一边往下咽那点辣水，一边叹着气。头发已经有些白的了，嘴巴儿可还刮得很光，猛看很像个太监。他们很规则，和蔼，会作事，他们连休息的时候还得穿着那双不得人心的鞋！

跟这群人在一处办事，我长了不少的知识。可是，我也有点害怕：莫非我也就这样下去了吗？他们够多么可爱，又多么可怜呢！看着他们，我心中时常忽然凉那么一下，教我半天说不上话来。不错，我比他们都年岁小，也不见得比他们不精明，可是我有希望没有呢？年岁小？我也三十六了！

这几年在局子里可也有一样好处，我没受什么惊险。这几年，正是年年春秋准打仗的时期，旁人受的罪我先不说，单说巡警们就真够瞧的。一打仗，兵们就成了阎王爷，而巡警头朝了下！要粮，要车，要马，要人，要钱，全交派给巡警，慢一点送上去都不行。一说要烙饼一万斤，得，巡警就得挨着家去到切面铺和烙烧饼的地方给要大饼；饼烙得，还得押着清道夫给送到营里去；说不定还挨几个嘴巴回来！

要单是这么伺候着兵老爷们，也还好；不，兵老爷们还横反呢。凡是有巡警的地方，他们非捣乱不可，巡警们管吧不好，不管吧也不好，活受气。世上有糊涂人，我晓得；但是兵们的糊涂令我不解。他们只为逗一时的字号，完全不讲情理；不讲情理也罢，反正得自己别吃亏呀；不，他们连自己吃亏不吃亏都看不出来，你说天下哪里再找这么糊涂的人呢。就说我的表弟吧，他已当过十多年的兵，后来几年还老是排长，按说总该明白点事儿了。哼！那年打仗，他押着十几名俘虏往营里送。喝！他得意非常的在前面领着，仿佛是个皇上似的。他手下的弟兄都看出来，为什么不先解除了俘虏的武装呢？他可就是不这么办，拍着胸膛说一点错儿没有。走到半路上，后面响了枪，他登时就死在了街上。他是我的表弟，我还能盼着他死吗？可是这股子糊涂劲儿，教我也没法抱怨开枪打他的人。有这样一个例子，你也就能明白一点兵们是怎样的难对付了。你要是告诉他，汽车别往墙上开，好啦，他就非去碰碰不可，把他自己碰死倒可以，他就是不能听你的话。

在总局里几年，没别的好处，我算是躲开了战时的危险与受气。自然啰！一打仗，煤米柴炭都涨价儿，巡警们也随着大家一同受罪，不过我可以安坐在公事房里，不必出去对付大兵们，我就得知足。

可是，在局里我又怕一辈子就窝在那里，永没有出头之日，有人情，可以升腾起来；没人情而能在外边拿贼办案，也是个路子，我既没人情，又不到街面上去，打哪儿升高一步呢？我越想越发愁。

十四

到我四十岁那年，大运亨通，我补了巡长！我顾不得想已经当了多少年的差，卖了多少力气，和巡长才挣多少钱；都顾不得想了。我只觉得我的运气来了！

小孩子拾个破东西，就能高兴的玩耍半天，所以小孩子能够快乐。大人们也得这样,或者才能对付着活下去。细细一想,事情就全糟。我升了巡长,说真的,巡长比巡警才多挣几块钱呢?挣钱不多,责任可有多么大呢!往上说,对上司们事事得说出个谱儿来;往下说,对弟兄们得又精明又热诚;对内说,差事得交得过去;对外说,得能不软不硬的办了事。这,比作知县难多了。县长就是一个地方的皇上,巡长没那个身分,他得认真办事,又得敷衍事,真真假假,虚虚实实,哪一点没想到就出蘑菇。出了蘑菇还是真糟,往上升腾不易呀,往下降可不难呢。当过了巡长再降下来,派到哪里去也不吃香:弟兄们咬吃,喝!你这作过巡长的,……这个那个的扯一堆。长官呢,看你是刺儿头,故意的给你小鞋穿,你怎么忍也忍不下去。怎办呢?哼!由巡长而降为巡警,顶好干脆卷铺盖家去,这碗饭不必再吃了。可是,以我说吧,四十岁才升上巡长,真要是卷了铺盖,我干吗去呢?

真要是这么一想,我登时就得白了头发。幸而我当时没这么想,只顾了高兴,把坏事儿全放在了一旁。我当时倒这么想:四十作上巡长,五十——哪怕是五十呢!——再作上巡官,也就算不白当了差。咱们非学校出身,又没有大人情,能作到巡官还算小吗?这么一想,我简直的拚了命,精神百倍的看着我的事,好像看着颗夜明珠似的!

作了二年的巡长,我的头上真见了白头发。我并没细想过一切,可是天天揪着心,唯恐哪件事办错了,担了处分。白天,我老喜笑颜开的打着精神办公;夜间,我睡不实在,忽然想起一件事,我就受了一惊似的,翻来覆去的思索;未必能想出办法来,我的困意可也就不再回来了。

公事而外,我为我的儿女发愁:儿子已经二十了,姑娘十八。

福海——我的儿子——上过几天私塾,几天贫儿学校,几天公立小学。字吗,凑在一块儿他大概能念下来第二册国文;坏招儿,他可学会了不少,私塾的,贫儿学校的,公立小学的,他都学来了,到处准能考一百分,假若学校里考坏招数的话。本来吗,自幼失了娘,我又终年在外边瞎混,他可不是爱怎么反就怎么反啵。我不恨铁不成钢去责备他,也不抱怨任何人,我只恨我的时运低,发不了财,不能好好的教育他。我不算对不起他们,我一辈子没给他们弄个后娘,给他们气受。至于我的时运不济,只能当巡警,那并非是我的错儿,人还能大过天去吗?

福海的个子可不小,所以很能吃呀!一顿胡搂三大碗芝麻酱拌面,有时候还说不很饱呢!就凭他这个吃法,他再有我这么两份儿爸爸也不中用!我供给不起他上中学,他那点"秀气"也没法考上。我得给他找事作。哼!他会作什么呢?

从老早,我心里就这么嘀咕:我的儿子楞可去拉洋车,也不去当巡警;我这辈子当够了巡警,不必世袭这份差事了!在福海十二三岁的时候,我教他去学手艺,他哭着喊着的一百个不去。不去就不去吧,等他长两岁再说;对个没娘的孩子不就得格外心疼吗?到了十五岁,我给他找好了地方去学徒,他不说不去,可是我一转脸,他就会跑回家来。几次我送他走,几次他偷跑回来。于是只好等他再大一点吧,等他心眼转变过来也许就行了。哼!从十五到二十,他就愣荒荒过来,能吃能喝,就是不爱干活儿。赶到教我给逼急了:"你到底愿意干什么呢?你说!"他低着脑袋,说他愿意挑巡警!他觉得穿上制服,在街上走,既能挣钱,又能就手儿散心,不像学徒那样永远圈在屋里。我没说什么,心里可刺着痛。我给打了个招呼,他挑上了巡警。我心里痛不痛的,反正他有事作,总比死

我这一辈子 | 135

吃我一口强啊。父是英雄儿好汉，爸爸巡警儿子还是巡警，而且他这个巡警还必定跟不上我。我到四十岁才熬上巡长，他到四十岁，哼！不教人家开革出来就是好事！没盼望！我没续娶过，因为我咬得住牙。他呢，赶明儿个难道不给他成家吗？拿什么养着呢？

是的，儿子当了差，我心中反倒堵上个大疙疸！

再看女儿呢，也十八九了，紧自搁在家里算怎回事呢？当然，早早撮出去的为是，越早越好。给谁呢？巡警，巡警，还得是巡警？一个人当巡警，子孙万代全得当巡警，仿佛掉在了巡警阵里似的。可是，不给巡警还真不行呢：论模样，她没什么模样；论教育，她自幼没娘，只认识几个大字；论赔送，我至多能给她作两件洋布大衫；论本事，她只能受苦，没别的好处。巡警的女儿天生来的得嫁给巡警，八字造定，谁也改不了！

唉！给了就给了啵！撮出她去，我无论怎说也可以心净一会儿。并非是我心狠哪；想想看，把她搁到二十多岁，还许就剩在家里呢。我对谁都想对得起，可是谁又对得起我来着！我并不想唠里唠叨的发牢骚，不过我愿把事情都摆平了，谁是谁非，让大家看。

当她出嫁的那一天，我真想坐在那里痛哭一场。我可是没有哭；这也不是一半天的事了，我的眼泪只会在眼里转两转，简直的不会往下流！

十五

儿子有了事作，姑娘出了阁，我心里说：这我可能远走高飞了！假若外边有个机会，我楞把巡长搁下，也出去见识见识。什么发财不发财的，我不能就窝囊这么一辈子。

机会还真来了。记得那位冯大人呀,他放了外任官。我不是爱看报吗?得到这个消息,就找他去了,求他带我出去。他还记得我,而且愿意这么办。他教我去再约上三个好手,一共四个人随他上任。我留了个心眼,请他自己向局里要四名,作为是拨遣。我是这么想:假若日后事情不见佳呢,既省得朋友们抱怨我,而且还可以回来交差,有个退身步。他看我的办法不错,就指名向局里调了四个人。

这一喜可非同小喜。就凭我这点经验知识,管保说,到哪儿我也可以作个很好的警察局局长,一点不是瞎吹!一条狗还有得意的那一天呢,何况是个人?我也该抖两天了,四十多岁还没露过一回脸呢!

果然,命令下来,我是卫队长;我乐得要跳起来。

哼!也不是咱的命不好,还是冯大人的运不济;还没到任呢,又撤了差。猫咬尿泡,瞎欢喜一场!幸而我们四个人是调用,不是辞差;冯大人又把我们送回局里去了。我的心里既为这件事难过,又为回局里能否还当巡长发愁,我脸上瘦了一圈。

幸而还好,我被派到防疫处作守卫,一共有六位弟兄,由我带领。这是个不错的差事,事情不多,而由防疫处开我们的饭钱。我不确实的知道,大概这是冯大人给我说了句好话。

在这里,饭钱既不必由自己出,我开始攒钱,为是给福海娶亲——只剩了这么一档子该办的事了,爽性早些办了吧!

在我四十五岁上,我娶了儿媳妇——她的娘家父亲与哥哥都是巡警。可倒好,我这一家子,老少里外,全是巡警,凑吧凑吧,就可以成立个警察分所!

人的行动有时候莫名其妙。娶了儿媳妇以后,也不知怎么我以为应当留下胡子，才够作公公的样子。我没细想自己是干什么的，直入公堂的就留下胡子了。小黑胡子在我嘴上，我捻上一袋关东烟，觉得挺够味儿。本来吗，姑娘聘出去了，儿子成了家，我自己的事又挺顺当，怎能觉得不是味儿呢？

哼！我的胡子惹下了祸。总局局长忽然换了人，新局长到任就检阅全城的巡警。这位老爷是军人出身，只懂得立正看齐，不懂得别的。在前面我已经说过，局里区里都有许多老人们，长相不体面，可是办事多年，最有经验。我就是和局里这群老手儿排在一处的，因为防疫处的守卫不属于任何警区，所以检阅的时候便随着局里的人立在一块儿。

当我们站好了队，等着检阅的时候，我和那群老人们还有说有笑，自自然然的。我们心里都觉得，重要的事情都归我们办，提哪一项事情我们都知道，我们没升腾起来已经算很委屈了，谁还能把我们踢出去吗？上了几岁年纪，诚然，可是我们并没少作事儿呀！即使说老朽不中用了，反正我们都至少当过十五六年的差，我们年轻力壮的时候是把精神血汗耗费在公家的差事上，冲着这点，难道还不留个情面吗？谁能够看狗老了就一脚踢出去呢？我们心中都这么想，所以满没把这回事放在心里，以为新局长从远处瞭我们一眼也就算了。

局长到了，大个子胸前挂满了徽章，又是喊，又是蹦，活像个机器人。我心里打开了鼓。他不按着次序看，一眼看到我们这一排，他猛虎扑食似的就跑过来了。岔开脚，手握在背后，他向我们点了点头。然后忽然他一个箭步跳到我们跟前，抓起一个老书记生的腰带，像摔跤似的往前一拉，几乎把老书记生拉倒；抓着腰带，他前后摇晃了老书记生几把，然后猛一撒手，老书记生摔了个屁股墩。

局长对准了他就是两口唾沫,"你也当巡警!连腰带都系不紧?来!拉出去毙了!"

我们都知道,凭他是谁,也不能枪毙人。可是我们的脸都白了,不是怕,是气的。那个老书记生坐在地上,哆嗦成了一团。

局长又看了看我们,然后用手指划了条长线,"你们全滚出去,别再教我看见你们!你们这群东西也配当巡警!"说完这个,仿佛还不解气,又跑到前面,扯着脖子喊:"是有胡子的全脱了制服,马上走!"

有胡子的不止我一个,还都是巡长巡官,要不然我也不敢留下这几根惹祸的毛。

二十年来的服务,我就是这么被刷下来了。其实呢,我虽四十多岁,我可是一点也不显着老苍,谁教我留下了胡子呢!这就是说,当你年轻力壮的时候,你把命卖上,一月就是那六七块钱。你的儿子,因为你当巡警,不能读书受教育;你的女儿,因为你当巡警,也嫁个穷汉去吃窝窝头。你自己呢,一长胡子,就算完事,一个铜子的恤金养老金也没有,服务二十年后,你教人家一脚踢出来,像踢开一块碍事的砖头似的。五十以前,你没挣下什么,有三顿饭吃就算不错;五十以后,你该想主意了,是投河呢,还是上吊呢?这就是当巡警的下场头。

二十年来的差事,没作过什么错事,但我就这样卷了铺盖。

弟兄们有含着泪把我送出来的,我还是笑着;世界上不平的事可多了,我还留着我的泪呢!

十六

穷人的命——并不像那些施舍稀粥的慈善家所想的——不是几碗粥所能救活了的;有粥吃,不过多受几天罪罢了,早晚还是死。我的履历就跟这样的粥差不多,它只能帮助我找上个小事,教我多受几天罪;我还得去当巡警。除了说我当巡警,我还真没法介绍自己呢!它就像颗不体面的痣或瘤子,永远跟着我。我懒得说当过巡警,懒得再去当巡警,可是不说不当,还真连碗饭也吃不上,多么可恶呢!

歇了没有好久,我由冯大人的介绍,到一座煤矿上去作卫生处主任,后来又升为矿村的警察分所所长;这总算运气不坏。在这里我很施展了些我的才干与学问:对村里的工人,我以二十年服务的经验,管理得真叫不错。他们聚赌,斗殴,罢工,闹事,醉酒,就凭我的一张嘴,就事论事,干脆了当,我能把他们说得心服口服。对弟兄们呢,我得亲自去训练。他们之中有的是由别处调来的,有的是由我约来帮忙的,都当过巡警;这可就不容易训练,因为他们懂得一些警察的事儿,而想看我一手儿。我不怕,我当过各样的巡警,里里外外我全晓得;凭着这点经验,我算是没被他们给撅了。对内对外,我全有办法,这一点也不瞎吹。

假若我能在这里混上几年,我敢保说至少我可以积攒下个棺材本儿,因为我的饷银差不多等于一个巡官的,而到年底还可以拿一笔奖金。可是,我刚作到半年,把一切都布置得有个大概了,哼!我被人家顶下来了。我的罪过是年老与过于认真办事。弟兄们满可以拿些私钱,假若我肯睁着一只闭着一只眼的话。我的两眼都睁着,种下了毒。对外也是如此,我明白警察的一切,所以我要本着良心把此地的警务办得完完全全,真像个样儿。还是那句话,人民要不是真正的人民,办警察是多此一举,越办得好越招人怨恨。自然,容我办上几年,大家也许能看出它的好处来。可是,人家不等办好,已经把我踢开了。

在这个社会中办事,现在才明白过来,就得像发给巡警们皮鞋似的。大点,活该!小点,挤脚?活该!什么事都能办通了,你打算合大家的适,他们要不把鞋打在你脸上才怪。这次的失败,因为我忘了那三个宝贝字——"汤儿事",因此我又卷了铺盖。

这回,一闲就是半年多。从我学徒时候起,我无事也忙,永不懂得偷闲。现在,虽然是奔五十的人了,我的精神气力并不比那个年轻小伙子差多少。生让我闲着,我怎么受呢?由早晨起来到日落,我没有正经事作,没有希望,跟太阳一样,就那么由东而西的转过去;不过,太阳能照亮了世界,我呢,心中老是黑糊糊的。闲得起急,闲得要躁,闲得讨厌自己,可就是摸不着点儿事作。想起过去的劳力与经验,并不能自慰,因为劳力与经验没给我积攒下养老的钱,而我眼看着就是挨饿。我不愿人家养着我,我有自己的精神与本事,愿意自食其力的去挣饭吃。我的耳目好像作贼的那么尖,只要有个消息,便赶上前去,可是老空着手回来,把头低得无可再低,真想一跤摔死,倒也爽快!还没到死的时候,社会像要把我活埋了!晴天大日头的,我觉得身子慢慢往土里陷;什么缺德的事也没作过,可是受这么大的罪。一天到晚我叼着那根烟袋,里边并没有烟,只是那么叼着,算个"意思"而已。我活着也不过是那么个"意思",好像专为给大家当笑话看呢!

好容易,我弄到个事:到河南去当盐务缉私队的队兵。队兵就队兵吧,有饭吃就行呀!借了钱,打点行李,我把胡子剃得光光的上了"任"。

半年的工夫,我把债还清,而且升为排长。别人花俩,我花一个,好还债。别人走一步,我走两步,所以升了排长。委屈并挡不住我的努力,我怕失业。一次失业,就多老上三年,不饿死,也憋闷死了。至于努力挡得住失业挡不住,那就难说了。

我想——哼!我又想了!——我既能当上排长,就能当上队长,不又是个希望吗?这回我留了神,看人家怎作,我也怎作。人家要私钱,我也要,我别再为良心而坏了事;良心在这年月并不值钱。假若我在队上混个队长,连公带私,有几年的工夫,我不是又可以剩下个棺材本儿吗?我简直的没了大志向,只求腿脚能动便去劳动;多咱动不了窝,好,能有个棺材把我装上,不至于教野狗们把我嚼了。我一眼看着天,一眼看着地。我对得起天,再求我能静静的躺在地下。并非我倚老卖老,我才五十来岁;不过,过去的努力既是那么白干一场,我怎能不把眼睛放低一些,只看着我将来的坟头呢!我心里是这么想,我的志愿既这么小,难道老天爷还不睁开点眼吗?

来家信,说我得了孙子。我要说我不喜欢,那简直不近人情。可是,我也必得说出来:喜欢完了,我心里凉了那么一下,不由的自言自语的嘀咕:"哼!又来个小巡警吧!"一个作祖父的,按说,哪有给孙子说丧气话的,可是谁要是看过我前边所说的一大片,大概谁也会原谅我吧?有钱人家的儿女是希望,没钱人家的儿女是累赘;自己的肚中空虚,还能顾得子孙万代,和什么"忠厚传家久,诗书继世长"吗?

我的小烟袋锅儿里又有了烟叶,叼着烟袋,我咂摸着将来的事儿。有了孙子,我的责任还不止于剩个棺材本儿了;儿子还是三等警,怎能养家呢?我不管他们夫妇,还不管孙子吗?这教我心中忽然非常的乱,自己一年比一年的老,而家中的嘴越来越多,哪个嘴不得用窝窝头填上呢!我深深的打了几个嗝儿,胸中仿佛横着一口气。算了吧,我还是少思索吧,没头儿,说不尽!个人的寿数是有限的,困难可是世袭的呢!子子孙孙,万年永实用,窝窝头!

风雨要是都按着天气预测那么来,就无所谓狂风暴雨了。困难若是都按着咱们心中所思虑的一步一步慢慢的来,也就没有把人急疯了这一说了。我正盘算着孙子的事儿,我的儿子死了!

他还并没死在家里呀!我还得去运灵。

福海,自从成家以后,很知道要强。虽然他的本事有限,可是他懂得了怎样尽自己的力量去作事。我到盐务缉私队上来的时候,他很愿意和我一同来,相信在外边可以多一些发展的机会。我拦住了他,因为怕事情不稳,一下子再教父子同时失业,如何得了。可是,我前脚离开了家,他紧随着也上了威海卫。他在那里多挣两块钱。独自在外,多挣两块就和不多挣一样,可是穷人想要强,就往往只看见了钱,而不多合计合计。到那里,他就病了;舍不得吃药。及至他躺下了,药可也就没了用。

把灵运回来,我手中连一个钱也没有了。儿媳妇成了年轻的寡妇,带着个吃奶的小孩,我怎么办呢?我没法再出外去作事,在家乡我又连个三等巡警也当不上,我才五十岁,已走到了绝路。我羡慕福海,早早的死了,一闭眼三不知;假若他活到我这个岁数,至好也不过和我一样,多一半还许不如我呢!儿媳妇哭,哭得死去活来,我没有泪,哭不出来,我只能满屋里打转,偶尔的冷笑一声。

以前的力气都白卖了。现在我还得拿出全套的本事,去给小孩子找点粥吃。我去看守空房；我去帮着人家卖菜；我去作泥水匠的小工子活；我去给人家搬家……除了拉洋车，我什么都作过了。无论作什么，我还都卖着最大的力气，留着十分的小心。五十多了，我出的是二十岁的小伙子的力气，肚子里可是只有点稀粥与窝窝头，身上到冬天没有一件厚实的棉袄，我不求人白给点什么，还讲仗着力气与本事挣饭吃，豪横了一辈子，到死我还不能输这口气。时常我挨一天的饿，时常我没有煤上火，时常我找不到一撮儿烟叶，可是我决不说什么；我给公家卖过力气了，我对得住一切的人，我心里没毛病，还说什么呢？我等着饿死，死后必定没有棺材，儿媳妇和孙子也得跟着饿死，那只好就这样吧！谁教我是巡警呢！我的眼前时常发黑，我仿佛已摸到了死，哼！我还笑，笑我这一辈的聪明本事，笑这出奇不公平的世界，希望等我笑到末一声，这世界就换个样儿吧！

（收入《火车集》，上海杂志公司 1939 年 8 月初版）

散 文

想 北 平

设若让我写一本小说,以北平作背景,我不至于害怕,因为我可以捡着我知道的写,而躲开我所不知道的。让我单摆浮搁的讲一套北平,我没办法。北平的地方那么大,事情那么多,我知道的真觉太少了,虽然我生在那里,一直到廿七岁才离开。以名胜说,我没到过陶然亭,这多可笑!以此类推,我所知道的那点只是"我的北平",而我的北平大概等于牛的一毛。

可是,我真爱北平。这个爱几乎是要说而说不出的。我爱我的母亲。怎样爱?我说不出。在我想作一件事讨她老人家喜欢的时候,我独自微微的笑着;在我想到她的健康而不放心的时候,我欲落泪。言语是不够表现我的心情的,只有独自微笑或落泪才足以把内心揭露在外面一些来。我之爱北平也近乎这个。夸奖这个古城的某一点是容易的,可是那就把北平看得太小了。我所爱的北平不是枝枝节节的一些什么,而是整个儿与我的心灵相粘合的一段历史,一大块地方,多少风景名胜,从雨后什刹海的蜻蜓一直到我梦里的玉泉山的塔影,都积凑到一块,每一小的事件中有个我,我的每一思念中有个北平,这只有说不出而已。

真愿成为诗人,把一切好听好看的字都浸在自己的心血里,像杜鹃似的啼出北平的俊伟。啊!我不是诗人!我将永远道不出我的爱,一种像由音乐与图画所引起的爱。这不但是辜负了北平,也对不住我自己,因为我的最初的知识与印象都得自北平,它是在我的血里,我的性格与脾气里有许多地方是这古城所赐给的。我不能爱上海与天津,因为我心中有个北平。可是我说不出来!

伦敦,巴黎,罗马与堪司坦丁堡,曾被称为欧洲的四大"历史的都城"。我知道一些伦敦的情形;巴黎与罗马只是到过而已;堪司坦丁堡根本没有去过。就伦敦,巴黎,罗马来说,巴黎更近似北平——虽然"近似"两字要拉扯得很远——不过,假使让我"家住巴黎",我一定会和没有家一样的感到寂苦。巴黎,据我看,还太热闹。自然,那里也有空旷静寂的地方,可是又未免太旷;不像北平那样既复杂而又有个边际,使我能摸着——那长着红酸枣的老城墙!面向着积水潭,背后是城墙,坐在石上看水中的小蝌蚪或苇叶上的嫩蜻蜓,我可以快乐的坐一天,心中完全安适,无所求也无可怕,像小儿安睡在摇篮里。是的,北平也有热闹的地方,但是它和太极拳相似,动中有静。巴黎有许多地方使人疲乏,所以咖啡与酒是必要的,以便刺激;在北平,有温和的香片茶就够了。

论说巴黎的布置已比伦敦罗马匀调的多了,可是比上北平还差点事儿。北平在人为之中显出自然,几乎是什么地方既不挤得慌,又不太僻静:最小的胡同里的房子也有院子与树;最空旷的地方也离买卖街与住宅区不远。这种分配法可以算——在我的经验中——天下第一了。北平的好处不在处处设备得完全,而在它处处有空儿,可以使人自由的喘气;不在有好些美丽的建筑,而在建筑的四围都有空闲的地方,使它们成为美景。每一个城楼,每一个牌楼,都可以从老远就看见。况且在街上还可以看见北山与西山呢!

好学的,爱古物的,人们自然喜欢北平,因为这里书多古物多。我不好学,也没钱买古物。对于物质上,我却喜爱北平的花多菜多果子多。花草是种费钱的玩艺,可是此地的"草花儿"很便宜,而且家家有院子,可以花不多的钱而种一院子花,即使算不了什么,可是到底可爱呀。墙上的牵牛,墙根的靠山竹与草茉莉,是多么省钱省事而也足以招来蝴蝶呀!至于青菜,白菜,扁豆,毛豆角,黄瓜,菠菜等等,大多数是直接由城外担来而送到家门口的。雨后,韭菜叶上还往往带着雨时溅起的泥点。青菜摊子上的红红绿绿几乎有诗似的美丽。果子有不少是由西山与北山来的,西山的沙果,海棠,北山的黑枣,柿子,进了城还带着一层白霜儿呀!哼,美国的橘子包着纸;遇到北平的带霜儿的玉李,还不愧杀!

是的,北平是个都城,而能有好多自己产生的花,菜,水果,这就使人更接近了自然。从它里面说,它没有像伦敦的那些成天冒烟的工厂;从外面说,它紧连着园林,菜圃与农村。采菊东篱下,在这里,确是可以悠然见南山的;大概把"南"字变个"西"或"北",也没有多少了不得的吧。像我这样的一个贫寒的人,或者只有在北平能享受一点清福了。

好,不再说了吧;要落泪了,真想念北平呀!

(载 1936 年 6 月 16 日《宇宙风》第 19 期)

兔 儿 爷

我好静,故怕旅行。自然,到过的地方就不多了。到的地方少,看的东西自然也就少。就是对于兔儿爷这玩艺也没有看过多少种。

稍为熟习的只有北方几座城:北平,天津,济南,和青岛。在这四个名城里,一到中秋,街上便摆出兔儿爷来——就是山东人称为兔子王的泥人。兔儿爷或兔子王都是泥作的。兔脸人身,有的背后还插上纸旗,头上罩着纸伞。种类多,作工细,要算北平。山东的兔子王样式既少,手工也很糙。

泥人本有多种,可是因为不结实,所以作得都不太精细;给小儿女买玩艺儿,谁也不愿多花钱买一碰即碎的呀。兔儿爷虽也系泥人,但售出的时间只在八月节前的半个月左右,与月饼同为迎时当令的东西,故不妨作得精细一些。况且小儿女们每愿给兔儿爷上供,置之桌上,不像对待别种泥娃娃那么随便,于是也就略为减少碰碎的危险。这样,兔儿爷便获得较优越的地位,而能每年一度很漂亮的出现于街头。

中秋又到了,北平等处的兔儿爷怎样呢?

我可以想象到：那些粉脸彩衣，插旗打伞的泥人们一定还是一行行的摆在街头，为暴敌粉饰升平啊！

听说敌人这些日子，正在北平大量的焚书，几乎凡不是木板的图书都可以遭到被投入火里的厄运。学校里，人家里，都没有了书，而街头上到处摆出兔儿爷，多么好的一种布置呢！暴敌要的是傀儡呀！

友人来信，说平津大雨，连韭菜都卖到三吊钱（与重庆的"吊"同值）一束，粗粮也卖到一毛多一斤。谁还买得起兔儿爷呢？大概也就是在市上摆几天，给大家热闹热闹眼睛吧？

因而就想到那些高等汉奸，到时候，他们就必出来。正如桂花一开，兔子王便上市。他们的脸很体面，油光水滑的，只可惜鼻下有个三瓣子嘴，而头上有一对长耳朵。他们的身上也花花绿绿，足下登起粉底高靴。身腔里可是空空的，脊背有个泥团儿，为插旗伞之用；旗伞都是纸作的。他们多体面，多空虚，多没有心肝呢！他们唯一的好处似乎只在有两个泥膝，跪下很方便。

兔儿爷怕遇上淘气的孩子，左搬右弄，它脸上的粉，身上的彩，便被弄污；不幸而孩子一失手，全身便变成若干小片片了。孩子并不十分伤心，有钱便能再买一个呀。幸而支持过了中秋，并未粉碎；可又时节已过，谁还有心玩兔子王呢？最聪明的傀儡也不过是些小土片呀！那些带活气的兔子王，越漂亮，我就越替他们担心；小日本鬼子不但淘气，而且是世上最凶狠的孩子啊。兔子王的寿命无论如何过不去中秋，我真想为那些粉墨登场的傀儡们落泪了。

抗战建国须凭真实本领与浩然正气，只能迎时当令充兔子王的，不作汉奸，也是废物。那么，我们不仅当北望平津，似乎也当自省一下吧？

(载1938年10月30日《弹花》第2卷第1期)

北京的春节

  按照北京的老规矩,过农历的新年(春节),差不多在腊月的初旬就开头了。"腊七腊八,冻死寒鸦",这是一年里最冷的时候。可是,到了严冬,不久便是春天,所以人们并不因为寒冷而减少过年与迎春的热情。在腊八那天,人家里,寺观里,都熬腊八粥。这种特制的粥是祭祖祭神的,可是细一想,它倒是农业社会的一种自傲的表现——这种粥是用所有的各种的米,各种的豆,与各种的干果(杏仁、核桃仁、瓜子、荔枝肉、莲子、花生米、葡萄干、菱角米……)熬成的。这不是粥,而是小型的农业展览会。
  腊八这天还要泡腊八蒜。把蒜瓣在这天放到高醋里,封起来,为过年吃饺子用的。到年底,蒜泡得色如翡翠,而醋也有了些辣味,色味双美,使人要多吃几个饺子。在北京,过年时,家家吃饺子。
  从腊八起,铺户中就加紧的上年货,街上加多了货摊子——卖春联的、卖年画的、卖蜜供的、卖水仙花的等等都是只在这一季节才会出现的。这些赶年的摊子都教儿童们的心跳得特别快一些。在胡同里,吆喝的声音也比平时更多更复杂起来,其中也有仅在腊月才出现的,像卖宪书的、松枝的、薏仁米的、年糕的等等。

在有皇帝的时候,学童们到腊月十九日就不上学了,放年假一月。儿童们准备过年,差不多第一件事是买杂拌儿。这是用各种干果(花生、胶枣、榛子、栗子等)与蜜饯搀合成的,普通的带皮,高级的没有皮——例如:普通的用带皮的榛子,高级的用榛瓤儿。儿童们喜吃这些零七八碎儿,即使没有饺子吃,也必须买杂拌儿。他们的第二件大事是买爆竹,特别是男孩子们。恐怕第三件事才是买玩艺儿——风筝、空竹、口琴等——和年画儿。

儿童们忙乱,大人们也紧张。他们须预备过年吃的使的喝的一切。他们也必须给儿童赶快做新鞋新衣,好在新年时显出万象更新的气象。

二十三日过小年,差不多就是过新年的"彩排"。在旧社会里,这天晚上家家祭灶王,从一擦黑儿鞭炮就响起来,随着炮声把灶王的纸像焚化,美其名叫送灶王上天。在前几天,街上就有多少多少卖麦芽糖与江米糖的,糖形或为长方块或为大小瓜形。按旧日的说法:用糖粘住灶王的嘴,他到了天上就不会向玉皇报告家庭中的坏事了。现在,还有卖糖的,但是只由大家享用,并不再粘灶王的嘴了。

过了二十三,大家就更忙起来,新年眨眼就到了啊。在除夕以前,家家必须把春联贴好,必须大扫除一次,名曰扫房。必须把肉、鸡、鱼、青菜、年糕什么的都预备充足,至少足够吃用一个星期的——按老习惯,铺户多数关五天门,到正月初六才开张。假若不预备下几天的吃食,临时不容易补充。还有,旧社会里的老妈妈论,讲究在除夕把一切该切出来的东西都切出来,省得在正月初一到初五再动刀,动刀剪是不吉利的。这含有迷信的意思,不过它也表现了我们确是爱和平的人,在一岁之首连切菜刀都不愿动一动。

除夕真热闹。家家赶作年菜,到处是酒肉的香味。老少男女都穿起新衣,门外贴好红红的对联,屋里贴好各色的年画,哪一家都灯火通宵,不许间断,炮声日夜不绝。在外边作事的人,除非万不得已,必定赶回家来,吃团圆饭,祭祖。这一夜,除了很小的孩子,没有什么人睡觉,而都要守岁。

元旦的光景与除夕截然不同:除夕,街上挤满了人;元旦,铺户都上着板子,门前堆着昨夜燃放的爆竹纸皮,全城都在休息。

男人们在午前就出动,到亲戚家,朋友家去拜年。女人们在家中接待客人。同时,城内城外有许多寺院开放,任人游览,小贩们在庙外摆摊,卖茶,食品,和各种玩具。北城外的大钟寺、西城外的白云观、南城的火神庙(厂甸)是最有名的。可是,开庙最初的两三天,并不十分热闹,因为人们还正忙着彼此贺年,无暇及此。到了初五六,庙会开始风光起来,小孩们特别热心去逛,为的是到城外看看野景,可以骑毛驴,还能买到那些新年特有的玩具。白云观外的广场上有赛轿车赛马的;在老年间,据说还有赛骆驼的。这些比赛并不争取谁第一谁第二,而是在观众面前表演骡马与骑者的美好姿态与技能。

多数的铺户在初六开张,又放鞭炮,从天亮到清早,全城的炮声不绝。虽然开了张,可是除了卖吃食与其他重要日用品的铺子,大家并不很忙,铺中的伙计们还可以轮流着去逛庙,逛天桥,和听戏。

元宵(汤圆)上市,新年的高潮到了——元宵节(从正月十三到十七)。除夕是热闹的,可是没有月光;元宵节呢,恰好是明月当空。元旦是体面的,家家门前贴着鲜红的春联,人们穿着新衣

北京的春节 | 155

裳,可是它还不够美。元宵节,处处悬灯结彩,整条的大街像是办喜事,火炽而美丽。有名的老铺都要挂出几百盏灯来,有的一律是玻璃的,有的清一色是牛角的,有的都是纱灯;有的各形各色,有的通通彩绘全部《红楼梦》或《水浒传》故事。这,在当年,也就是一种广告;灯一悬起,任何人都可以进到铺中参观;晚间灯中都点上烛,观者就更多。这广告可不庸俗。干果店在灯节还要作一批杂拌儿生意,所以每每独出心裁的,制成各样的冰灯,或用麦苗作成一两条碧绿的长龙,把顾客招来。

除了悬灯,广场上还放花合。在城隍庙里并且燃起火判,火舌由判官的泥像的口、耳、鼻、眼中伸吐出来。公园里放起天灯,像巨星似的飞到天空。

男男女女都出来踏月、看灯、看焰火;街上的人拥挤不动。在旧社会里,女人们轻易不出门,她们可以在灯节里得到些自由。

小孩子们买各种花炮燃放,即使不跑到街上去淘气,在家中照样能有声有光的玩耍。家中也有灯:走马灯——原始的电影——宫灯、各形各色的纸灯,还有纱灯,里面有小铃,到时候就叮叮的响。大家还必须吃汤圆呀。这的确是美好快乐的日子。

一眨眼,到了残灯末庙,学生该去上学,大人又去照常作事,新年在正月十九结束了。腊月和正月,在农村社会里正是大家最闲在的时候,而猪牛羊等也正长成,所以大家要杀猪宰羊,酬劳一年的辛苦。过了灯节,天气转暖,大家就又去忙着干活了。北京虽是城市,可是它也跟着农村社会一齐过年,而且过得分外热闹。

在旧社会里,过年是与迷信分不开的。腊八粥,关东糖,除夕的饺子,都须先去供佛,而后人们再享用。除夕要接神;大年初二要祭财神,吃元宝汤(馄饨),而且有的人要到财神庙去借纸元宝,抢烧头股香。正月初八要给老人们顺星、祈寿。因此那时候最大的一笔浪费是买香蜡纸马的钱。现在,大家都不迷信了,也就省下这笔开销,用到有用的地方去。特别值得提到的是现在的儿童只快活的过年,而不受那迷信的熏染,他们只有快乐,而没有恐惧——怕神怕鬼。也许,现在过年没有以前那么热闹了,可是多么清醒健康呢。以前,人们过年是托神鬼的庇佑,现在是大家劳动终岁,大家也应当快乐的过年。

(载 1951 年 1 月《新观察》第 2 卷第 2 期)

英 国 人

据我看，一个人即使承认英国人民有许多好处，大概也不会因为这个而乐意和他们交朋友。自然，一个有金钱与地位的人，走到哪里也会受欢迎；不过，在英国也比在别国多些限制。比如以地位说吧，假如一个作讲师或助教的，要是到了德国或法国，一定会有些人称呼他"教授"。不管是出于诚心吧，还是捧场；反正这是承认教师有相当的地位，是很显然的，在英国，除非他真正是位教授，绝不会有人来招呼他。而且，这位教授假若不是牛津或剑桥的，也就还差点劲儿。贵族也是如此，似乎只有英国国产贵族才能算数儿。

至于一个平常人，尽管在伦敦或其他的地方住上十年八载，也未必能交上一个朋友。是的，我们必须先交代明白，在资本主义的社会里，大家一天到晚为生活而奔忙，实在找不出闲工夫去交朋友；欧西各国都是如此，英国并非例外。不过，即使我们承认这个，可是英国人还有些特别的地方，使他们更难接近。一个法国人见着个生人，能够非常的亲热，越是因为这个生人的法国话讲得不好，他才越愿指导他。英国人呢，他以为天下没有会讲英语的，除了他们自己,他干脆不愿答理一个生人。一个英国人想不到一个生人可以不明白英国的规矩,而是一见到生人说话行动有不对的地方,马上认为这个人是野蛮,不屑于再招呼他。英国的规矩又偏偏是那么多!他不能想象到别人可以没有这些规矩,而另有一套;不,英国的是一切;设若别处没有那么多的雾,那根本不能算作真正的天气!

除了规矩而外,英国人还有好多不许说的事:家中的事,个人的职业与收入,通通不许说,除非彼此是极亲近的人。一个住在英国的客人,第一要学会那套规矩,第二要别乱打听事儿,第三别谈政治,那么,大家只好谈天气了,而天气又是那么不得人心。自然,英国人很有的说,假若他愿意:他可以讲论赛马、足球、养狗、高尔夫球等等;可是咱又许不大晓得这些事儿。结果呢,只好对楞着。对了,还有宗教呢,这也最好不谈。每个英国人有他自己开阔的到天堂之路,乘早儿不用惹麻烦。连书籍最好也不谈,一般的说,英国人的读书能力与兴趣远不及法国人。能念几本书的差不多就得属于中等阶级,自然我们所愿与谈论书籍的至少是这路人。这路人比谁的成见都大,那么与他们闲话书籍也是自找无趣的事。多数的中等人拿读书——自然是指小说了——当作一种自己生活理想的佐证。一个普通的少女,长得有个模样,嫁了个驶汽车的;在结婚之夕才证实了,他原来是个贵族,而且承袭了楼上有鬼的旧宫,专是壁上的挂图就值多少百万!读惯这种书的,当然很难想到别的事儿,与他们谈论书籍和捣乱大概没有什么分别。中上的人自然有些识见了,可是很难遇到啊。况且有些识见的英国人,根本在英国就不大被人看得起;他们连拜伦,雪莱,和王尔德还都逐出国外去,我们想跟这样人交朋友——即使有机会——无疑的也会被看作成怪物的。

我真想不出,彼此不能交谈,怎能成为朋友。自然,也许有人说:不常交谈,那么遇到有事需要彼此的帮忙,便丁对丁,卯对卯的去办好了;彼此有了这样干脆了当的交涉与接触,也能成为朋友,不是吗?是的,求人帮助是必不可免的事,就是在英国也是如是;不过英国人的脾气还是以能不求人为最好。他们的脾气即是这样,他们不求你,你也就不好意思求他了。多数的英国人愿当鲁滨孙,万事不求人。于是他们对别人也就不愿多伸手管事。况且,他们即使愿意帮忙你,他们是那样的沉默简单,事情是给你办了,可是交情仍然谈不到。当一个英国人答应了你办一件事,他必定给你办到。可是,跟他上火车一样,非到车已要开了,他不露面。你别去催他,他有他的稳当劲儿。等办完了事,他还是不理你,直等到你去谢谢他,他才微笑一笑。到底还是交不上朋友,无论你怎样上前巴结。假若你一个劲儿奉承他或讨他的好,他也许告诉你:"请少来吧,我忙!"这自然不是说,英国就没有一个和气的人。不,绝不是。一个和气的英国人可以说是最有礼貌,最有心路,最体面的人。不过,他的好处只能使你钦佩他,他有好些地方使人不便和他套交情。他的礼貌与体面是一种武器,使人不敢离他太近了。就是顶和气的英国人,也比别人端庄的多;他不喜欢法国式的亲热——你可以看见两个法国男人互吻,可是很少见一个英国人把手放在另一个英国人的肩上,或搂着脖儿。两个很要好的女友在一块儿吃饭,设若有一个因为点儿原故而想把自己的菜让给友人一点,你必会听到那个女友说:"这不是羞辱我吗?"男人就根本不办这样的傻事。是呀,男人对于让酒让烟是极普遍的事,可是只限于烟酒,他们不会肥马轻裘与友共之。

这样讲,好像英国人太别扭了。别扭,不错;可是他们也有好处。你可以永远不与他们交朋友,但你不能不佩服他们。事情都是两面的。英国人不愿轻易替别人出力,他可也不来讨厌你呀。他的确非常高傲,可是你要是也沉住了气,他便要佩服你。一般的说,英国人很正直。他们并不因为自傲而蛮不讲理。对于一个英国人,你要先估量估量他的身分,再看看你自己的价值,他要是像块石头,你顶好像块大理石;硬碰硬,而你比他更硬。他会承认他的弱点。他能够很体谅人,很大方,但是他不愿露出来;你对他也顶好这样。设若你准知道他要向灯,你就顶好也先向灯,他自然会向火;他喜欢表示自己有独立的意见。他的意见可老是意见,假若你说得有理,到办事的时候他会牺牲自己的意见,而应怎么办就怎么办。你必须知道,他的态度虽是那么沉默孤高,像有心事的老驴似的,可是他心中很能幽默一气。他不轻易向人表示亲热,可也不轻易生气,到他说不过你的时候,他会以一笑了之。这点幽默劲儿使英国人几乎成为可爱的了。他没火气,他不吹牛,虽然他很自傲自尊。

所以,假若英国人成不了你的朋友,他们可是很好相处。他们该办什么就办什么,不必你去套交情;他们不因私交而改变作事该有的态度。他们的自傲使他们对人冷淡,可是也使他们自重。他们的正直使他们对人不客气,可也使他们对事认真。你不能拿他当作吃喝不分的朋友,可是一定能拿他当个很好的公民或办事人。就是他的幽默也不低级讨厌,幽默助成他作个贞脱儿曼,不是弄鬼脸逗笑。他并不老实,可是他大方。

他们不爱着急,所以也不好讲理想。胖子不是一口吃起来的,乌托邦也不是一步就走到的。往坏了说,他们只顾眼前;往好里

英国人 | 161

说,他们不乌烟瘴气。他们不爱听世界大同,四海兄弟,或那顶大顶大的计划。他们愿一步一步慢慢的走,走到哪里算哪里。成功呢,好;失败呢,再干。英国兵不怕打败仗。英国的一切都好像是在那儿敷衍呢,可是他们在各种事业上并不是不求进步。这种骑马找马的办法常常使人以为他们是狡猾,或守旧;狡猾容或有之,守旧也是真的,可是英国人不在乎,他有他的主意。他深信常识是最可宝贵的,慢慢走着瞧吧。萧伯纳可以把他们骂得狗血喷头,可是他们会说:"他是爱尔兰的呀!"他们会随着萧伯纳笑他们自己,但他们到底是他们——萧伯纳连一点办法也没有!

  这些,可只是个简单的,大概的,一点由观察得来的印象。一般的说,也许大致不错;应用到某一种或某一个英国人身上,必定有许多欠妥当的地方。概括的论断总是免不了危险的。

(载 1936 年 9 月《西风》第 1 期)

东方学院

从一九二四的秋天,到一九二九的夏天,我一直的在伦敦住了五年。除了暑假寒假和春假中,我有时候离开伦敦几天,到乡间或别的城市去游玩,其余的时间就都销磨在这个大城里。我的工作不许我到别处去,就是在假期里,我还有时候得到学校去。我的钱也不许我随意的去到各处跑,英国的旅馆与火车票价都不很便宜。

我工作的地方是东方学院,伦敦大学的各学院之一。这里,教授远东近东和非洲的一切语言文字。重要的语言都成为独立的学系,如中国语,阿拉伯语等;在语言之外还讲授文学哲学什么的。次要的语言,就只设一个固定的讲师,不成学系,如日本语;假如有人要特意的请求讲授日本的文学或哲学等,也就由这个讲师包办。不甚重要的语言,便连固定的讲师也不设,而是有了学生再临时去请教员,按钟点计算报酬。譬如有人要学蒙古语文或非洲的非英属的某地语文,便是这么办。自然,这里所谓的重要与不重要,是多少与英国的政治,军事,商业等相关联的。

在学系里,大概的都是有一位教授,和两位讲师。教授差不多全是英国人;两位讲师总是一个英国人,和一个外国人——这就是说,中国语文系有一位中国讲师,阿拉伯语文系有一位阿拉伯人作讲师。这是三位固定的教员,其余的多是临时请来的,比如中国语文系里,有时候于固定的讲师外,还有好几位临时的教员,假若赶到有学生要学中国某一种方言的话;这系里的教授与固定讲师都是说官话的,那么要是有人想学厦门话或绍兴话,就非去临时请人来教不可。

这里的教授也就是伦敦大学的教授。这里的讲师可不都是伦敦大学的讲师。以我自己说,我的聘书是东方学院发的,所以我只算学院里的讲师,和大学不发生关系。那些英国讲师多数的是大学的讲师,这倒不一定是因为英国讲师的学问怎样的好,而是一种资格问题:有了大学讲师的资格,他们好有升格的希望,由讲师而副教授而教授。教授既全是英国人,如前面所说过的,那么外国人得到了大学的讲师资格也没有多大用处。况且有许多部分,根本不成为学系,没有教授,自然得到大学讲师的资格也不会有什么发展。在这里,看出英国人的偏见来。以梵文,古希伯来文,阿拉伯文等说,英国的人才并不弱于大陆上的各国;至于远东语文与学术的研究,英国显然的追不上德国或法国。设若英国人愿意,他们很可以用较低的薪水去到德法等国聘请较好的教授。可是他们不肯。他们的教授必须是英国人,不管学问怎样。就我所知道的,这个学院里的中国语文学系的教授,还没有一位真正有点学问的。这在学术上是吃了亏,可是英国人自有英国人的办法,决不会听别人的。幸而呢,别的学系真有几位好的教授与讲师,好歹一背拉,这个学院的教员大致的还算说得过去。况且,于各系的主任教授而外,还有几位学者来讲专门的学问,像印度的古代律法,巴比仑的古代美术等等,把这学院的声价也提高了不少。在这些教员之外,另有位音韵学专家,教给一切学生以发音与辨音的训练与技巧,以增加学习语言的效率。这倒是个很好的办法。

大概的说,此处的教授们并不像牛津或剑桥的教授们那样只每年给学生们一个有系统的讲演,而是每天与讲师们一样的教功课。这就必须说一说此处的学生了。到这里来的学生,几乎没有任何的限制。以年龄说,有的是七十岁的老夫或老太婆,有的是十几岁的小男孩或女孩。只要交上学费,便能入学。于是,一人学一样,很少有两个学生恰巧学一样东西的。拿中国语文系说吧,当我在那儿的时候,学生中就有两位七十多岁的老人:一位老人是专学中国字,不大管它们都念作什么,所以他指定要英国的讲师教他。另一位老人指定要跟我学,因为他非常注重发音;他对语言很有研究,古希腊,拉丁,希伯来,他都会,到七十多岁了,他要听听华语是什么味儿;学了些日子华语,他又选上了日语。这两个老人都很用功,头发虽白,心却不笨。这一对老人而外,还有许多学生:有的学言语,有的念书,有的要在伦敦大学得学位而来预备论文,有的念元曲,有的念《汉书》,有的是要往中国去,所以先来学几句话,有的是已在中国住过十年八年而想深造……总而言之,他们学的功课不同,程度不同,上课的时间不同,所要的教师也不同。这样,一个人一班,教授与两个讲师便一天忙到晚了。这些学生中最小的一个才十二岁。

因此,教授与讲师都没法开一定的课程,而是兵来将挡,学生要学什么,他们就得教什么;学院当局最怕教师们说:"这我可教不了。"于是,教授与讲师就很不易当。还拿中国语文系说吧,有一回,一个英国医生要求教他点中国医学。我不肯教,教授也瞪了眼。结果呢,还是由教授和他对付了一个学期。我很佩服教授这点对付劲儿;我也准知道,假若他不肯敷衍这个医生,大概院长那儿就更难对付。由这一点来说,我很喜欢这个学院的办法,来者不拒,一人一班,完全听学生的。不过,要这样办,教员可得真多,一系里只有两三个人,而想使个个学生满意,是作不到的。

  成班上课的也有:军人与银行里的练习生。军人有时候一来就是一拨儿,这一拨儿分成几组,三个学中文,两个学日文,四个学土耳其文……既是同时来的,所以可以成班。这是最好的学生。他们都是小军官,又差不多都是世家出身,所以很有规矩,而且很用功。他们学会了一种语言,不管用得着与否,只要考试及格,在饷银上就有好处。据说会一种语言的,可以每年多关一百镑钱。他们在英国学一年中文,然后就可以派到中国来。到了中国,他们继续用功,而后回到英国受试验。试验及格便加薪俸了。我帮助考过他们,考题很不容易,言语,要能和中国人说话;文字,要能读大报纸上的社论与新闻,和能将中国的操典与公文译成英文。学中文的如是,学别种语文的也如是。厉害!英国的秘密侦探是著名的,军队中就有这么多,这么好的人才呀:和哪一国交战,他们就有会哪一国言语文字的军官。我认得一个年轻的军官,他已考及格过四种言语的初级试验,才二十三岁!想打倒帝国主义么,啊,得先充实自己的学问与知识,否则喊哑了嗓子只有自己难受而已。

  最坏的学生是银行的练习生们。这些都是中等人家的子弟——不然也进不到银行去——可是没有军人那样的规矩与纪律,他们来学语言,只为马马虎虎混个资格,考试一过,马上就把"你有钱,我吃饭"忘掉。考试及格,他们就有被调用到东方来的希望,只是希望,并不保准。即使真被派遣到东方来,如新加坡,香港,上海,等处,他们早知道满可以不说一句东方语言而把事全办了。他们是来到这个学院预备资格,不是预备言语,所以不好好的学习。教员们都不喜欢教他们,他们也看不起教员,特别是外国教员。没有比英国中等人家的二十上下岁的少年再讨厌的了,他们有英国人一切的讨厌,而英国人所有的好处他们还没有学到,因为他们是正在刚要由孩子变成大人的时候,所以比大人更讨厌。

班次这么多,功课这么复杂,不能不算是累活了。可是有一样好处:他们排功课表总设法使每个教员空闲半天。星期六下午照例没有课,再加上每周当中休息半天,合起来每一星期就有两天的休息。再说呢,一年分为三学期,每学期只上十个星期的课,一年倒可以有五个月的假日,还算不坏。不过,假期中可还有学生愿意上课;学生愿意,先生自然也得愿意,所以我不能在假期中一气离开伦敦许多天。这可也有好处,假期中上课,学费便归先生要。

学院里有个很不错的图书馆,专藏关于东方学术的书籍,楼上还有些中国书。学生在上课前,下课后,不是在休息室里,便是到图书馆去,因为此外别无去处。这里没有运动场等等的设备,学生们只好到图书馆去看书,或在休息室里吸烟,没别的事可作。学生既多数的是一人一班,而且上课的时间不同,所以不会有什么团体与运动。每一学期至多也不过有一次茶话会而已。这个会总是在图书馆里开,全校的人都被约请。没有演说,没有任何仪式,只有茶点,随意的吃。在开这个会的时候,学生才有彼此接谈的机会,老幼男女聚在一处,一边吃茶一边谈话。这才看出来,学生并不少;平日一个人一班,此刻才看到成群的学生。

假期内,学院里清静极了,只有图书馆还开着,读书的人可也并不甚多。我的《老张的哲学》,《赵子曰》,与《二马》,大部分是在这里写的,因为这里清静啊。那时候,学院是在伦敦城里。四外有好几个火车站,按说必定很乱,可是在学院里并听不到什么声音。图书馆靠街,可是正对着一块空地,有些花木,像个小公园。读完了书,到这个小公园去坐一下,倒也方便。现在,据说这个学院已搬到大学里去,图书馆与课室———一个友人来信这么说———相距很远,所以馆里更清静了。哼,希望多咱有机会再到伦敦去,再在这图书馆里写上两本小说!

(载 1937 年 3 月《西风》第 7 期)

青岛与山大

北中国的景物是由大漠的风与黄河的水得到色彩与情调：荒、燥、寒、旷、灰黄，在这以尘沙为雾，以风暴为潮的北国里，青岛是颗绿珠，好似偶然的放在那黄色地图的边儿上。在这里，可以遇见真的雾，轻轻的在花林中流转，愁人的雾笛仿佛像一种特有的鹃声。在这里，北方的狂风还可以袭入，激起的却是浪花；南风一到，就要下些小雨了。在这里，春来的很迟，别处已是端阳，这里刚好成为锦绣的乐园，到处都是春花。这里的夏天根本用不着说，因为青岛与避暑永远是相联的。其实呢，秋天更好：有北方的晴爽，而不显着干燥，因为北方的天气在这里被海给软化了；同时，海上的湿气又被凉风吹散，结果是天与海一样的蓝，湿与燥都不走极端；虽然大雁还是按时候向南飞，可是此地到菊花时节依然是很暖和的。在海边的微风里，看高远深碧的天上飞着雁字，真能使人暂时忘了一切，即使欲有所思，大概也只有赞美青岛吧。冬天可实在不能令人满意；有相当的冷，也有不小的风。但是，这里的房屋不像北平的那样以纸糊窗，街道上也没有尘土，于是冷与风的厉害就减少了一些。再说呢，夏季的青岛是中外有钱有闲的人们的娱乐场所，因为他们与她们都是来享福取乐,所以不惜把壮丽的山海弄成烟酒香粉的世界。到了冬天,他们与她们都另寻出路,把山海自然之美交给我们久住青岛的人。雪天,我们可以到栈桥去望那美若白莲的远岛;风天,我们可以在夜里听着寒浪的击荡。就是不风不雪,街上的行人也不甚多,到处呈现着严肃的气象,我们也可以吐一口气,说:这是山海的真面目。

一个大学或者正像一个人,他的特色总多少与它所在的地方有些关系。山大虽然成立了不多年,但是它既在青岛,就不能不带些青岛味儿。这也就是常常引起人家误解的地方。一般的说,人们大概会这样想:山大立在青岛恐怕不大合适吧?舞场、咖啡馆、电影院、浴场……在花花世界里能安心读书吗?这种因爱护而担忧的猜想,正是我们所愿解答的。在前面,我们叙述了青岛的四时:青岛之有夏,正如青岛之有冬;可是一般人似乎只知其夏,不知其冬,猜测多半由此而来。说真的,山大所表现的精神是青岛的冬。是呀,青岛忙的时候也是山大忙的时候,学会咧,参观团咧,讲习会咧,有时候同时借用山大作会场或宿舍,热忙非常。但这总是在夏天,夏天我们也放假呀。当我们上课的期间,自秋至冬,自冬至初夏,青岛差不多老是静寂的。春山上的野花,秋海上的晴霞,是我们的,避暑的人们大概连想也没想到过。至于冬日寒风恶月里的寂苦,或者也只有我们的读书声与足球场上的欢笑可与相抗;稍微贪点热闹的人恐怕连一个星期也住不下去。我常说,能在青岛住过一冬的,就有修仙的资格。我们的学生在这里一住就是四冬啊!他们不会在毕业时候都成为神仙——大概也没人这样期望他们——可是他们的静肃态度已经养成了。一个没到过山大的人,也许容易想到,青岛既是富有洋味的地方,当然山大的学生也得洋服啷当的,像些华侨子弟似的。根本没有这一回事。山大的校舍是昔年的德国兵营,虽然在改作学校之后,院中铺满短草,道旁也种上了玫瑰,可是它总脱不了营房的严肃气象。学校的后面左面都是小山,挺立着一些青松,我们每天早晨一抬头就看见山石与松林之美,但不是柔媚的那一种。学校里我们设若打扮得怪漂亮的,即使没人多看两眼,也觉得仿佛有些不得劲儿。整个的严肃空气不许我们漂亮,到学校外去,依然用不着修饰。六七月之间,此处固然是万紫千红,士女如云,好一片摩登景象了。可是过了暑期,海边上连个人影也没有;我们大概用不着花花绿绿的去请白鸥与远帆来看吧?因此,山大虽在青岛,而很少洋味儿,制服以外,蓝布大衫是第二制服。就是在六七月最热闹的时候,我们还是如此,因为朴素成了风气,蓝布大衫一穿大有"众人摩登我独古"的气概。

还有呢,不管青岛是怎样西洋化了的都市,它到底是在山东。"山东"二字满可以用作朴俭静肃的象征,所以山大——虽然学生不都是山东人——不但是个北方大学,而且是北方大学中最带"山东"精神的一个。我们常到崂山去玩,可是我们的眼却望着泰山,仿佛是。这个精神使我们朴素,使我们能吃苦,使我们静默。往好里说,我们是有一种强毅的精神;往坏里讲,我们有点乡下气。不过,即使我们真有乡下气,我们也会自傲的说,我们是在这儿矫正那有钱有闲来此避暑的那种奢华与虚浮的摩登,因为我们是一群"山东儿"——虽然是在青岛,而所表现的是青岛之冬。

至于沿海上停着的各国军舰,我们看见的最多,此地的经济权在谁何之手,我们知道的最清楚;这些——还有许多别的呢——时时刻刻刺激着我们,警告着我们,我们的外表朴素,我们的生活单纯,我们却有颗红热的心。我们眼前的青山碧海时时对我们说:国破山河在!于此,青岛与山大就有了很大的意义。

(载1936年《山大年刊》)

大明湖之春

　　北方的春本来就不长,还往往被狂风给七手八脚的刮了走。济南的桃李丁香与海棠什么的,差不多年年被黄风吹得一干二净,地暗天昏,落花与黄沙卷在一处,再睁眼时,春已过去了!记得有一回,正是丁香乍开的时候,也就是下午两三点钟吧,屋中就非点灯不可了;风是一阵比一阵大,天色由灰而黄,而深黄,而黑黄,而漆黑,黑得可怕。第二天去看院中的两株紫丁香,花已像煮过一回,嫩叶几乎全破了!济南的秋冬,风倒很少,大概都留在春天刮呢。

　　有这样的风在这儿等着,济南简直可以说没有春天;那么,大明湖之春更无从说起。

　　济南的三大名胜,名字都起得好:千佛山,趵突泉,大明湖,都多么响亮好听!一听到"大明湖"这三个字,便联想到春光明媚和湖光山色等等,而心中浮现出一幅美景来。事实上,可是,它既不大,又不明,也不湖。

　　湖中现在已不是一片清水,而是用坝划开的多少块"地"。"地"外留着几条沟,游艇沿沟而行,即是逛湖。水田不需要多么深的水,所以水黑而不清;也不要急流,所以水定而无波。东一块莲,西一块蒲,土坝挡住了水,蒲苇又遮住了莲,一望无景,只见高高低低的"庄稼"。艇行沟内,如穿高粱地然,热气腾腾,碰巧了还臭气烘烘。夏天总算还好,假若水不太臭,多少总能闻到一些荷香,而且必能看到些绿叶儿。春天,则下有黑汤,旁有破烂的土坝;风又那么野,绿柳新蒲东倒西歪,恰似挣命。所以,它既不大,又不明,也不湖。

话虽如此,这个湖到底得算个名胜。湖之不大与不明,都因为湖已不湖。假若能把"地"都收回,拆开土坝,挖深了湖身,它当然可以马上既大且明起来:湖面原本不小,而济南又有的是清凉的泉水呀。这个,也许一时作不到。不过,即使作不到这一步,就现状而言,它还应当算作名胜。北方的城市,要找有这么一片水的,真是好不容易了。千佛山满可以不算数儿,配作个名胜与否简直没多大关系。因为山在北方不是什么难找的东西呀。水,可太难找了。济南城内据说有七十二泉,城外有河,可是还非有个湖不可。泉,池,河,湖,四者俱备,这才显出济南的特色与可贵。它是北方唯一的"水城",这个湖是少不得的。设若我们游湖时,只见沟而不见湖,请到高处去看看吧,比如在千佛山上往北眺望,则见城北灰绿的一片——大明湖;城外,华鹊二山夹着弯弯的一道灰亮光儿——黄河。这才明白了济南的不凡,不但有水,而且是这样多呀。

况且,湖景若无可观,湖中的出产可是很名贵呀。懂得什么叫作美的人或者不如懂得什么好吃的人多吧,游过苏州的往往只记得此地的点心,逛过西湖的提起来便念道那里的龙井茶,藕粉与莼菜什么的,吃到肚子里的也许比一过眼的美景更容易记住,那么大明湖的蒲菜,茭白,白花藕,还真许是它驰名天下的重要原因呢。

不论怎么说吧,这些东西既都是水产,多少总带着些南国风味;在夏天,青菜挑子上带着一束束的大白莲花葵萼出卖,在北方大概只有济南能这么"阔气"。

我写过一本小说——《大明湖》——在一二八与商务印书馆一同被火烧掉了。记得我描写过一段大明湖的秋景,词句全想不起来了,只记得是什么什么秋。桑子中先生给我画过一张油画,也画的是大明湖之秋,现在还在我的屋中挂着。我写的,他画的,都是大明湖,而且都是大明湖之秋,这里大概有点意思。对了,只是在秋天,大明湖才有些美呀。济南的四季,唯有秋天最好,晴暖无风,处处明朗。这时候,请到城墙上走走,俯视秋湖,败柳残荷,水平如镜;唯其是秋色,所以连那些残破的土坝也似乎正与一切景物配合:土坝上偶尔有一两截断藕,或一些黄叶的野蔓,配着三五枝芦花,确是有些画意。"庄稼"已都收了,湖显着大了许多,大了当然也就显着明。不仅是湖宽水净,显着明美,抬头向南看,半黄的千佛山就在面前,开元寺那边的"橛子"——大概是个塔吧——静静的立在山头上。往北看,城外的河水很清,菜畦中还生着短短的绿叶。往南往北,往东往西,看吧,处处空阔明朗,有山有湖,有城有河,到这时候,我们真得到个"明"字了。桑先生那张画便是在北城墙上画的,湖边只有几株秋柳,湖中只有一只游艇,水作灰蓝色,柳叶儿半黄。湖外,他画上了千佛山;湖光山色,联成一幅秋图,明朗,素净,柳梢上似乎吹着点不大能觉出来的微风。

对不起,题目是大明湖之春,我却说了大明湖之秋,可谁教亢德先生出错了题呢!

(载1937年3月《宇宙风》第37期)

我 的 母 亲

母亲的娘家是北平德胜门外,土城儿外边,通大钟寺的大路上的一个小村里。村里一共有四五家人家,都姓马。大家都种点不十分肥美的地,但是与我同辈的兄弟们,也有当兵的,作木匠的,作泥水匠的,和当巡察的。他们虽然是农家,却养不起牛马,人手不够的时候,妇女便也须下地作活。

对于姥姥家,我只知道上述的一点。外公外婆是什么样子,我就不知道了,因为他们早已去世。至于更远的族系与家史,就更不晓得了;穷人只能顾眼前的衣食,没有功夫谈论什么过去的光荣;"家谱"这字眼,我在幼年就根本没有听说过。

母亲生在农家,所以勤俭诚实,身体也好。这一点事实却极重要,因为假若我没有这样的一位母亲,我以为我恐怕也就要大大的打个折扣了。

母亲出嫁大概是很早,因为我的大姐现在已是六十多岁的老太婆,而我的大外甥女还长我一岁啊。我有三个哥哥,四个姐姐,但能长大成人的,只有大姐,二姐,三姐,三哥与我。我是"老"儿子。生我的时候,母亲已有四十一岁,大姐二姐已都出了阁。

由大姐与二姐所嫁入的家庭来推断,在我生下之前,我的家里,大概还马马虎虎的过得去。那时候定婚讲究门当户对,而大姐丈是作小官的,二姐丈也开过一间酒馆,他们都是相当体面的人。

可是,我,我给家庭带来了不幸:我生下来,母亲晕过去半夜,才睁眼看见她的老儿子——感谢大姐,把我揣在怀中,致未冻死。

一岁半,我把父亲"克"死了。

兄不到十岁,三姐十二三岁,我才一岁半,全仗母亲独力抚养了。父亲的寡姐跟我们一块儿住,她吸鸦片,她喜摸纸牌,她的脾气极坏。为我们的衣食,母亲要给人家洗衣服,缝补或裁缝衣裳。在我的记忆中,她的手终年是鲜红微肿的。白天,她洗衣服,洗一两大绿瓦盆。她作事永远丝毫也不敷衍,就是屠户们送来的黑如铁的布袜,她也给洗得雪白。晚间,她与三姐抱着一盏油灯,还要缝补衣服,一直到半夜。她终年没有休息,可是在忙碌中她还把院子屋中收拾得清清爽爽。桌椅都是旧的,柜门的铜活久已残缺不全,可是她的手老使破桌面上没有尘土,残破的铜活发着光。院中,父亲遗留下的几盆石榴与夹竹桃,永远会得到应有的浇灌与爱护,年年夏天开许多花。

哥哥似乎没有同我玩耍过。有时候,他去读书;有时候,他去学徒;有时候,他也去卖花生或樱桃之类的小东西。母亲含着泪把他送走,不到两天,又含着泪接他回来。我不明白这都是什么事,而只觉得与他很生疏。与母亲相依为命的是我与三姐。因此,他们作事,我老在后面跟着。他们浇花,我也张罗着取水;她们扫地,我就撮土……从这里,我学得了爱花,爱清洁,守秩序。这些习惯至今还被我保存着。

有客人来,无论手中怎么窘,母亲也要设法弄一点东西去款待。舅父与表哥们往往是自己掏钱买酒肉食,这使她脸上羞得飞红,可是殷勤的给他们温酒作面,又给她一些喜悦。遇上亲友家中有喜丧事,母亲必把大褂洗得干干净净,亲自去贺吊——份礼也许只是两吊小钱。到如今如我的好客的习性,还未全改,尽管生活是这么清苦,因为自幼儿看惯了的事情是不易改掉的。

姑母常闹脾气。她单在鸡蛋里找骨头。她是我家中的阎王。直到我入了中学,她才死去,我可是没有看见母亲反抗过。"没受过婆婆的气,还不受大姑子的吗?命当如此!"母亲在非解释一下不足以平服别人的时候,才这样说。是的,命当如此。母亲活到老,穷到老,辛苦到老,全是命当如此。她最会吃亏。给亲友邻居帮忙,她总跑在前面:她会给婴儿洗三——穷朋友们可以因此少花一笔"请姥姥"钱——她会刮痧,她会给孩子们剃头,她会给少妇们绞脸……凡是她能作的,都有求必应。但是吵嘴打架,永远没有她。她宁吃亏,不逗气。当姑母死去的时候,母亲似乎把一世的委屈都哭了出来,一直哭到坟地。不知道哪里来的一位侄子,声称有承继权,母亲便一声不响,教他搬走那些破桌子烂板凳,而且把姑母养的一只肥母鸡也送给他。

可是,母亲并不软弱。父亲死在庚子闹"拳"的那一年。联军入城,挨家搜索财物鸡鸭,我们被搜两次。母亲拉着哥哥与三姐坐在墙根,等着"鬼子"进门,街门是开着的。"鬼子"进门,一刺刀先把老黄狗刺死,而后入室搜索。他们走后,母亲把破衣箱搬起,才发现了我。假若箱子不空,我早就被压死了。皇上跑了,丈夫死了,鬼子来了,满城是血光火焰,可是母亲不怕,她要在刺刀下,饥荒中,保护着儿女。北平有多少变乱啊,有时候兵变了,街市整条的烧起,火团落在我们院中。有时候内战了,城门紧闭,铺店关门,昼夜响着枪炮。这惊恐,这紧张,再加上一家饮食的筹划,儿女安全的顾虑,岂是一个软弱的老寡妇所能受得起的?可是,在这种时候,母亲的心横起来,她不慌不哭,要从无办法中想出办法来。她的泪会往心中落!这点软而硬的个性,也传给了我。我对一切人与事,都取和平的态度,把吃亏看作当然的。但是,在作人上,我有一定的宗旨与基本的法则,什么事都可将就,而不能超过自己划好的界限。我怕见生人,怕办杂事,怕出头露面;但是到了非我去不可的时候,我便不得不去,正像我的母亲。从私塾到小学,到中学,我经历过起码有廿位教师吧,其中有给我很大影响的,也有毫无影响的,但是我的真正的教师,把性格传给我的,是我的母亲。母亲并不识字,她给我的是生命的教育。

当我在小学毕了业的时候,亲友一致的愿意我去学手艺,好帮助母亲。我晓得我应当去找饭吃,以减轻母亲的勤劳困苦。可是,我也愿意升学。我偷偷的考入了师范学校——制服,饭食,书籍,宿处,都由学校供给。只有这样,我才敢对母亲提升学的话。入学,要交十元的保证金。这是一笔巨款!母亲作了半个月的难,把这巨款筹到,而后含泪把我送出门去。她不辞劳苦,只要儿子有出息。当我由师范毕业,而被派为小学校校长,母亲与我都一夜不曾合眼。我只说了句:"以后,您可以歇一歇了!"她的回答只有一串串的眼泪。我入学之后,三姐结了婚。母亲对儿女是都一样疼爱的,但是假若她也有点偏爱的话,她应当偏爱三姐,因为自父亲死后,家中一切的事情都是母亲和三姐共同撑持的。三姐是母亲的右手。但是母亲知道这右手必须割去,她不能为自己的便利而耽误了女儿的青春。当花轿来到我们的破门外的时候,母亲的手就和冰一样的凉,脸上没有血色——那是阴历四月,天气很暖。大家都怕她晕过去。可是,她挣扎着,咬着嘴唇,手扶着门框,看花轿徐徐的走去。不久,姑母死了。三姐已出嫁,哥哥不在家,我又住学校,家中只剩母亲自己。她还须自晓至晚的操作,可是终日没人和她说一句话。新年到了,正赶上政府倡用阳历,不许过旧年。除夕,我请了两小时的假。由拥挤不堪的街市回到清炉冷灶的家中。母亲笑了。及至听说我还须回校,她楞住了。半天,她才叹出一口气来。到我该走的时候,她递给我一些花生,"去吧,小子!"街上是那么热闹,我却什么也没看见,泪遮迷了我的眼。今天,泪又遮住了我的眼,又想起当日孤独的过那凄惨的除夕的慈母。可是慈母不会再候盼着我了,她已入了土!

儿女的生命是不依顺着父母所设下的轨道一直前进的,所以老人总免不了伤心。我廿三岁,母亲要我结了婚,我不要。我请来三姐给我说情,老母含泪点了头。我爱母亲,但是我给了她最大的打击。时代使我成为逆子。廿七岁,我上了英国。为了自己,我给六十多岁的老母以第二次打击。在她七十大寿的那一天,我还远在异域。那天,据姐姐们后来告诉我,老太太只喝了两口酒,很早的便睡下。她想念她的幼子,而不便说出来。

七七抗战后,我由济南逃出来。北平又像庚子那年似的被鬼子占据了,可是母亲日夜惦念的幼子却跑西南来。母亲怎样想念我,我可以想象得到,可是我不能回去。每逢接到家信,我总不敢马上拆看,我怕,怕,怕,怕有那不祥的消息。人,即使活到八九十岁,有母亲便可以多少还有点孩子气。失了慈母便像花插在瓶子里,虽然还有色有香,却失去了根。有母亲的人,心里是安定的。我怕,怕,怕家信中带来不好的消息,告诉我已是失了根的花草。

去年一年,我在家信中找不到关于老母的起居情况。我疑虑,害怕。我想象得到，如有不幸，家中念我流亡孤苦，或不忍相告。母亲的生日是在九月，我在八月半写去祝寿的信，算计着会在寿日之前到达。信中嘱咐千万把寿日的详情写来，使我不再疑虑。十二月二十六日，由文化劳军的大会上回来，我接到家信。我不敢拆读。就寝前，我拆开信，母亲已去世一年了！

　　生命是母亲给我的。我之能长大成人，是母亲的血汗灌养的。我之能成为一个不十分坏的人，是母亲感化的。我的性格，习惯，是母亲传给的。她一世未曾享过一天福，临死还吃的是粗粮。唉！还说什么呢？心痛！心痛！

（载1943年4月《半月文萃》第1卷第9、10期合刊）

宗月大师

在我小的时候，我因家贫而身体很弱。我九岁才入学。因家贫体弱，母亲有时候想教我去上学，又怕我受人家的欺侮，更因交不上学费，所以一直到九岁我还不识一个字。说不定，我会一辈子也得不到读书的机会。因为母亲虽然知道读书的重要，可是每月间三四吊钱的学费，实在让她为难。母亲是最喜脸面的人。她迟疑不决，光阴又不等待着任何人，荒来荒去，我也许就长到十多岁了。一个十多岁的贫而不识字的孩子，很自然的去作个小买卖——弄个小筐，卖些花生、煮豌豆、或樱桃什么的。要不然就是去学徒。母亲很爱我，但是假若我能去作学徒，或提篮沿街卖樱桃而每天赚几百钱，她或者就不会坚决的反对。穷困比爱心更有力量。

有一天刘大叔偶然的来了。我说"偶然的"，因为他不常来看我们。他是个极富的人，尽管他心中并无贫富之别，可是他的财富使他终日不得闲，几乎没有工夫来看穷朋友。一进门，他看见了我。"孩子几岁了？上学没有？"他问我的母亲。他的声音是那么洪亮，（在酒后，他常以学喊俞振庭的《金钱豹》自傲）他的衣服是那么华丽，他的眼是那么亮，他的脸和手是那么白嫩肥胖，使我感到我大概是犯了什么罪。我们的小屋，破桌凳，土炕，几乎禁不住他的声音的震动。等我母亲回答完，刘大叔马上决定："明天早上我来，带他上学，学钱、书籍，大姐你都不必管！"我的心跳起多高，谁知道上学是怎么一回事呢！

第二天，我像一条不体面的小狗似的，随着这位阔人去入学。学校是一家改良私塾，在离我的家有半里多地的一座道士庙里。庙不甚大，而充满了各种气味：一进山门先有一股大烟味，紧跟着便是糖精味，（有一家熬制糖球糖块的作坊）再往里，是厕所味，与别的臭味。学校是在大殿里。大殿两旁的小屋住着道士，和道士的家眷。大殿里很黑、很冷。神像都用黄布挡着，供桌上摆着孔圣人的牌位。学生都面朝西坐着，一共有三十来人。西墙上有一块黑板——这是"改良"私塾。老师姓李，一位极死板而极有爱心的中年人。刘大叔和李老师"嚷"了一顿，而后教我拜圣人及老师。老师给了我一本《地球韵言》和一本《三字经》。我于是，就变成了学生。

自从作了学生以后，我时常的到刘大叔的家中去。他的宅子有两个大院子，院中几十间房屋都是出廊的。院后，还有一座相当大的花园。宅子的左右前后全是他的房屋，若是把那些房子齐齐的排起来，可以占半条大街。此外，他还有几处铺店。每逢我去，他必招呼我吃饭，或给我一些我没有看见过的点心。他绝不以我为一个苦孩子而冷淡我，他是阔大爷，但是他不以富傲人。

在我由私塾转入公立学校去的时候，刘大叔又来帮忙。这时候，他的财产已大半出了手。他是阔大爷，他只懂得花钱，而不知道计算。人们吃他，他甘心教他们吃；人们骗他，他付之一笑。他的财产有一部分是卖掉的,也有一部分是被人骗了去的。他不管;他的笑声照旧是洪亮的。

到我在中学毕业的时候,他已一贫如洗,什么财产也没有了,只剩了那个后花园。不过,在这个时候,假若他肯用用心思,去调整他的产业,他还能有办法教自己丰衣足食,因为他的好多财产是被人家骗了去的。可是,他不肯去请律师。贫与富在他心中是完全一样的。假若在这时候,他要是不再随便花钱,他至少可以保住那座花园,和城外的地产。可是,他好善。尽管他自己的儿女受着饥寒,尽管他自己受尽折磨,他还是去办贫儿学校,粥厂,等等慈善事业。他忘了自己。就是在这个时候,我和他过往的最密。他办贫儿学校,我去作义务教师。他施舍粮米,我去帮忙调查及散放。在我的心里,我很明白:放粮放钱不过只是延长贫民的受苦难的日期,而不足以阻拦住死亡。但是,看刘大叔那么热心,那么真诚,我就顾不得和他辩论,而只好也出点力了。即使我和他辩论,我也不会得胜,人情是往往能战败理智的。

在我出国以前,刘大叔的儿子死了。而后,他的花园也出了手。他入庙为僧,夫人与小姐入庵为尼。由他的性格来说,他似乎势必走入避世学禅的一途。但是由他的生活习惯上来说,大家总以为他不过能念念经,布施布施僧道而已,而绝对不会受戒出家。他居然出了家。在以前,他吃的是山珍海味,穿的是绫罗绸缎。他也嫖也赌。现在,他每日一餐,入秋还穿着件夏布道袍。这样苦修,他的脸上还是红红的,笑声还是洪亮的。对佛学,他有多么深的认识,我不敢说。我却真知道他是个好和尚,他知道一点便去作一点,能作一点便作一点。他的学问也许不高,但是他所知道的都能见诸实行。

出家以后，他不久就作了一座大寺的方丈。可是没有好久就被驱除出来。他是要作真和尚，所以他不惜变卖庙产去救济苦人。庙里不要这种方丈。一般的说，方丈的责任是要扩充庙产，而不是救苦救难的。离开大寺，他到一座没有任何产业的庙里作方丈。他自己既没有钱，他还须天天为僧众们找到斋吃。同时，他还举办粥厂等等慈善事业。他穷，他忙，他每日只进一顿简单的素餐，可是他的笑声还是那么洪亮。他的庙里不应佛事，赶到有人来请，他便领着僧众给人家去唪真经，不要报酬。他整天不在庙里，但是他并没忘了修持；他持戒越来越严，对经义也深有所获。他白天在各处筹钱办事，晚间在小室里作工夫。谁见到这位破和尚也不曾想到他曾是个在金子里长起来的阔大爷。

去年，有一天他正给一位圆寂了的和尚念经，他忽然闭上了眼，就坐化了。火葬后，人们在他的身上发现许多舍利。

没有他，我也许一辈子也不会入学读书。没有他，我也许永远想不起帮助别人有什么乐趣与意义。他是不是真的成了佛？我不知道。但是，我的确相信他的居心与言行是与佛相近似的。我在精神上物质上都受过他的好处，现在我的确愿意他真的成了佛，并且盼望他以佛心引领我向善，正像在三十五年前，他拉着我去入私塾那样！

他是宗月大师。

（载 1940 年 1 月 23 日《华西日报》）

我的理想家庭

一个二十多岁的小伙子，讲恋爱，讲革命，讲志愿，似乎天地之间，唯我独尊，简直想不到组织家庭——结婚既是爱的坟墓，家庭根本上是英雄好汉的累赘。及至过了三十，革命成功与否，事情好歹不论，反正领略够了人情世故，壮气就差点事儿了。虽然明知家庭之累，等于投胎为马为牛，可是人生总不过如此，多少也都得经验一番，既不坚持独身，结婚倒也还容易。于是发帖子请客，笑着开驶倒车，苦乐容或相抵，反正至少凑个热闹。到了四十，儿女已有二三，贫也好富也好，自己认头苦曳，对于年轻的朋友已经有好些个事儿说不到一处，而劝告他们老老实实的结婚，好早生儿养女，即是话不投缘的一例。到了这个年纪，设若还有理想，必是理想的家庭。倒退二十年，连这么一想也觉泄气。人生的矛盾可笑即在于此，年轻力壮，力求事事出轨，决不甘为火车；及至中年，心理的，生理的，种种理的什么什么，都使他不但非作火车不可，且作货车焉。把当初与现在一比较，判若两人，足够自己笑半天的！或有例外，实不多见。

明年我就四十了，已具说理想家庭的资格：大不必吹，盖亦自嘲。

我的理想家庭要有七间小平房：一间是客厅,古玩字画全非必要,只要几张很舒服宽松的椅子,一二小桌。一间书房,书籍不少,不管什么头版与古本,而都是我所爱读的。一张书桌,桌面是中国漆的,放上热茶杯不至烫成个圆白印儿。文具不讲究,可是都很好用。桌上老有一两枝鲜花,插在小瓶里。两间卧室,我独据一间,没有臭虫,而有一张极大极软的床。在这个床上,横睡直睡都可以,不论怎睡都一躺下就舒服合适,好像陷在棉花堆里,一点也不硬碰骨头。还有一间,是预备给客人住的。此外是一间厨房,一个厕所,没有下房,因为根本不预备用仆人。家中不要电话,不要播音机,不要留声机,不要麻将牌,不要风扇,不要保险柜。缺乏的东西本来很多,不过这几项是故意不要的,有人白送给我也不要。

院子必须很大。靠墙有几株小果木树。除了一块长方的土地,平坦无草,足够打开太极拳的,其他的地方就都种着花草——没有一种珍贵费事的,只求昌茂多花。屋中至少有一只花猫,院中至少也有一两盆金鱼；小树上悬着小笼,二三绿蝈蝈随意地鸣着。

这就该说到人了。屋子不多,又不要仆人,人口自然不能很多：一妻和一儿一女就正合适。先生管擦地板与玻璃,打扫院子,收拾花木,给鱼换水,给蝈蝈一两块绿黄瓜或几个毛豆；并管上街送信买书等事宜。太太管做饭,女儿任助手——顶好是十二三岁,不准小也不准大,老是十二三岁。儿子顶好是三岁,既会讲话,又胖胖的会淘气。母女于做饭之外,就做点针线,看小弟弟。大件衣服拿到外边去洗,小件的随时自己涮一涮。

既然有这么多工作,自然就没有多少工夫去听戏看电影。不过在过生日的时候,全家就出去玩半天；接一位亲或友的老太太给看家。过生日什么的永远不请客受礼,亲友家送来的红白帖子,就一概扔在字纸篓里,除非那真需要帮助的,才送一些干礼去。到过节过年的时候,吃食从丰,而且可以买一通纸牌,大家打打"索儿胡",赌铁蚕豆或花生米。

男的没有固定的职业;只是每天写点诗或小说,每千字卖上四五十元钱。女的也没事做,除了家务就读些书。儿女永不上学,由父母教给画图,唱歌,跳舞——乱蹦也算一种舞法——和文字,手工之类。等到他们长大,或者也会仗着绘画或写文章卖一点钱吃饭;不过这是后话,顶好暂且不提。

这一家子人,因为吃得简单干净,而一天到晚又不闲着,所以身体都很不坏。因为身体好,所以没有肝火,大家都不爱闹脾气。除了为小猫上房,金鱼甩子等事着急之外,谁也不急叱白脸的。

大家的相貌也都很体面,不令人望而生厌。衣服可并不讲究,都做得很结实朴素:永远不穿又臭又硬的皮鞋。男的很体面,可不露电影明星气;女的很健美,可不红唇卷毛的鼻子朝着天。孩子们都不卷着舌头说话,淘气而不讨厌。

这个家庭顶好是在北平,其次是成都或青岛,至坏也得在苏州。无论怎样吧,反正必须在中国,因为中国是顶文明顶平安的国家;理想的家庭必在理想的国内也。

(载 1936 年 11 月 16 日《论语》第 100 期)

有了小孩以后

艺术家应以艺术为妻,实际上就是当一辈子光棍儿。在下闲暇无事,往往写些小说,虽一回还没自居过文艺家,却也感觉到家庭的累赘。每逢困于油盐酱醋的灾难中,就想到独人一身,自己吃饱便天下太平,岂不妙哉。

家庭之累,大半由儿女造成。先不用提教养的花费,只就淘气哭闹而言,已足使人心慌意乱。小女三岁,专会等我不在屋中,在我的稿子上画圈拉杠,且美其名曰"小济会写字"!把人要气没了脉,她到底还是有理!再不然,我刚想起一句好的,在脑中盘旋,自信足以愧死莎士比亚,假若能写出来的话。当是时也,小济拉拉我的肘,低声说:"上公园看猴?"于是我至今还未成莎士比亚。小儿一岁整,还不会"写字",也不晓得去看猴,但善亲亲,闭眼,张口展览上下四个小牙。我若没事,请求他闭眼,露牙,小胖子总会东指西指的打岔。赶到我拿起笔来,他那一套全来了,不但亲脸,闭眼,还"指"令我也得表演这几招。有什么办法呢?!

这还算好的。赶到小济午后不睡,按着也不睡,那才难办。到这么四点来钟吧,她的困闹开始,到五点钟我已没有人味。什么也不对,连公园的猴都变成了臭的,而且猴之所以臭,也应当由我负责。小胖子也有这种困而不睡的时候,大概多数是与小济同时发难。两位小醉鬼一齐找毛病,我就是诸葛亮恐怕也得唱空城计,一点办法没有!在这种干等束手被擒的时候,偏偏会来一两封快信——催稿子!我也只好闹脾气了。不大一会儿,把太太也闹急了,一家大小四口,都成了醉鬼,其热闹至为惊人。大人声言离婚,小孩怎说怎不是,于离婚的争辩中瞎打混。一直到七点后,二位小天使已困得动不的,离婚的宣言才无形的撤销。这还算好的。遇上小胖子出牙,那才真教厉害,不但白天没有情理,夜里还得上夜班。一会儿一醒,若被针扎了似的惊啼,他出牙,谁也不用打算睡。他的牙出利落了,大家全成了红眼虎。

不过,这一点也不妨碍家庭中爱的发展,人生的巧妙似乎就在这里。记得 Frank Harris 仿佛有过这点记载:他说王尔德为那件不名誉的案子过堂被审,一开头他侃侃而谈,语多幽默。及至原告提出几个男妓作证人,王尔德没了脉,非失败不可了。Harris 以为王尔德必会说:"我是个戏剧家,为观察人生,什么样的人都当交往。假若我不和这些人接触,我从哪里去找戏剧中的人物呢?"可是,王尔德竟自没这么答辩,官司就算输了!

把王尔德且放在一边;艺术家得多去经验,Harris 的意见,假若不是特为王尔德而发的,的确是不错。连家庭之累也是如此。还拿小孩们说吧——这才来到正题——爱他们吧,嫌他们吧,无论怎说,也是极可宝贵的经验。

在没有小孩的时候,一个人的世界还是未曾发现美洲的时候的。小孩是科仑布,把人带到新大陆去。这个新大陆并不很远,就在熟习的街道上和家里。你看,街市上给我预备的,在没有小孩的时候,似乎只有理发馆,饭铺,书店,邮政局等。我想不出婴儿医院,糖食店,玩具铺等等的意义。连药房里的许许多多婴儿用的药和粉,报纸上婴儿自己药片的广告,百货店里的小袜子小鞋,都显着多此一举,劳而无功。及至小天使自天飞降,我的眼睛似乎戴上了一双放大镜,街市依然那样,跟我有关系的东西可是不知增加了多少倍!婴儿医院不但挂着牌子,敢情里边还有医生呢。不但有医生,还是挺神气,一点也得罪不得。拿着医生所给的神符,到药房去,敢情那些小瓶子小罐都有作用。不但要买瓶子里的白汁黄面和各色的药饼,还得买瓶子罐子,轧粉的钵,量奶的漏斗,乳头,卫生尿布,玩艺多多了!百货店里那些小衣帽,小家具,也都有了意义;原先以为多此一举的东西,如今都成了非它不行;有时候铺中缺乏了我所要的那一件小物品,我还大有看不起他们的意思:既是百货店,怎能不预备这件东西呢?!慢慢的,全街上的铺子,除了金店与古玩铺,都有了我的足迹;连当铺也走得怪熟。铺中人也渐渐熟识了,甚至可以随便闲谈,以小孩为中心,谈得颇有味儿。伙计们,掌柜们,原来不仅是站柜作买卖,家中还有小孩呢!有的铺子,竟自敢允许我欠账,仿佛一有了小孩,我的人格也好了些,能被人信任。三节的账条来得很踊跃,使我明白了过节过年的时候怎样出汗。

小孩使世界扩大,使隐藏着的东西都显露出来。非有小孩不能明白这个。看着别人家的孩子,肥肥胖胖,整整齐齐,你总觉得小孩们理应如此,一生下来就戴着小帽,穿着小袄,好像小雏鸡生下来就披着一身黄绒似的。赶到自己有了小孩,才能晓得事情并不这么简单。一个小娃娃身上穿戴着全世界的工商业所能供给的,给全家人以一切啼笑爱怨的经验,小孩的确是位小活神仙!

有了小活神仙,家里才会热闹。窗台上,我一向认为是摆花的地方。夏天呢,开着窗,风儿轻轻吹动花与叶,屋中一阵阵的清香。冬天呢,阳光射到花上,使全屋中有些颜色与生气。后来,有了小孩,那些花盆很神秘的都不见了,窗台上满是瓶子罐子,数不清有多少。尿布有时候上了写字台,奶瓶倒在书架上。大扫除才有了意义,是的,到时候非痛痛快快的收拾一顿不可了,要不然东西就有把人埋起来的危险。上次大扫除的时候,我由床底下找到了但丁的《神曲》。不知道这老家伙干吗在那里藏着玩呢!

人的数目也增多了,而且有很多问题。在没有小孩的时候,用一个仆人就够了,现在至少得用俩。以前,仆人"拿糖",满可以暂时不用;没人作饭,就外边去吃,谁也不用拿捏谁。有了小孩,这点豪气乘早收起去。三天没人洗尿布,屋里就不要再进来人。牛奶等项是非有人管理不可,有儿方知卫生难,奶瓶子一天就得烫五六次;没仆人简直不行!有仆人就得捣乱,没办法!

好多没办法的事都得马上有办法,小孩子不会等着"国联"慢慢解决儿童问题。这就长了经验。半夜里去买药,药铺的门上原来有个小口,可以交钱拿药,早先我就不晓得这一招。西药房里敢情也打价钱,不等他开口,我就提出:"还是四毛五?"这个"还是"使我省五分钱,而且落个行家。这又是一招。找老妈子有作坊,当票儿到期还可以入利延期,也都被我学会。没功夫细想,大概自从有了儿女以后,我所得的经验至少比一张大学文凭所能给我的多着许多。大学文凭是由课本里掏出来的,现在我却念着一本活书,没有头儿。

连我自己的身体现在都会变形,经小孩们的指挥,我得去装马装牛,还须装得像个样儿。不但装牛像牛,我也学会牛的忍性,小胖子觉得"开步走"有意思，我就得百走不厌；只作一回，绝对不行。多咱他改了主意，多咱我才能"立正"。在这里，我体验出母性的伟大，觉得打老婆的人们满该下狱。

中秋节前来了个老道，不要米，不要钱，只问有小孩没有？看见了小胖子，老道高了兴，说十四那天早晨须给小胖子左腕上系一根红线。备清水一碗，烧高香三炷，必能消灾除难。右邻家的老太太也出来看，老道问她有小孩没有，她惨淡的摇了摇头。到了十四那天，倒是这位老太太的提醒，小胖子的左腕上才拴了一圈红线。小孩子征服了老道与邻家老太太。一看胖手腕的红线，我觉得比写完一本伟大的作品还骄傲，于是上街买了两尊兔子王，感到老道，红线，兔子王，都有绝大的意义！

（载1936年11月25日《谈风》第3期）

敬悼许地山先生

　　地山是我的最好的朋友。以他的对种种学问好知喜问的态度,以他的对生活各方面感到的趣味,以他的对朋友的提携辅导的热诚,以他的对金钱利益的淡薄,他绝不像个短寿的人。每逢当我看见他的笑脸,握住他的柔软而戴着一个翡翠戒指的手,或听到他滔滔不断的讲说学问或故事的时候,我总会感到他必能活到八九十岁,而且相信若活到八九十岁,他必定还能像年轻的时候那样有说有笑,还能那样说干什么就干什么,永不驳回朋友的要求,或给朋友一点难堪。

　　地山竟自会死了——才将快到五十的边儿上吧。

　　他是我的好友。可是,我对于他的身世知道的并不十分详细。不错,他确是告诉过我许多关于他自己的事情;可是,大部分都被我忘掉了。一来是我的记性不好;二来是当我初次看见他的时候,我就觉得"这是个朋友",不必细问他什么;即使他原来是个强盗,我也只看他可爱;我只知道面前是个可爱的人,就是一点也不晓得他的历史,也没有任何关系!况且,我还深信他会活到八九十岁呢。让他讲那些有趣的故事吧,让他说些对种种学术的心得与研究方法吧;至于他自己的历史,忙什么呢？等他老年的时候再说给我听,也还不迟啊!

可是,他已经死了!

我知道他是福建人。他的父亲作过台湾的知府——说不定他就生在台湾。他有一位舅父,是个很有才而后来作了不十分规矩的和尚的。由这位舅父,他大概自幼就接近了佛说,读过不少的佛经。还许因为这位舅父的关系,他曾在仰光一带住过,给了他不少后来写小说的资料。他的妻早已死去,留下一个小女孩。他手上的翡翠戒指就是为纪念他的亡妻的。从英国回到北平,他续了弦。这位太太姓周,我曾在北平和青岛见到过。

以上这一点:事实恐怕还有说得不十分正确的地方,我的记性实在太坏了！记得我到牛津去访他的时候,他告诉了我为什么老戴着那个翡翠戒指;同时,他说了许许多多关于他的舅父的事。是的,清清楚楚的我记得他由述说这位舅父而谈到禅宗的长短,因为他老人家便是禅宗的和尚。可是,除了这一点,我把好些极有趣的事全忘得一干二净;后悔没把它们都笔记下来！

我认识地山,是在二十年前了。那时候,我的工作不多,所以常到一个教会去帮忙,作些"社会服务"的事情。地山不但常到那里去,而且有时候住在那里,因此我认识了他。我呢,只是个中学毕业生,什么学识也没有。可是地山在那时候已经在燕大毕业而留校教书,大家都说他是个很有学问的青年。初一认识他,我几乎不敢希望能与他为友,他是有学问的人哪！可是,他有学问而没有架子,他爱说笑话,村的雅的都有;他同我去吃八个铜板十只的水饺,一边吃一边说,不一定说什么,但总说得有趣。我不再怕他了。虽然不晓得他有多大的学问,可是的确知道他是个极天真可爱的人了。一来二去,我试着步去问他一些书本上的事;我生怕他不肯告诉我,因为我知道有些学者是有这样脾气的:他可以和你交往,不管你是怎样的人;但是一提到学问,他就不肯开口了;不是他不肯把学问白白送给人,便是不屑于与一个没学问的人谈学问——他的神态表示出来,跟你来往已是降格相从,至于学问之事,哈哈……但是,地山绝对不是这样的人。他愿意把他所知道的告诉人,正如同他愿给人讲故事。他不因为我向他请教而轻视我,而且也并不板起面孔表示他有学问。和谈笑话似的,他知道什么便告诉我什么,没有矜持,没有厌倦,教我佩服他的学识,而仍认他为好友。学问并没有毁坏了他的为人,像那些气焰千丈的"学者"那样,他对我如此,对别人也如此;在认识他的人中,我没有听到过背地里指摘他,说他不够个朋友的。

不错,朋友们也有时候背地里讲究他;谁能没有些毛病呢。可是,地山的毛病只是朋友们又气又笑的那一种,绝无损于他的人格。他不爱写信。你给他十封信,他也未见得答复一次;偶而回答你一封,也只是几个奇形怪状的字,写在一张随手拾来的破纸上。我管他的字叫作鸡爪体,真是难看。这也许是他不愿写信的原因之一吧?另一毛病是不守时刻。口头的或书面的通知,何时开会或何时集齐,对他绝不发生作用。只要他在图书馆中坐下,或和友人谈起来,就不用再希望他还能看看钟表。所以,你设若不亲自拉他去赴会就约,那就是你的过错;他是永远不记着时刻的。

一九二四年初秋,我到了伦敦,地山已先我数日来到。他是在美国得了硕士学位,再到牛津继续研究他的比较宗教学的;还未开学,所以先在伦敦住几天,我和他住在了一处。他正用一本中国小商店里用的粗纸账本写小说,那时节,我对文艺还没有发生什么兴趣,所以就没大注意他写的是哪一篇。几天的工夫,他带着我到城里城外玩耍,把伦敦看了一个大概。地山喜欢历史,对宗教有多年的研究,对古生物学有浓厚的兴趣。由他领着逛伦敦,是多么有趣、有益的事呢!同时,他绝对不是"月亮也是外国的好"的那种留学生。说真的,他有时候过火的厌恶外国人。因为要批判英国人,他甚至于连英国人有礼貌,守秩序,和什么喝汤不准出响声,都看成愚蠢可笑的事。因此,我一到伦敦,就借着他的眼睛看到那古城的许多宝物,也看到它那阴暗的一方面,而不至胡胡涂涂的断定伦敦的月亮比北平的好了。

不久,他到牛津去入学。暑假寒假中,他必到伦敦来玩几天。"玩"这个字,在这里,用得很妥当,又不很妥当。当他遇到朋友的时候,他就忘了自己:朋友们说怎样,他总不驳回。去到东伦敦买黄花木耳,大家作些中国饭吃?好!去逛动物园?好!玩扑克牌?好!他似乎永远没有忧郁,永远不会说"不"。不过,最好还是请他闲扯。据我所知道的,除各种宗教的研究而外,他还研究人学、民俗学、文学、考古学;他认识古代钱币,能鉴别古画,学过梵文与巴利文。请他闲扯,他就能——举个例说——由男女恋爱扯到中古的禁欲主义,再扯到原始时代的男女关系。他的故事多书本上的佐证也丰富。他的话一会儿低降到贩夫走卒的俗野,一会儿高飞到学者的深刻高明。他谈一整天并无倦容,大家听一天也不感疲倦。

不过,你不要让他独自溜出去。他独自出去,不是到博物院,必是入图书馆。一进去,他就忘了出来。有一次,在上午八九点钟,我在东方学院的图书馆楼上发现了他。到吃午饭的时候,我去唤他,他不动。一直到下午五点,他才出来,还是因为图书馆已到关门的时间的原故。找到了我,他不住的喊"饿",是啊,他已饿了十点钟。在这种时节,"玩"字是用不得的。

牛津不承认他的美国的硕士学位,所以他须花二年的时光再考硕士。他的论文是法华经的介绍,在预备这本论文的时候,他还写了一篇相当长的文章,在世界基督教大会(?)上去宣读。这篇文章的内容是介绍道教。在一般的浮浅传教师心里,中国的佛教与道教不过是与非洲黑人或美洲红人所信的原始宗教差不多。地山这篇文章使他们闻所未闻,而且得到不少宗教学学者的称赞。

他得到牛津的硕士。假若他能继续住二年,他必能得到文学博士——最荣誉的学位。论文是不成问题的,他能于很短的期间预备好。但是,他必须再住二年;校规如此,不能变更。他没有住下去的钱,朋友们也不能帮助他。他只好以硕士为满意,而离开英国。

在他离英以前,我已试写小说。我没有一点自信心,而他又没工夫替我看看。我只能抓着机会给他朗读一两段。听过了几段,他说"可以,往下写吧!"这,增多了我的勇气。他的文艺意见,在那时候,仿佛是偏重于风格与情调;他自己的作品都多少有些传奇的气息,他所喜爱的作品也差不多都是浪漫派的。他的家世,他的在南洋的经验,他的旧文学的修养,他的喜研究学问而又不忍放弃文艺的态度,和他自己的生活方式,我想,大概都使他倾向着浪漫主义。

单说:他的生活方式吧。我不相信他有什么宗教的信仰,虽然他对宗教有深刻的研究,可是,我也不敢说宗教对他完全没有影响。他的言谈举止都像个诗人。假若把"诗人"按照世俗的解释从他的生活中发展起来,他就应当有很古怪奇特的行动与行为。

但是,他并没作过什么怪事。他明明知道某某人对他不起,或是知道某某人的毛病,他仍然是一团和气,以朋友相待。他不会发脾气。在他的嘴里,有时候是乱扯一阵,可是他的私生活是很严肃的,他既是诗人,又是"俗"人。为了读书,他可以忘了吃饭。但一讲到吃饭,他却又不惜花钱。他并不孤高自赏。对于衣食住行他都有自己的主张,可是假若别人喜欢,他也不便固执己见。他能过很苦的日子。在我初认识他的几年中,他的饭食与衣服都是极简单朴俭。他结婚后,我到北平去看他,他的住屋衣服都相当讲究了。也许是为了家庭间的和美,他不便于坚持己见吧。虽然由破夏布褂子换为整齐的绫罗大衫,他的脱口而出的笑话与戏谑还完全是他,一点也没改。穿什么,吃什么,他仿佛都能随遇而安,无所不可。在这里和在其他的好多地方,他似乎受佛教的影响较基督教的为多,虽然他是在神学系毕业,而且也常去作礼拜。他像个禅宗的居士,而绝不能成为一个清教徒。

不但亲戚朋友能影响他,就是不相识而偶然接触的人也能临时的左右他。有一次,我在"家"里,他到伦敦城里去干些什么。日落时,他回来了,进门便笑,而且不住的摸他的刚刚刮过的脸。我莫名其妙。他又笑了一阵。"教理发匠挣去两镑多!"我吃了一惊。那时候,在伦敦理发普通是八个便士,理发带刮脸也不过是一个先令,"怎能花两镑多呢?"原来是理发匠问他什么,他便答应什么,于是用香油香水洗了头,电气刮了脸,还不得用两镑多么?他绝想不起那样打扮自己,但是理发匠的钱罐是不能驳回的!

自从他到香港大学任事,我们没有会过面,也没有通过信;我知道他不喜欢写信,所以也就不写给他。抗战后,为了香港文协分会的事,我不能不写信给他了,仍然没有回信。可是,我准知道,信虽没来，事情可是必定办了。果然，从分会的报告和友人的函件中，我晓得了他是极热心会务的一员。我不能希望他按时回答我的信，可是我深信他必对分会卖力气，他是个极随便而又极不随便的人，我知道。

我自己没有学问，不能妥切的道出地山在学术上的成就何如。我只知道，他极用功，读书很多，这就值得钦佩，值得效法。对文艺，我没有什么高明的见解，所以不敢批评地山的作品。但是我晓得，他向来没有争过稿费，或恶意的批评过谁。这一点，不但使他能在香港文协分会以老大哥的身分德望去推动会务，而且在全国文艺界的团结上也有重大的作用。

是的，地山的死是学术界文艺界的极重大的损失！至于谈到他与我私人的关系，我只有落泪了；他既是我的"师"，又是我的好友！

啊，地山！你记得给我开的那张"佛学入门必读书"的单子吗？你用功，也希望我用功；可是那张单子上的六十几部书，到如今我一部也没有读啊！

你记得给我打电报，叫我到济南车站去接周校长①吗？多么有趣的电报啊！知道我不认识她，所以你教她穿了黑色旗袍，而电文是："×日×时到站接黑衫女"！当我和妻接到黑衫女的时候，我们都笑得闭不上口啊。朋友，你托友好作一件事，都是那样有风趣啊！啊，昔日的趣事都变成今日的泪源。你怎可以死呢！

不能再往下写了……

（载 1941 年 8 月 17 日《大公报》）

---

① 周校长，即许地山夫人的妹妹。

我所认识的沫若先生

关于沫若先生,据我看,至少有五方面值得赞述:

(一)他的文艺作品的创作及翻译;

(二)在北伐期间,他的革命功业;

(三)他在考古学上的成就;

(四)抗战以来,他的抗敌工作;

(五)他的为人。

对以上的五项,可怜,我都没有资格说话,因为:

(一)他的文艺作品及翻译,我没有完全读过,不敢乱说;而马上去搜集他的全部著作,从事研读,在今天,恐怕又不可能。

(二)关于北伐期间他的革命工作,他自己已经写出了一点;以后他还许有更详细的自述,用不着我替他说;要说,我也所知无几。

(三)对于他的考古学的成就,我只知道:遇有机会,我总是小学生似的恭听他讲说古史或古文字。因为,据专家们说:今日治考古学的人们可分为三类,第一类是学有家数,生经入史,根底坚深,但不习外国言语,昧于科学方法,用力至苦而收获无多。第二类是略知科学方法,复有研究趣味,而旧学根底不够,失之浮浅。第三类是通古如今,新旧兼胜,既不泥古,复能出新,研究结果乃能照耀全世。沫若先生,据专家们说,就属于第三类。这,我只能相信他们的话。当我恭听他讲述的时候,我只怀疑自己的理解力,一句类似批评的话也不敢说——一个外行怎敢去批评内行们所推崇的内行呢?

(四)至于抗战以来,他的抗敌工作,是眼前的事情,人人知道,我并不比别人知道的多到哪里去,也就用不着多开口。

(五)关于他的为人,我照样的没有说话的资格,因为我认识他才不过四年。

不过一位新闻记者既可以由一面之缘而写印象记,那么,相识四年,还不可以放开胆子么?根据这个聊以自解的理由,我现在要说几句没有资格来说的话。

由四年来的观察,我觉得沫若先生是个:

(一)绝顶聪明的人,这里所说的"聪明",并不指他的多才多艺而言,因为我要说的是他的为人,而不是介绍他在文艺上与学术上的才力与成就。我说他是绝顶聪明,因为他知道他自己的天才,知道他自己的地位,而完全不利用它们去取得个人的利益与享受。反之,他老想把自己的才力聪明用到他以为有意义的事上去,即使因此而受到很大的物质上的损失和身心上的苦痛,他也不皱一皱眉!他敢去革命,敢去受苦,敢从日本小鬼的眼皮下逃回祖国,来抵抗日本小鬼!我管这叫作愚傻的聪明,假若愚傻就是舍利趋义的意思的话。这种聪明才是一个诗人的伟大处:有了它,诗人的人格才宝气珠光。

(二)沫若先生是个五十岁的小孩,因为他永是那么天真、热烈,使人看到他的笑容,他的怒色,他的温柔和蔼,而看不见,仿佛是,他的岁数。他永远真诚,等到他因真诚而受了骗的时候,他也会发怒——他的怒色是永不藏起去的。这个脾气使他不能自己的去多知多闻,对什么都感觉趣味;假若是他的才力所能及的,他便不舍昼夜去研究学习,他写字,他作诗,他学医,他翻译西洋文学名著,他考古……而且,他都把它们作得好;他是头狮子,扑什么都用全力,等到他把握到一种学术或技艺,他会像小孩拆开一件玩具那么天真,高兴,去告诉别人,领导别人;他的学问,正和他的生命一样,是要献给社会、国家、与世界的。他对人也是如此,虽然不能有求必应,但凡是他所能作到的,无不尽心尽力的去为人帮忙。最使我感动的是他那随时的,真诚而并不正颜厉色的,对朋友们的规劝。这规劝,像春晓的微风似的,使人不知不觉的感到温暖,而不能不感谢他。好几次了,他注意到我贪酒。好几次了,当我辞别他的时候,他低声的,微笑的,像极怕伤了我的心似的,说:"少喝点酒啊!"好多次了,我看见他这样规劝别人——绝不是老大哥的口气,而永远是一种极同情,极关切的劝慰。在我不认识他的时候,我以为他是一条猛虎;现在,相识已有四年。我才知道他是个伏虎罗汉。

啊,五十岁的老小孩,我相信你会继续在创作上,学术研究上,抗敌工作上,用你的聪明;也相信,你会在创作研究等等而外,还时时给我们由你心中发出的春风!

(载1942年6月《抗战文艺》第7卷第6期)

四位先生

吴组缃先生的猪

从青木关到歌乐山一带,在我所认识的文友中要算吴组缃先生最为阔绰。他养着一口小花猪。据说,这小动物的身价,值六百元。

每次我去访组缃先生,必附带的向小花猪致敬,因为我与组缃先生核计过了:假若他与我共同登广告卖身,大概也不会有人出六百元来买!

有一天,我又到吴宅去。给小江——组缃先生的少爷——买了几个比醋还酸的桃子。拿着点东西,好搭讪着骗顿饭吃,否则就太不好意思了。一进门,我看见吴太太的脸比晚日还红。我心里一想,便想到了小花猪。假若小花猪丢了,或是出了别的毛病,组缃先生的阔绰便马上不存在了!一打听,果然是为了小花猪:它已绝食一天了。我很着急,急中生智,主张给它点奎宁吃,恐怕是打摆子。大家都不赞同我的主张。我又建议把它抱到床上盖上被子睡一觉,出点汗也许就好了;焉知道不是感冒呢?这年月的猪比人还娇贵呀!大家还是不赞成。后来,把猪医生请来了。我颇兴奋,要看看猪怎么吃药。猪医生把一些草药包在竹筒的大厚皮儿里,使小花猪横衔着,两头向后束在脖子上;这样,药味与药汁便慢慢走入里边去。把药包儿束好,小花猪的口中好像生了两个翅膀,倒并不难看。

虽然吴宅有此骚动,我还是在那里吃了午饭——自然稍微的有点不得劲儿!

过了两天,我又去看小花猪——这回是专程探病,绝不为看别人;我知道现在猪的价值有多大——小花猪口中已无那个药包,而且也吃点东西了。大家都很高兴,我就又就棍打腿的骗了顿饭吃,并且提出声明:到冬天,得分给我几斤腊肉!组缃先生与太太没加任何考虑便答应了。吴太太说:"几斤?十斤也行!想想看,那天它要是一病不起……"大家听罢,都出了冷汗!

马宗融先生的时间观念

马宗融先生的表大概是、我想是一个装饰品。无论约他开会,还是吃饭,他总迟到一个多钟头,他的表并不慢。

来重庆,他多半是住在白象街的作家书屋。有的说也罢,没的说也罢,他总要谈到夜里两三点钟。假若不是别人都困得不出一声了,他还想不起上床去。有人陪着他谈,他能一直坐到第二天夜里两点钟。表、月亮、太阳,都不能引起他注意到时间。

比如说吧,下午三点他须到观音岩去开会,到两点半他还毫无动静。"宗融兄,不是三点,有会吗?该走了吧?"有人这样提醒他,他马上去戴上帽子,提起那有茶碗口粗的木棒,向外走。"七点吃饭。早回来呀!"大家告诉他。他回答声"一定回来",便匆匆地走出去。

到三点的时候,你若出去,你会看见马宗融先生在门口与一位老太婆,或是两个小学生,谈话儿呢!即使不是这样,他在五点以前也不会走到观音岩。路上每遇到一位熟人,便要谈,至少有十分钟的话。若遇上打架吵嘴的,他得过去解劝,还许把别人劝开,而他与另一位劝架的打起来!遇上某处起火,他得帮着去救。有人追赶扒手,他必然得加入,非捉到不可。看见某种新东西,他得过去问问价钱,不管买与不买。看到戏报子,马上他去借电话,问还有票没有……这样,他从白象街到观音岩,可以走一天,幸而他记得开会那件事,所以只走两三个钟头,到了开会的地方,即使大家已经散了会,他也得坐两点钟,他跟谁都谈得来,都谈得有趣,很亲切,很细腻。有人随便哼了一句二簧,他立刻请教给他;有人刚买一条绳子,他马上拿过来练习跳绳——五十岁了啊!

七点,他想起来回白象街吃饭,归路上,又照样的劝架,救火,追贼,问物价,打电话……至早,他在八点半左右走到目的地。满头大汗,三步当作两步走的。他走了进来,饭早已开过了。

所以,我们与友人定约会的时候,若说随便什么时间,早晨也好,晚上也好,反正我一天不出门,你哪时来也可以,我们便说"马宗融的时间吧"!

姚蓬子先生的砚台

作家书屋是个神秘的地方,不信你交到那里一份文稿,而三五日后再亲自去索回,你就必定不说我扯谎了。

进到书屋,十之八九你找不到书屋的主人——姚蓬子先生。他不定在哪里藏着呢。他的被褥是稿子,他的枕头是稿子,他的桌上、椅上、窗台上……全是稿子。简单的说吧,他被稿子埋起来了。当你要稿子的时候,你可以看见一个奇迹。假如说尊稿是十张纸写的吧,书屋主人会由枕头底下翻出两张,由裤袋里掏出三张,书架里找出两张,窗子上揭下一张,还欠两张。你别忙,他会由老鼠洞里拉出那两张,一点也不少。

单说蓬子先生的那块砚台,也足够惊人了!那是块无法形容的石砚。不圆不方,有许多角儿,有任何角度。有一点沿儿,豁口甚多,底子最奇,四周翘起,中间的一点凸出,如元宝之背,它会像陀螺似的在桌上乱转,还会一头高一头低地倾斜,如浪中之船。我老以为孙悟空就是由这块石头跳出去的!

到磨墨的时候,它会由桌子这一端滚到那一端,而且响如快跑的马车。我每晚十时必就寝,而对门儿书屋的主人要办事办到天亮。从十时到天亮,他至少研十次墨,一次比一次响——到夜最静的时候,大概连南岸都感到一点震动。从我到白象街起,我没做过一个好梦,刚一入梦,砚台来了一阵雷雨,梦为之断。在夏天,砚一响,我就起来拿臭虫。冬天可就不好办,只好咳嗽几声,使之闻之。

现在,我已交给作家书屋一本书,等到出版,我必定破费几十元,送给书屋主人一块平底的,不出声的砚台!

何容先生的戒烟

首先要声明:这里所说的烟是香烟,不是鸦片。

从武汉到重庆,我老同何容先生在一间屋子里,一直到前年八月间。在武汉的时候,我们都吸"大前门"或"使馆"牌;小大"英"似乎都不够味儿。到了重庆,小大"英"似乎变了质,越来越"够"味儿了,"前门"与"使馆"倒仿佛没了什么意思。慢慢的,"刀"牌与"哈德门"又变成我们的朋友,而与小大"英",不管是谁的主动吧,好像冷淡得日悬一日,不久,"刀"牌与"哈德门"又与我们发生了意见,差不多要绝交的样子。何容先生就决心戒烟!

在他戒烟之前,我已声明过:"先上吊。后戒烟!"本来吗,"弃妇抛雏"的流亡在外,吃不敢进大三元,喝么也不过是清一色(黄酒贵,只好吃点白干),女友不敢去交,男友一律是穷光蛋,住是二人一室,睡是臭虫满床,再不吸两枝香烟,还活着干吗?可是,一看何容先生戒烟,我到底受了感动,既觉自己无勇,又钦佩他的伟大;所以,他在屋里,我几乎不敢动手取烟,以免动摇他的坚决!

何容先生那天睡了十六个钟头,一枝烟没吸!醒来,已是黄昏,他便独自走出去。我没敢陪他出去,怕不留神递给他一枝烟,破了戒!掌灯之后,他回来了,满面红光,含着笑,从口袋中掏出一包土产卷烟来。"你尝尝这个,"他客气地让我,"才一个铜板一枝!有这个,似乎就不必戒烟了!没有必要!"把烟接过来,我没敢说什么,怕伤了他的尊严。面对面的,把烟燃上,我俩细细地欣赏。头一口就惊人,冒的是黄烟,我以为他误把爆竹买来了!听了一会儿,还好,并没有爆炸,就放胆继续地吸。吸了不到四五口,我看见蚊子都争着向外边飞,我很高兴。既吸烟,又驱蚊,太可贵了!再吸几口之后,墙上又发现了臭虫,大概也要搬家,我更高兴了!吸到了半支,何容先生与我也跑出去了,他低声地说:"看样子,还得戒烟!"

何容先生二次戒烟,有半天之久。当天的下午,他买来了烟斗与烟叶。"几毛钱的烟叶,够吃三四天的,何必一定戒烟呢!"他说。吸了几天的烟斗,他发现了:(一)不便携带;(二)不用力,抽不到;用力,烟油射在舌头上;(三)费洋火;(四)须天天收拾,麻烦!有此四弊,他就戒烟斗,而又吸上香烟了。"始作卷烟者,其无后乎!"他说。

最近二年,何容先生不知戒了多少次烟了,而指头上始终是黄的。

(载 1942 年 6 月 22、23、24、25 日《新民报晚刊》)

话　剧

茶　馆(三幕话剧)

人　物

王利发——男。最初与我们见面,他才二十多岁。因父亲早死,他很年轻就作了裕泰茶馆的掌柜。精明、有些自私,而心眼不坏。

唐铁嘴——男。三十来岁。相面为生,吸鸦片。

松二爷——男。三十来岁。胆小而爱说话。

常四爷——男。三十来岁。松二爷的好友,都是裕泰的主顾。正直,体格好。

李　三——男。三十多岁。裕泰的跑堂的。勤恳,心眼好。

二德子——男。二十多岁。善扑营当差。

马五爷——男。三十多岁。吃洋教的小恶霸。

刘麻子——男。三十来岁。说媒拉纤,心狠意毒。

康　六——男。四十岁。京郊贫农。

黄胖子——男。四十多岁。流氓头子。

秦仲义——男。王掌柜的房东。在第一幕里二十多岁。阔少,后来成了维新的资本家。

老　　人——男。八十二岁。无倚无靠。

乡　　妇——女。三十多岁。穷得出卖小女儿。

小　　妞——女。十岁。乡妇的女儿。

庞太监——男。四十岁。发财之后,想娶老婆。

小牛儿——男。十多岁。庞太监的书童。

宋恩子——男。二十多岁。老式特务。

吴祥子——男。二十多岁。宋恩子的同事。

康顺子——女。在第一幕中十五岁。康六的女儿。被卖给庞太监
　　　　　为妻。

王淑芬——女。四十来岁。王利发掌柜的妻。比丈夫更公平正
　　　　　直些。

巡　　警——男。二十多岁。

报　　童——男。十六岁。

康大力——男。十二岁。庞太监买来的义子,后与康顺子相依
　　　　　为命。

老　　林——男。三十多岁。逃兵。

老　　陈——男。三十岁。逃兵。老林的把弟。

崔久峰——男。四十多岁。作过国会议员,后来修道,住在裕泰附
　　　　　设的公寓里。

军　　官——男。三十岁。

王大拴——男。四十岁左右,王掌柜的长子。为人正直。

周秀花——女。四十岁。大拴的妻。

王小花——女。十三岁。大拴的女儿。

丁　　宝——女。十七岁。女招待。有胆有识。

小刘麻子——男。三十多岁。刘麻子之子,继承父业而发展之。

取电灯费的——男。四十多岁。

小唐铁嘴——男。三十多岁。唐铁嘴之子,继承父业,有作天师的愿望。

明师傅——男。五十多岁。包办酒席的厨师傅。

邹福远——男。四十多岁。说评书的名手。

卫福喜——男。三十多岁。邹的师弟,先说评书,后改唱京戏。

方　六——男。四十多岁。打小鼓的,奸诈。

车当当——男。三十岁左右。买卖现洋为生。

庞四奶奶——女。四十岁。丑恶,要作皇后。庞太监的四侄媳妇。

春　梅——女。十九岁。庞四奶奶的丫环。

老　杨——男。三十多岁。卖杂货的。

小二德子——男。三十岁。二德子之子,打手。

于厚斋——男。四十多岁。小学教员,王小花的老师。

谢勇仁——男。三十多岁。与于厚斋同事。

小宋恩子——男。三十来岁。宋恩子之子,承袭父业,作特务。

小吴祥子——男。三十来岁。吴祥子之子,世袭特务。

小心眼——女。十九岁。女招待。

沈处长——男。四十岁。宪兵司令部某处处长。

茶客若干人,都是男的。

茶房一两个,都是男的。

难民数人,有男有女,有老有少。

大兵三、五人,都是男的。

公寓住客数人,都是男的。

押大令的兵七人,都是男的。

宪兵四人。男。

傻　杨——男。数来宝的。

茶　馆(三幕话剧)

第 一 幕

人物 王利发、刘麻子、庞太监、唐铁嘴、康六、小牛儿、松二爷、黄胖子、宋恩子、常四爷、秦仲义、吴祥子、李三、老人、康顺子、二德子、乡妇、茶客甲、乙、丙、丁、马五爷、小妞、茶房一、二人。

时间 一八九八年(戊戌)初秋,康梁等的维新运动失败了。早半天。

地点 北京,裕泰大茶馆。

〔**幕启**:这种大茶馆现在已经不见了。在几十年前,每城都起码有一处。这里卖茶,也卖简单的点心与菜饭。玩鸟的人们,每天在蹓够了画眉、黄鸟等之后,要到这里歇歇腿,喝喝茶,并使鸟儿表演歌唱。商议事情的,说媒拉纤的,也到这里来。那年月,时常有打群架的,但是总会有朋友出头给双方调解;三五十口子打手,经调人东说西说,便都喝碗茶,吃碗烂肉面(大茶馆特殊的食品,价钱便宜,作起来快当),就可以化干戈为玉帛了。总之,这是当日非常重要的地方,有事无事都可以来坐半天。

〔在这里,可以听到最荒唐的新闻,如某处的大蜘蛛怎么成了精,受到雷击。奇怪的意见也在这里可以听到,像把海边上都修上大墙,就足以挡住洋兵上岸。这里还可以听到某京戏演员新近创造了什么腔儿,和煎熬鸦片烟的最好的方法。这里也可以看到某人新得到的奇珍——一个出土的玉扇坠儿,或三彩的鼻烟壶。这真是个重要的地方,简直可以算作文化交流的所在。

〔我们现在就要看见这样的一座茶馆。

〔一进门是柜台与炉灶——为省点事,我们的舞台上可以不要炉灶;后面有些锅勺的响声也就够了。屋子非常高大,摆着长桌与方桌,长凳与小凳,都是茶座儿。隔窗可见后院,高搭着凉棚,棚下也有茶座儿。屋里和凉棚下都有挂鸟笼的地方。各处都贴着"莫谈国事"的纸条。

〔有两位茶客,不知姓名,正眯着眼,摇着头,拍板低唱。有两三位茶客,也不知姓名,正入神地欣赏瓦罐里的蟋蟀。两位穿灰色大衫的——宋恩子与吴祥子,正低声地谈话,看样子他们是北衙门的办案的(侦缉)。

〔今天又有一起打群架的,据说是为了争一只家鸽,惹起非用武力解决不可的纠纷。假若真打起来,非出人命不可,因为被约的打手中包括着善扑营的哥儿们和库兵,身手都十分厉害。好在,不能真打起来,因为在双方还没把打手约齐,已有人出面调停了——现在双方在这里会面。三三两两的打手,都横眉立目,短打扮,随时进来,往后院去。

〔马五爷在不惹人注意的角落,独自坐着喝茶。

〔王利发高高地坐在柜台里。

〔唐铁嘴跐拉着鞋,身穿一件极长极脏的大布衫,耳上夹着几张小纸片,进来。

茶　馆(三幕话剧) | 217

王利发　唐先生,你外边蹓蹓吧!

唐铁嘴　(惨笑)王掌柜,捧捧唐铁嘴吧!送给我碗茶喝,我就先给您相相面吧!手相奉送,不取分文!(不容分说,拉过王利发的手来)今年是光绪二十四年,戊戌。您贵庚是……

王利发　(夺回手去)算了吧,我送给你一碗茶喝,你就甭卖那套生意口啦!用不着相面,咱们既在江湖内,都是苦命人!(由柜台内走出,让唐铁嘴坐下)坐下!我告诉你,你要是不戒了大烟,就永远交不了好运!这是我的相法,比你的更灵验!

〔松二爷和常四爷都提着鸟笼进来,王利发向他们打招呼。他们先把鸟笼子挂好,找地方坐下。松二爷文绉绉的,提着小黄鸟笼;常四爷雄赳赳的,提着大而高的画眉笼。茶房李三赶紧过来,沏上盖碗茶。他们自带茶叶。茶沏好,松二爷、常四爷向邻近的茶座让了让。

松二爷
常四爷　您喝这个!(然后,往后院看了看)

松二爷　好像又有事儿?

常四爷　反正打不起来!要真打的话,早到城外头去啦;到茶馆来干吗?

〔二德子,一位打手,恰好进来,听见了常四爷的话。

二德子　(凑过去)你这是对谁甩闲话呢?

常四爷　(不肯示弱)你问我哪?花钱喝茶,难道还教谁管着吗?

松二爷 （打量了二德子一番）我说这位爷，您是营里当差的吧？来，坐下喝一碗，我们也都是外场人。

二德子 你管我当差不当差呢！

常四爷 要抖威风，跟洋人干去，洋人厉害！英法联军烧了圆明园，尊家吃着官饷，可没见您去冲锋打仗！

二德子 甭说打洋人不打，我先管教管教你！（要动手）

〔别的茶客依旧进行他们自己的事。王利发急忙跑过来。

王利发 哥儿们，都是街面上的朋友，有话好说。德爷，您后边坐！

〔二德子不听王利发的话，一下子把一个盖碗搂下桌去，摔碎。翻手要抓常四爷的脖领。

常四爷 （闪过）你要怎么着？

二德子 怎么着？我碰不了洋人，还碰不了你吗？

马五爷 （并未立起）二德子，你威风啊！

二德子 （四下扫视，看到马五爷）喝，马五爷，您在这儿哪？我可眼拙，没看见您！（过去请安）

马五爷 有什么事好好地说，干吗动不动地就讲打？

二德子 嗻！您说的对！我到后头坐坐去。李三，这儿的茶钱我候啦！（往后面走去）

常四爷 （凑过来，要对马五爷发牢骚）这位爷，您圣明，您给评评理！

马五爷 （立起来）我还有事，再见！（走出去）

常四爷 （对王利发）邪！这倒是个怪人！

王利发 您不知道这是马五爷呀！怪不得您也得罪了他！

茶　馆（三幕话剧）

常四爷　我也得罪了他？我今天出门没挑好日子！

王利发　（低声地）刚才您说洋人怎样，他就是吃洋饭的。信洋教，说洋话，有事情可以一直地找宛平县的县太爷去，要不怎么连官面上都不惹他呢！

常四爷　（往原处走）哼，我就不佩服吃洋饭的！

王利发　（向宋恩子、吴祥子那边稍一歪头，低声地）说话请留点神！（大声地）李三，再给这儿沏一碗来！（拾起地上的碎磁片）

松二爷　盖碗多少钱？我赔！外场人不作老娘们事！

王利发　不忙，待会儿再算吧！（走开）

〔纤手刘麻子领着康六进来。刘麻子先向松二爷、常四爷打招呼。

刘麻子　您二位真早班儿！（掏出鼻烟壶，倒烟）您试试这个！刚装来的，地道英国造，又细又纯。

常四爷　唉！连鼻烟也得从外洋来！这得往外流多少银子啊！

刘麻子　咱们大清国有的是金山银山，永远花不完！您坐着，我办点小事！（领康六找了个座儿）

〔李三拿过一碗茶来。

刘麻子　说说吧，十两银子行不行？你说干脆的！我忙，没工夫专伺候你！

康　六　刘爷！十五岁的大姑娘，就值十两银子吗？

刘麻子　卖到窑子去，也许多拿一两八钱的，可是你又不肯！

康　六　那是我的亲女儿！我能够……

刘麻子　有女儿，你可养活不起，这怪谁呢？

康　六　那不是因为乡下种地的都没法子混了吗？一家大小要

是一天能吃上一顿粥,我要还想卖女儿,我就不是人!

刘麻子　那是你们乡下的事,我管不着。我受你之托,教你不吃亏,又教你女儿有个吃饱饭的地方,这还不好吗?

康　六　到底给谁呢?

刘麻子　我一说,你必定从心眼里乐意!一位在宫里当差的!

康　六　宫里当差的谁要个乡下丫头呢?

刘麻子　那不是你女儿的命好吗?

康　六　谁呢?

刘麻子　庞总管!你也听说过庞总管吧?侍候着太后,红的不得了,连家里打醋的瓶子都是玛瑙作的!

康　六　刘大爷,把女儿给太监作老婆,我怎么对得起人呢?

刘麻子　卖女儿,无论怎么卖,也对不起女儿!你糊涂!你看,姑娘一过门,吃的是珍馐美味,穿的是绫罗绸缎,这不是造化吗?怎样,摇头不算点头算,来个干脆的!

康　六　自古以来,哪有……他就给十两银子?

刘麻子　找遍了你们全村儿,找得出十两银子找不出?在乡下,五斤白面就换个孩子,你不是不知道!

康　六　我,唉!我得跟姑娘商量一下!

刘麻子　告诉你,过了这个村可没有这个店,耽误了事别怨我!快去快来!

康　六　唉!我一会儿就回来!

刘麻子　我在这儿等着你!

康　六　(慢慢地走出去)

刘麻子　(凑到松二爷、常四爷这边来)乡下人真难办事,永远没有个痛痛快快!

松二爷　这号生意又不小吧?

刘麻子　也甜不到哪儿去,弄好了,赚个元宝!

常四爷　乡下是怎么了?会弄得这么卖儿卖女的!

刘麻子　谁知道!要不怎么说,就是一条狗也得托生在北京城里嘛!

常四爷　刘爷,您可真有个狠劲儿,给拉拢这路事!

刘麻子　我要不分心,他们还许找不到买主呢!(忙岔话)松二爷(掏出个小时表来),您看这个!

松二爷　(接表)好体面的小表!

刘麻子　您听听,嘎登嘎登地响!

松二爷　(听)这得多少钱?

刘麻子　您爱吗?就让给您!一句话,五两银子!您玩够了,不爱再要了,我还照数退钱!东西真地道,传家的玩艺!

常四爷　我这儿正咂摸这个味儿:咱们一个人身上有多少洋玩艺儿啊!老刘,就看你身上吧:洋鼻烟,洋表,洋缎大衫,洋布裤褂……

刘麻子　洋东西可是真漂亮呢!我要是穿一身土布,像个乡下脑壳,谁还理我呀!

常四爷　我老觉乎着咱们的大缎子,川绸,更体面!

刘麻子　松二爷,留下这个表吧,这年月,戴着这么好的洋表,会教人另眼看待!是不是这么说,您哪?

松二爷　(真爱表,但又嫌贵)我……

刘麻子　您先戴两天,改日再给钱!

　　　　〔黄胖子进来。

黄胖子　（严重的砂眼,看不清楚,进门就请安）哥儿们,都瞧我啦！我请安了！都是自己弟兄,别伤了和气呀！

王利发　这不是他们,他们在后院哪！

黄胖子　我看不大清楚啊！掌柜的,预备烂肉面,有我黄胖子,谁也打不起来！（往里走）

二德子　（出来迎接）两边已经见了面,您快来吧！

〔二德子同黄胖子入内。

〔茶房们一趟又一趟地往后面送茶水。老人进来,拿着些牙签、胡梳、耳挖勺之类的小东西,低着头慢慢地挨着茶座儿走;没人买他的东西。他要往后院去,被李三截住。

李　三　老大爷,您外边蹓蹓吧！后院里,人家正说和事呢,没人买您的东西！（顺手儿把剩茶递给老人一碗）

松二爷　（低声地）李三！（指后院）他们到底为了什么事,要这么拿刀动杖的?

李　三　（低声地）听说是为一只鸽子。张宅的鸽子飞到了李宅去,李宅不肯交还……唉,咱们还是少说话好,（问老人）老大爷您高寿啦?

老　人　（喝了茶）多谢！八十二了,没人管！这年月呀,人还不如一只鸽子呢！唉！（慢慢走出去）

〔秦仲义,穿得很讲究,满面春风,走进来。

王利发　哎哟！秦二爷,您怎么这样闲在,会想起下茶馆来了?也没带个底下人?

秦仲义　来看看,看看你这年轻小伙子会作生意不会！

王利发　唉,一边作一边学吧,指着这个吃饭嘛。谁叫我爸爸死的早,我不干不行啊!好在照顾主儿都是我父亲的老朋友,我有不周到的地方,都肯包涵,闭闭眼就过去了。在街面上混饭吃,人缘儿顶要紧。我按着我父亲遗留下的老办法,多说好话,多请安,讨人人的喜欢,就不会出大岔子!您坐下,我给您沏碗小叶茶去!

秦仲义　我不喝!也不坐着!

王利发　坐一坐!有您在我这儿坐坐,我脸上有光!

秦仲义　也好吧!(坐)可是,用不着奉承我!

王利发　李三,沏一碗高的来!二爷,府上都好?您的事情都顺心吧?

秦仲义　不怎么太好!

王利发　您怕什么呢?那么多的买卖,您的小手指头都比我的腰还粗!

唐铁嘴　(凑过来)这位爷好相貌,真是天庭饱满,地阁方圆,虽无宰相之权,而有陶朱之富!

秦仲义　躲开我!去!

王利发　先生,你喝够了茶,该外边活动活动去!(把唐铁嘴轻轻推开)

唐铁嘴　唉!(垂头走出去)

秦仲义　小王,这儿的房租是不是得往上提那么一提呢?当年你爸爸给我的那点租钱,还不够我喝茶用的呢!

王利发　二爷,您说的对,太对了!可是,这点小事用不着您分心,您派管事的来一趟,我跟他商量,该长多少租钱,我一定照办!是!嗻!

秦仲义　你这小子,比你爸爸还滑!哼,等着吧,早晚我把房子收回去!

王利发　您甭吓唬着我玩,我知道您多么照应我,心疼我,决不会叫我挑着大茶壶,到街上卖热茶去!

秦仲义　你等着瞧吧!

〔乡妇拉着个十来岁的小妞进来。小妞的头上插着一根草标。李三本想不许她们往前走,可是心中一难过,没管。她们俩慢慢地往里走。茶客们忽然都停止说笑,看着她们。

小　妞　(走到屋子中间,立住)妈,我饿!我饿!

〔乡妇呆视着小妞,忽然腿一软,坐在地上,掩面低泣。

秦仲义　(对王利发)轰出去!

王利发　是!出去吧,这里坐不住!

乡　妇　哪位行行好?要这个孩子,二两银子!

常四爷　李三,要两个烂肉面,带她们到门外吃去!

李　三　是啦!(过去对乡妇)起来,门口等着去,我给你们端面来!

乡　妇　(立起,抹泪往外走,好像忘了孩子;走了两步,又转回身来,搂住小妞吻她)宝贝!宝贝!

王利发　快着点吧!

〔乡妇、小妞走出去。李三随后端出两碗面去。

王利发　(过来)常四爷,您是积德行好,赏给她们面吃!可是,我告诉您:这路事儿太多了,太多了!谁也管不了!(对秦仲义)二爷,您看我说的对不对?

常四爷　(对松二爷)二爷,我看哪,大清国要完!

秦仲义　(老气横秋地)完不完,并不在乎有人给穷人们一碗面吃没有。小王,说真的,我真想收回这里的房子!
王利发　您别那么办哪,二爷!
秦仲义　我不但收回房子,而且把乡下的地,城里的买卖也都卖了!
王利发　那为什么呢?
秦仲义　把本钱拢在一块儿,开工厂!
王利发　开工厂?
秦仲义　嗯,顶大顶大的工厂!那才救得了穷人,那才能抵制外货,那才能救国!(对王利发说而眼看着常四爷)唉,我跟你说这些干什么,你不懂!
王利发　您就专为别人,把财产都出手,不顾自己了吗?
秦仲义　你不懂!只有那么办,国家才能富强!好啦,我该走啦。我亲眼看见了,你的生意不错,你甭再耍无赖,不长房钱!
王利发　您等等,我给您叫车去!
秦仲义　用不着,我愿意蹓跶蹓跶!

〔秦仲义往外走,王利发送。
〔小牛儿挽着庞太监走进来。小牛儿提着水烟袋。

庞太监　哟!秦二爷!
秦仲义　庞老爷!这两天您心里安顿了吧?
庞太监　那还用说吗?天下太平了:圣旨下来,谭嗣同问斩!告诉您,谁敢改祖宗的章程,谁就掉脑袋!
秦仲义　我早就知道!

〔茶客们忽然全静寂起来,几乎是闭住呼吸地听着。

庞太监　您聪明,二爷,要不然您怎么发财呢!

秦仲义　我那点财产,不值一提!

庞太监　太客气了吧?您看,全北京城谁不知道秦二爷!您比作官的还厉害呢!听说呀,好些财主都讲维新!

秦仲义　不能这么说,我那点威风在您的面前可就施展不出来了!哈哈哈!

庞太监　说得好,咱们就八仙过海,各显其能吧!哈哈哈!

秦仲义　改天过去给您请安,再见!(下)

庞太监　(自言自语)哼,凭这么个小财主也敢跟我逗嘴皮子,年头真是改了!(问王利发)刘麻子在这儿哪?

王利发　总管,您里边歇着吧!

〔刘麻子早已看见庞太监,但不敢靠近,怕打搅了庞太监、秦仲义的谈话。

刘麻子　喝,我的老爷子!您吉祥!我等了您好大半天了!(搀庞太监往里面走)

〔宋恩子、吴祥子过来请安,庞太监对他们耳语。

〔众茶客静默了一阵之后,开始议论纷纷。

茶客甲　谭嗣同是谁?

茶客乙　好像听说过!反正犯了大罪,要不,怎么会问斩呀!

茶客丙　这两三个月了,有些作官的,念书的,乱折腾乱闹,咱们怎能知道他们捣的什么鬼呀!

茶客丁　得!不管怎么说,我的铁杆庄稼又保住了!姓谭的,还有那个康有为,不是说叫旗兵不关钱粮,去自谋生计吗?心眼多毒!

茶客丙　一份钱粮倒叫上头克扣去一大半,咱们也不好过!

茶客丁　那总比没有强啊!好死不如赖活着,叫我去自己谋生,

茶　馆(三幕话剧)　227

　　　　　　非死不可！

王利发　诸位主顾，咱们还是莫谈国事吧！

　　　　　〔大家安静下来，都又各谈各的事。

庞太监　（已坐下）怎么说？一个乡下丫头，要二百银子？

刘麻子　（侍立）乡下人，可长得俊呀！带进城来，好好地一打扮、调教，准保是又好看，又有规矩！我给您办事，比给我亲爸爸作事都更尽心，一丝一毫不能马虎！

　　　　　〔唐铁嘴又回来了。

王利发　铁嘴，你怎么又回来了？

唐铁嘴　街上兵荒马乱的，不知道是怎么回事！

庞太监　还能不搜查搜查谭嗣同的余党吗？唐铁嘴，你放心，没人抓你！

唐铁嘴　嗻，总管，您要能赏给我几个烟泡儿，我可就更有出息了！

　　　　　〔有几个茶客好像预感到什么灾祸，一个个往外溜。

松二爷　咱们也该走啦吧！天不早啦！

常四爷　嗻！走吧！

　　　　　〔二灰衣人——宋恩子和吴祥子走过来。

宋恩子　等等！

常四爷　怎么啦？

宋恩子　刚才你说"大清国要完"？

常四爷　我，我爱大清国，怕它完了！

吴祥子　（对松二爷）你听见了？他是这么说的吗？

松二爷　哥儿们，我们天天在这儿喝茶。王掌柜知道：我们都是地道老好人！

吴祥子　问你听见了没有?

松二爷　那,有话好说,二位请坐!

宋恩子　你不说,连你也锁了走!他说"大清国要完",就是跟谭嗣同一党!

松二爷　我,我听见了,他是说……

宋恩子　(对常四爷)走!

常四爷　上哪儿?事情要交代明白了啊!

宋恩子　你还想拒捕吗?我这儿可带着"王法"呢!(掏出腰中带着的铁链子)

常四爷　告诉你们,我可是旗人!

吴祥子　旗人当汉奸,罪加一等!锁上他!

常四爷　甭锁,我跑不了!

宋恩子　量你也跑不了!(对松二爷)你也走一趟,到堂上实话实说,没你的事!

〔黄胖子同三五个人由后院过来。

黄胖子　得啦,一天云雾散,算我没白跑腿!

松二爷　黄爷!黄爷!

黄胖子　(揉揉眼)谁呀?

松二爷　我!松二!您过来,给说句好话!

黄胖子　(看清)哟,宋爷,吴爷,二位爷办案哪?请吧!

松二爷　黄爷,帮帮忙,给美言两句!

黄胖子　官厅儿管不了的事,我管!官厅儿能管的事呀,我不便多嘴!(问大家)是不是?

众　　　嗻!对!

〔宋恩子、吴祥子带着常四爷、松二爷往外走。

茶　馆(三幕话剧) | 229

松二爷　（对王利发）看着点我们的鸟笼子！
王利发　您放心，我给送到家里去！
　　　　〔常四爷、松二爷、宋恩子、吴祥子同下。
黄胖子　（唐铁嘴告以庞太监在此）哟，老爷在这儿哪？听说要安份儿家，我先给您道喜！
庞太监　等吃喜酒吧！
黄胖子　您赏脸！您赏脸！（下）
　　　　〔乡妇端着空碗进来，往柜上放。小妞跟进来。
小　妞　妈！我还饿！
王利发　唉！出去吧！
乡　妇　走吧，乖！
小　妞　不卖妞妞啦？妈！不卖啦？妈！
乡　妇　乖！（哭着，携小妞下）
　　　　〔康六带着康顺子进来，立在柜台前。
康　六　姑娘！顺子！爸爸不是人，是畜生！可你叫我怎办呢？你不找个吃饭的地方，你饿死！我不弄到手几两银子，就得叫东家活活地打死！你呀，顺子，认命吧，积德吧！
康顺子　我，我……（说不出话来）
刘麻子　（跑过来）你们回来啦？点头啦？好！来见见总管！给总管磕头！
康顺子　我……（要晕倒）
康　六　（扶住女儿）顺子！顺子！
刘麻子　怎么啦？
康　六　又饿又气，昏过去了！顺子！顺子！

庞太监　我要活的,可不要死的!

〔静场。

茶客甲　(正与茶客乙下象棋)将!你完啦!

——幕　落

第 二 幕

人物 王淑芬、报童、康顺子、李三、常四爷、康大力、王利发、松二爷、老林、难民数人、宋恩子、老陈、巡警、吴祥子、崔久峰、押大令的兵七人、公寓住客二三人、军官、唐铁嘴、刘麻子、大兵三五人。

时间 与前幕相隔十余年,现在是袁世凯死后,帝国主义指使中国军阀进行割据,时时发动内战的时候。初夏,上午。

地点 同前幕。

〔**幕启**:北京城内的大茶馆已先后相继关了门。"裕泰"是硕果仅存的一家了,可是为避免被淘汰,它已改变了样子与作风。现在,它的前部仍然卖茶,后部却改成了公寓。前部只卖茶和瓜子什么的;"烂肉面"等等已成为历史名词。厨房挪到后边去,专包公寓住客的伙食。茶座也大加改良:一律是小桌与藤椅,桌上铺着浅绿桌布。墙上的"醉八仙"大画,连财神龛,均已撤去,代以时装美人——外国香烟公司的广告画。"莫谈国事"的纸条可是保存了下来,而且字写的更大。王利发真像个"圣之时者也",不但没使"裕泰"灭亡,而且使它有了新的发展。

〔因为修理门面,茶馆停了几天营业,预备明天开张。王淑芬正和李三忙着布置,把桌椅移了又移,摆了又摆,以期尽善尽美。

〔王淑芬梳时行的圆髻,而李三却还带着小辫儿。

〔二、三学生由后面来,与他们打招呼,出去。

王淑芬 (看李三的辫子碍事)三爷,咱们的茶馆改了良,你的小辫儿也该剪了吧?

李　三　改良!改良!越改越凉,冰凉!

王淑芬 也不能那么说!三爷你看,听说西直门的德泰,北新桥的广泰,鼓楼前的天泰,这些大茶馆全先后脚儿关了门!只有咱们裕泰还开着,为什么?不是因为拴子的爸爸懂得改良吗?

李　三　哼!皇上没啦,总算大改良吧?可是改来改去,袁世凯还是要作皇上。袁世凯死后,天下大乱,今儿个打炮,明儿个关城,改良?哼!我还留着我的小辫儿,万一把皇上改回来呢!

王淑芬 别顽固啦,三爷!人家给咱们改了民国,咱们还能不随着走吗?你看,咱们这么一收拾,不比以前干净、好看?专招待文明人,不更体面?可是,你要还带着小辫儿,看着多么不顺眼哪!

李　三　太太,你觉得不顺眼,我还不顺心呢!

王淑芬 哟,你不顺心?怎么?

李　三　你还不明白?前面茶馆,后面公寓,全仗着掌柜的跟我两个人,无论怎么说,也忙不过来呀!

王淑芬　前面的事归他,后面的事不是还有我帮助你吗?

李　三　就算有你帮助,打扫二十来间屋子,侍候二十多人的伙食,还要沏茶灌水,买东西送信,问问你自己,受得了受不了!

王淑芬　三爷,你说的对!可是呀,这兵荒马乱的年月,能有个事儿作也就得念佛!咱们都得忍着点!

李　三　我干不了!天天睡四、五个钟头的觉,谁也不是铁打的!

王淑芬　唉!三爷,这年月谁也舒服不了!你等着,大拴子暑假就高小毕业,二拴子也快长起来,他们一有用处,咱们可就清闲点啦。从老王掌柜在世的时候,你就帮助我们,老朋友,老伙计啦!

〔王利发老气横秋地从后面进来。

李　三　老伙计?二十多年了,他们可给我长过工钱?什么都改良,为什么工钱不跟着改良呢?

王利发　哟!你这是什么话呀?咱们的买卖要是越作越好,我能不给你长工钱吗?得了,明天咱们开张,取个吉利,先别吵嘴,就这么办吧!All right?①

李　三　就怎么办啦?不改我的良,我干不下去啦!

〔后面叫:李三!李三!

王利发　崔先生叫,你快去!咱们的事,有工夫再细研究!

李　三　哼!

王淑芬　我说,昨天就关了城门,今儿个还说不定关不关,三爷,这里的事交给掌柜的,你去买点菜吧!别的不说,咸菜

---

① "All right"在这里是"好吧"的意思。

总得买下点呀!

〔后面又叫:李三! 李三!

李　三　对,后边叫,前边催,把我劈成两半儿好不好!(怂怂地往后走)

王利发　拴子的妈,他岁数大了点,你可得……

王淑芬　他抱怨了大半天了! 可是抱怨的对! 当着他,我不便直说;对你,我可得说实话:咱们得添人!

王利发　添人得给工钱,咱们赚得出来吗? 我要是会干别的,可是还开茶馆,我是孙子!

〔远处隐隐有炮声。

王利发　听听,又他妈的开炮了! 你闹,闹! 明天开得了张才怪! 这是怎么说的!

王淑芬　明白人别说糊涂话,开炮是我闹的?

王利发　别再瞎扯,干活儿去! 嘿!

王淑芬　早晚不是累死,就得叫炮轰死,我看透了!(慢慢地往后边走)

王利发　(温和了些)拴子的妈,甭害怕,开过多少回炮,一回也没打死咱们,北京城是宝地!

王淑芬　心哪,老跳到嗓子眼里,宝地! 我给三爷拿菜钱去。(下)

〔一群男女难民在门外央告。

难　民　掌柜的,行行好,可怜可怜吧!

王利发　走吧,我这儿不打发,还没开张!

难　民　可怜可怜吧! 我们都是逃难的!

王利发　别耽误工夫! 我自己还顾不了自己呢!

〔巡警上。

巡　警　走！滚！快着！

〔难民散去。

王利发　怎样啊？六爷！又打得紧吗？

巡　警　紧！紧得厉害！仗打得不紧,怎能够有这么多难民呢！上面交派下来,你出八十斤大饼,十二点交齐！城里的兵带着干粮,才能出去打仗啊！

王利发　您圣明,我这儿现在光包后面的伙食,不再卖饭,也还没开张,别说八十斤大饼,一斤也交不出啊！

巡　警　你有你的理由,我有我的命令,你瞧着办吧！（要走）

王利发　您等等！我这儿千真万确还没开张,这您知道！开张以后,还得多麻烦您呢！得啦,您买包茶叶喝吧！（递钞票）您多给美言几句,我感恩不尽！

巡　警　（接票子）我给你说说看,行不行可不保准！

〔三、五个大兵,军装破烂,都背着枪,闯进门口。

巡　警　老总们,我这儿正查户口呢,这儿还没开张！

大　兵　屌！

巡　警　王掌柜,孝敬老总们点茶钱,请他们到别处喝去吧！

王利发　老总们,实在对不起,还没开张,要不然,诸位住在这儿,一定欢迎！（递钞票给巡警）

巡　警　（转递给兵们）得啦,老总们多原谅,他实在没法招待诸位！

大　兵　屌！谁要钞票？要现大洋！

王利发　老总们,让我哪儿找现洋去呢？

大　兵　屌！揍他个小舅子！

巡　警　快！再添点！

王利发　（掏）老总们，我要是还有一块，请把房子烧了！（递钞票）

大　兵　屌！（接钱下，顺手拿走两块新桌布）

巡　警　得，我给你挡住了一场大祸！他们不走呀，你就全完，连一个茶碗也剩不下！

王利发　我永远忘不了您这点好处！

巡　警　可是为这点功劳，你不得另有份意思吗？

王利发　对！您圣明，我胡涂！可是，您搜我吧，真一个铜子儿也没有啦！（掀起褂子，让他搜）您搜！您搜！

巡　警　我干不过你！明天见，明天还不定是风是雨呢！（下）

王利发　您慢走！（看巡警走去，跺脚）他妈的！打仗，打仗！今天打，明天打，老打，打他妈的什么呢？

〔唐铁嘴进来，还是那么瘦，那么脏，可是穿着绸子夹袍。

唐铁嘴　王掌柜！我来给你道喜！

王利发　（还生着气）哟！唐先生？我可不再白送茶喝！（打量，有了笑容）你混的不错呀！穿上绸子啦！

唐铁嘴　比从前好了一点！我感谢这个年月！

王利发　这个年月还值得感谢！听着有点不搭调！

唐铁嘴　年头越乱，我的生意越好！这年月，谁活着谁死都碰运气，怎能不多算算命、相相面呢？你说对不对？

王利发　Yes，①也有这么一说！

---

① "Yes"即"对"的意思。

茶　馆（三幕话剧） | 237

唐铁嘴　听说后面改了公寓,租给我一间屋子,好不好?

王利发　唐先生,你那点嗜好,在我这儿恐怕……

唐铁嘴　我已经不吃大烟了!

王利发　真的?你可真要发财了!

唐铁嘴　我改抽"白面儿"啦。(指墙上的香烟广告)你看,哈德门烟是又长又松,(掏出烟来表演)一顿就空出一大块,正好放"白面儿"。大英帝国的烟,日本的"白面儿",两大强国侍候着我一个人,这点福气还小吗?

王利发　福气不小!不小!可是,我这儿已经住满了人,什么时候有了空房,我准给你留着!

唐铁嘴　你呀,看不起我,怕我给不了房租!

王利发　没有的事!都是久在街面上混的人,谁能看不起谁呢?这是知心话吧?

唐铁嘴　你的嘴呀比我的还花哨!

王利发　我可不光耍嘴皮子,我的心放得正!这十多年了,你白喝过我多少碗茶?你自己算算!你现在混的不错,你想着还我茶钱没有?

唐铁嘴　赶明儿我一总还给你,那一共才有几个钱呢!(搭讪着往外走)

〔街上卖报的喊叫:"长辛店大战的新闻,买报瞧,瞧长辛店大战的新闻!"报童向内探头。

报　童　掌柜的,长辛店大战的新闻,来一张瞧瞧?

王利发　有不打仗的新闻没有?

报　童　也许有,您自己找!

王利发　走!不瞧!

报　　童　掌柜的,你不瞧也照样打仗!(对唐铁嘴)先生,您照顾照顾?

唐铁嘴　我不像他,(指王利发)我最关心国事!(拿了一张报,没给钱即走)

〔报童追唐铁嘴下。

王利发　(自言自语)长辛店!长辛店!离这里不远啦!(喊)三爷,三爷!你倒是抓早儿买点菜去呀,待一会儿准关城门,就什么也买不到啦!嘿!(听后面没人应声,含怒往后跑)

〔常四爷提着一串腌萝卜,两只鸡,走进来。

常四爷　王掌柜!

王利发　谁?哟,四爷!您干什么哪?

常四爷　我卖菜呢!自食其力,不含糊!今儿个城外头乱乱哄哄,买不到菜;东抓西抓,抓到这么两只鸡,几斤老腌萝卜。听说你明天开张,也许用的着,特意给你送来了!

王利发　我谢谢您!我这儿正没有辙呢!

常四爷　(四下里看)好啊!好啊!收拾得好啊!大茶馆全关了,就是你有心路,能随机应变地改良!

王利发　别夸奖我啦!我尽力而为,可就怕天下老这么乱七八糟!

常四爷　像我这样的人算是坐不起这样的茶馆喽!

〔松二爷走进来,穿的很寒酸,可是还提着鸟笼。

松二爷　王掌柜!听说明天开张,我来道喜!(看见常四爷)哎哟!四爷,可想死我喽!

常四爷　二哥!你好哇?

茶　馆(三幕话剧) | 239

王利发　都坐下吧!

松二爷　王掌柜,你好?太太好?少爷好?生意好?

王利发　(一劲儿说)好!托福!(提起鸡与咸菜)四爷,多少钱?

常四爷　瞧着给,该给多少给多少!

王利发　对!我给你们弄壶茶来!(提物到后面去)

松二爷　四爷,你,你怎么样啊?

常四爷　卖青菜哪!铁杆庄稼没有啦,还不卖膀子力气吗?二爷,您怎么样啊?

松二爷　怎么样?我想大哭一场!看见我这身衣裳没有?我还像个人吗?

常四爷　二哥,您能写能算,难道找不到点事儿作?

松二爷　嗐,谁愿意瞪着眼挨饿呢!可是,谁要咱们旗人呢!想起来呀,大清国不一定好啊,可是到了民国,我挨了饿!

王利发　(端着一壶茶回来。给常四爷钱)不知道您花了多少,我就给这么点吧!

常四爷　(接钱,没看,揣在怀里)没关系!

王利发　二爷,(指鸟笼)还是黄鸟吧?哨的怎样?

松二爷　嗐,还是黄鸟!我饿着,也不能叫鸟儿饿着!(有了点精神)你看看,看看,(打开罩子)多么体面!一看见它呀,我就舍不得死啦!

王利发　松二爷,不准说死!有那么一天,您还会走一步好运!

常四爷　二哥,走!找个地方喝两盅儿去!一醉解千愁!王掌柜,我可就不让你啦,没有那么多的钱!

王利发　我也分不开身,就不陪了!

〔常四爷、松二爷正往外走，宋恩子和吴祥子进来。他们俩仍穿灰色大衫，但袖口瘦了，而且罩上青布马褂。

松二爷　（看清楚是他们，不由地上前请安）原来是你们二位爷！

〔王利发似乎受了松二爷的感染，也请安，弄得二人愣住了。

宋恩子　这是怎么啦？民国好几年了，怎么还请安？你们不会鞠躬吗？

松二爷　我看见您二位的灰大褂呀，就想起了前清的事儿！不能不请安！

王利发　我也那样！我觉得请安比鞠躬更过瘾！

吴祥子　哈哈哈哈！松二爷，你们的铁杆庄稼不行了，我们的灰色大褂反倒成了铁杆庄稼，哈哈哈！（看见常四爷）这不是常四爷吗？

常四爷　是呀，您的眼力不错！戊戌年我就在这儿说了句"大清国要完"，叫您二位给抓了走，坐了一年多的牢！

宋恩子　您的记性可也不错！混的还好吧？

常四爷　托福！从牢里出来，不久就赶上庚子年；扶清灭洋，我当了义和团，跟洋人打了几仗！闹来闹去，大清国到底是亡了，该亡！我是旗人，可是我得说公道话！现在，每天起五更弄一挑子青菜，绕到十点来钟就卖光。凭力气挣饭吃，我的身上更有劲了！什么时候洋人敢再动兵，我姓常的还准备跟他们打打呢！我是旗人，旗人也是中国人哪！您二位怎么样？

吴祥子　瞎混呗！有皇上的时候，我们给皇上效力，有袁大总统的时候,我们给袁大总统效力;现而今,宋恩子,该怎么说啦?

宋恩子　谁给饭吃,咱们给谁效力!

常四爷　要是洋人给饭吃呢?

松二爷　四爷,咱们走吧!

吴祥子　告诉你,常四爷,要我们效力的都仗着洋人撑腰!没有洋枪洋炮,怎能够打起仗来呢?

松二爷　您说的对!嘁!四爷,走吧!

常四爷　再见吧,二位,盼着你们快快升官发财!(同松二爷下)

宋恩子　这小子!

王利发　(倒茶)常四爷老是那么又倔又硬,别计较他!(让茶)二位喝碗吧,刚沏好的。

宋恩子　后面住着的都是什么人?

王利发　多半是大学生,还有几位熟人。我有登记簿子,随时报告给"巡警阁子"。我拿来,二位看看?

吴祥子　我们不看簿子,看人!

王利发　您甭看,准保都是靠得住的人!

宋恩子　你为什么爱租学生们呢?学生不是什么老实家伙呀!

王利发　这年月,作官的今天上任,明天撤职,作买卖的今天开市,明天关门,都不可靠!只有学生有钱,能够按月交房租,没钱的就上不了大学啊!您看,是这么一笔账不是?

宋恩子　都叫你咂摸透了!你想的对!现在,连我们也欠饷啊!

吴祥子　是呀,所以非天天拿人不可,好得点津贴!

宋恩子　就仗着有错拿,没错放的,拿住人就有津贴!走吧,到后边看看去!

吴祥子　走!

王利发　二位,二位!您放心,准保没错儿!

宋恩子　不看,拿不到人,谁给我们津贴呢?

吴祥子　王掌柜不愿意咱们看,王掌柜必会给咱们想办法!咱们得给王掌柜留个面子!对吧?王掌柜!

王利发　我……

宋恩子　我出个不很高明的主意:干脆来个包月,每月一号,按阳历算,你把那点……

吴祥子　那点意思!

宋恩子　对,那点意思送到,你省事,我们也省事!

王利发　那点意思得多少呢?

吴祥子　多年的交情,你看着办!你聪明,还能把那点意思闹成不好意思吗?

李　三　(提着菜筐由后面出来)喝,二位爷!(请安)今儿个又得关城门吧!(没等回答,往外走)

〔二、三学生匆匆地回来。

学　生　三爷,先别出去,街上抓伕呢!(往后面走去)

李　三　(还往外走)抓去也好,在哪儿也是当苦力!

〔刘麻子丢了魂似的跑来,和李三碰了个满怀。

李　三　怎么回事呀?吓掉了魂儿啦!

刘麻子　(喘着)别,别,别出去!我差点叫他们抓了去!

王利发　三爷,等一等吧!

李　三　午饭怎么开呢?

王利发　跟大家说一声,中午咸菜饭,没别的办法!晚上吃那两只鸡!

李　三　好吧!(往回走)

刘麻子　我的妈呀,吓死我啦!

宋恩子　你活着,也不过多买卖几个大姑娘!

刘麻子　有人卖,有人买,我不过在中间帮帮忙,能怪我吗?(把桌上的三个茶杯的茶先后喝净)

吴祥子　我可是告诉你,我们哥儿们从前清起就专办革命党,不大爱管贩卖人口,拐带妇女什么的臭事。可是你要叫我们碰见,我们也不再睁一眼闭一眼!还有,像你这样的人,弄进去,准锁在尿桶上!

刘麻子　二位爷,别那么说呀!我不是也快挨饿了吗?您看,以前,我走八旗老爷们、宫里太监们的门子。这么一革命啊,可苦了我啦!现在,人家总长次长,团长师长,要娶姨太太讲究要唱落子的坤角,戏班里的女名角,一花就三千五千现大洋!我干瞧着,摸不着门!我那点芝麻粒大的生意算得了什么呢?

宋恩子　你呀,非锁在尿桶上,不会说好的!

刘麻子　得啦,今天我孝敬不了二位,改天我必有一份儿人心!

吴祥子　你今天就有买卖,要不然,兵荒马乱的,你不会出来!

刘麻子　没有!没有!

宋恩子　你嘴里半句实话也没有!不对我们说真话,没有你的好处!王掌柜,我们出去绕绕;下月一号,按阳历算,别忘了!

王利发　我忘了姓什么,也忘不了您二位这回事!

吴祥子　一言为定啦!(同宋恩子下)

王利发　刘爷,茶喝够了吧?该出去活动活动!

刘麻子　你忙你的,我在这儿等两个朋友。

王利发　咱们可把话说开了,从今以后,你不能再在这儿作你的生意,这儿现在改了良,文明啦!

〔康顺子提着个小包,带着康大力,往里边探头。

康大力　是这里吗?

康顺子　地方对呀,怎么改了样儿?(进来,细看,看见了刘麻子)大力,进来,是这儿!

康大力　找对啦?妈!

康顺子　没错儿!有他在这儿,不会错!

王利发　您找谁?

康顺子　(不语,直奔过刘麻子去)刘麻子,你还认识我吗?(要打,但是伸不出手去,一劲地颤抖)你,你,你个……(要骂,也感到困难)

刘麻子　你这个娘儿们,无缘无故地跟我捣什么乱呢?

康顺子　(挣扎)无缘无故?你,你看看我是谁?一个男子汉,干什么吃不了饭,偏干伤天害理的事!呸!呸!

王利发　这位大嫂,有话好好说!

康顺子　你是掌柜的?你忘了吗?十几年前,有个娶媳妇的太监?

王利发　您,您就是庞太监的那个……

康顺子　都是他(指刘麻子)作的好事,我今天跟他算算账!(又要打,仍未成功)

刘麻子　(躲)你敢!你敢!我好男不跟女斗!(随说随往后

茶　馆(三幕话剧) | 245

退)我,我找人来帮我说说理!(撒腿往后面跑)

王利发　(对康顺子)大嫂,你坐下,有话慢慢说!庞太监呢?

康顺子　(坐下喘气)死啦。叫他的侄子们给饿死的。一改民国呀,他还有钱,可没了势力,所以侄子们敢欺负他。他一死,他的侄子们把我们轰出来了,连一床被子都没给我们!

王利发　这,这是……?

康顺子　我的儿子!

王利发　您的……?

康顺子　也是买来的,给太监当儿子。

康大力　妈!你爸爸当初就在这儿卖了你的?

康顺子　对了,乖!就是这儿,一进这儿的门,我就晕过去了,我永远忘不了这个地方!

康大力　我可不记得我爸爸在哪里卖了我的!

康顺子　那时候,你不是才一岁吗?妈妈把你养大了的,你跟妈妈一条心,对不对?乖!

康大力　那个老东西,掐你,拧你,咬你,还用烟签子扎我!他们人多,咱们打不过他们!要不是你,妈,我准叫他们给打死了!

康顺子　对!他们人多,咱们又太老实!你看,看见刘麻子,我想咬他几口,可是,可是,连一个嘴巴也没打上,我伸不出手去!

康大力　妈,等我长大了,我帮助你打!我不知道亲妈妈是谁,你就是我的亲妈妈!

康顺子　好!好!咱们永远在一块儿,我去挣钱,你去念书!

(稍愣了一会儿)掌柜的,当初我在这儿叫人买了去,咱们总算有缘,你能不能帮帮忙,给我找点事作?我饿死不要紧,可不能饿死这个无倚无靠的好孩子!

〔王淑芬出来,立在后边听着。

王利发　你会干什么呢?

康顺子　洗洗涮涮、缝缝补补、作家常饭,都会!我是乡下人,我能吃苦,只要不再作太监的老婆,什么苦处都是甜的!

王利发　要多少钱呢?

康顺子　有三顿饭吃,有个地方睡觉,够大力上学的,就行!

王利发　好吧,我慢慢给你打听着!你看,十多年前那回事,我到今天还没忘,想起来心里就不痛快!

康顺子　可是,现在我们母子上哪儿去呢?

王利发　回乡下找你的老父亲去!

康顺子　他?他是活是死,我不知道。就是活着,我也不能去找他!他对不起女儿,女儿也不必再叫他爸爸!

王利发　马上就找事,可不大容易!

王淑芬　(过来)她能洗能作,又不多要钱,我留下她了!

王利发　你?

王淑芬　难道我不是内掌柜的?难道我跟李三爷就该累死?

康顺子　掌柜的,试试我!看我不行,您说话,我走!

王淑芬　大嫂,跟我来!

康顺子　当初我是在这儿卖出去的,现在就拿这儿当作娘家吧!大力,来吧!

康大力　掌柜的,你要不打我呀,我会帮助妈妈干活儿!(同王淑芬、康顺子下)

茶　馆(三幕话剧) | 247

王利发　好家伙,一添就是两张嘴!太监取消了,可把太监的家眷交到这里来了!

李　三　(掩护着刘麻子出来)快走吧!(回去)

王利发　就走吧,还等着真挨两个脆的吗?

刘麻子　我不是说过了吗,等两个朋友?

王利发　你呀,叫我说什么才好呢!

刘麻子　有什么法子呢!隔行如隔山,你老得开茶馆,我老得干我这一行!到什么时候,我也得干我这一行!

〔老林和老陈满面笑容地走进来。

刘麻子　(二人都比他年轻,他却称呼他们哥哥)林大哥,陈二哥!(看王利发不满意,赶紧说)王掌柜,这儿现在没有人,我借个光,下不为例!

王利发　她(指后边)可是还在这儿呢!

刘麻子　不要紧了,她不会打人!就是真打,他们二位也会帮助我!

王利发　你呀!哼!(到后边去)

刘麻子　坐下吧,谈谈!

老　林　你说吧!老二!

老　陈　你说吧!哥!

刘麻子　谁说不一样啊!

老　陈　你说吧,你是大哥!

老　林　那个,你看,我们俩是把兄弟!

老　陈　对!把兄弟,两个人穿一条裤子的交情!

老　林　他有几块现大洋!

刘麻子　现大洋?

老　　陈　林大哥也有几块现大洋！

刘麻子　一共多少块呢？说个数目！

老　　林　那，还不能告诉你咧！

老　　陈　事儿能办才说咧！

刘麻子　有现大洋，没有办不了的事！

老　　林
老　　陈　真的？

刘麻子　说假话是孙子！

老　　林　那么，你说吧，老二！

老　　陈　还是你说，哥！

老　　林　你看，我们是两个人吧？

刘麻子　嗯！

老　　陈　两个人穿一条裤子的交情吧？

刘麻子　嗯！

老　　林　没人耻笑我们的交情吧？

刘麻子　交情嘛，没人耻笑！

老　　陈　也没人耻笑三个人的交情吧？

刘麻子　三个人？都是谁？

老　　林　还有个娘儿们！

刘麻子　嗯！嗯！嗯！我明白了！可是不好办，我没办过！你看，平常都说小两口儿，哪有小三口儿的呢！

老　　林　不好办？

刘麻子　太不好办啦！

老　　林　（问老陈）你看呢？

老　　陈　还能白拉倒吗？

茶　　馆（三幕话剧） | 249

老　　林　不能拉倒！当了十几年兵，连半个媳妇都娶不上！他妈的！

刘麻子　不能拉倒，咱们再想想！你们到底一共有多少块现大洋？
〔王利发和崔久峰由后面慢慢走来。刘麻子等停止谈话。

王利发　崔先生，昨天秦二爷派人来请您，您怎么不去呢？您这么有学问，上知天文，下知地理，又作过国会议员，可是住在我这里，天天念经；干吗不出去作点事呢？您这样的好人，应当出去作官！有您这样的清官，我们小民才能过太平日子！

崔久峰　惭愧！惭愧！作过国会议员，那真是造孽呀！革命有什么用呢，不过自误误人而已！唉！现在我只能修持，忏悔！

王利发　您看秦二爷，他又办工厂，又忙着开银号！

崔久峰　办了工厂、银号又怎么样呢？他说实业救国，他救了谁？救了他自己，他越来越有钱了！可是他那点事业，哼，外国人伸出一个小指头，就把他推倒在地，再也起不来！

王利发　您别这么说呀！难道咱们就一点盼望也没有了吗？

崔久峰　难说！很难说！你看，今天王大帅打李大帅，明天赵大帅又打王大帅。是谁叫他们打的？

王利发　谁？哪个混蛋？

崔久峰　洋人！

王利发　洋人？我不能明白！

崔久峰　慢慢地你就明白了。有那么一天，你我都得作亡国奴！

我干过革命,我的话不是随便说的!
王利发　那么,您就不想想主意,卖卖力气,别叫大家作亡国奴?
崔久峰　我年轻的时候,以天下为己任,的确那么想过!现在,我可看透了,中国非亡不可!
王利发　那也得死马当活马治呀!
崔久峰　死马当活马治?那是妄想!死马不能再活,活马可早晚得死!好啦,我到弘济寺去,秦二爷再派人来找我,你就说,我只会念经,不会干别的!(下)
〔宋恩子、吴祥子又回来了。
王利发　二位!有什么消息没有?
〔宋恩子、吴祥子不语,坐在靠近门口的地方,看着刘麻子等。
〔刘麻子不知如何是好,低下头去。
〔老陈、老林也不知如何是好,相视无言。
〔静默了有一分钟。
老　陈　哥,走吧?
老　林　走!
宋恩子　等等!(立起来,挡住路)
老　陈　怎么啦?
吴祥子　(也立起)你说怎么啦?
〔四人呆呆相视一会儿。
宋恩子　乖乖地跟我们走!
老　林　上哪儿?
吴祥子　逃兵,是吧?有些块现大洋,想在北京藏起来,是吧?有钱就藏起来,没钱就当土匪,是吧?

老　　陈　你管得着吗？我一个人揍你这样的八个。(要打)
宋恩子　你？可惜你把枪卖了，是吧？没有枪的干不过有枪的，是吧？(拍了拍身上的枪)我一个人揍你这样的八个！
老　　林　都是弟兄，何必呢？都是弟兄！
吴祥子　对啦！坐下谈谈吧！你们是要命呢？还是要现大洋？
老　　陈　我们那点钱来的不容易！谁发饷，我们给谁打仗，我们打过多少次仗啊！
宋恩子　逃兵的罪过，你们可也不是不知道！
老　　林　咱们讲讲吧，谁叫咱们是弟兄呢！
吴祥子　这像句自己人的话！谈谈吧！
王利发　(在门口)诸位，大令过来了！
老　　陈
老　　林　啊！(惊惶失措，要往里边跑)
宋恩子　别动！君子一言，把现大洋分给我们一半，保你们俩没事！咱们是自己人！
老　　林
老　　陈　就那么办！自己人！
　　　　　["大令"进来：二捧刀——刀缠红布——背枪者前导，手捧令箭的在中，四持黑红棍者在后。军官在最后押队。
吴祥子　(和宋恩子、老林、老陈一齐立正，从帽中取出证章，叫军官看)报告官长，我们正在这儿盘查一个逃兵。
军　　官　就是他吗？(指刘麻子)
吴祥子　(指刘麻子)就是他！
军　　官　绑！
刘麻子　(喊)老爷！我不是！不是！

军　官　绑!(同下)
吴祥子　(对宋恩子)到后面抓两个学生!
宋恩子　走!(同往后疾走)

——幕　落

第 三 幕

人物 王大拴、明师傅、于厚斋、周秀花、邹福远、小宋恩子、王小花、卫福喜、小吴祥子、康顺子、方六、常四爷、丁宝、车当当、秦仲义、王利发、庞四奶奶、小心眼、茶客甲、乙、春梅、沈处长、小刘麻子、老杨、宪兵四人、取电灯费的、小二德子、小唐铁嘴、谢勇仁。

时间 抗日战争胜利后,国民党特务和美国兵在北京横行的时候。秋,清晨。

地点 同前幕。

〔幕启:现在,裕泰茶馆的样子可不像前幕那么体面了。藤椅已不见,代以小凳与条凳。自房屋至家具都显着暗淡无光。假若有什么突出惹眼的东西,那就是"莫谈国事"的纸条更多,字也更大了。在这些条子旁边还贴着"茶钱先付"的新纸条。

〔一清早,还没有下窗板。王利发的儿子王大拴,垂头丧气地独自收拾屋子。

〔王大拴的妻周秀花,领着小女儿王小花,由后面出来。她们一边走一边说话儿。

王小花　妈,晌午给我作点热汤面吧!好多天没吃过啦!

周秀花　我知道,乖!可谁知道买得着面买不着呢!就是粮食店里可巧有面,谁知道咱们有钱没有呢!唉!

王小花　就盼着两样都有吧!妈!

周秀花　你倒想得好,可哪能那么容易!去吧,小花,在路上留神吉普车!

王大拴　小花,等等!

王小花　干吗?爸!

王大拴　昨天晚上……

周秀花　我已经嘱咐过她了!她懂事!

王大拴　你大力叔叔的事万不可对别人说呀!说了,咱们全家都得死!明白吧!

王小花　我不说,打死我也不说!有人问我大力叔叔回来过没有,我就说:他走了好几年,一点消息也没有!

〔康顺子由后面走来。她的腰有点弯,但还硬朗。她一边走一边叫王小花。

康顺子　小花!小花!还没走哪?

王小花　康婆婆,干吗呀?

康顺子　小花,乖!婆婆再看你一眼!(抚弄王小花的头)多体面哪!吃的不足啊,要不然还得更好看呢!

周秀花　大婶,您是要走吧?

康顺子　是呀!我走,好让你们省点嚼谷呀!大力是我拉扯大的,他叫我走,我怎能不走呢?当初,我刚到这里的时候,他还没有小花这么高呢!

王小花　看大力叔叔现在多么壮实,多么大气!

茶　馆(三幕话剧) | 255

康顺子　是呀,虽然他只在这儿坐了一袋烟的工夫呀,可是叫我年轻了好几岁!我本来什么也没有,一见着他呀,好像忽然间我什么都有啦!我走,跟着他走,受什么累,吃什么苦,也是香甜的!看他那两只大手,那两只大脚,简直是个顶天立地的男子汉!

王小花　婆婆,我也跟您去!

康顺子　小花,你乖乖地去上学,我会回来看你!

王大拴　小花,上学吧,别迟到!

王小花　婆婆,等我下了学您再走!

康顺子　哎!哎!去吧,乖!(王小花下)

王大拴　大婶,我爸爸叫您走吗?

康顺子　他还没打好了主意。我倒怕呀,大力回来的事儿万一叫人家知道了啊,我又忽然这么一走,也许要连累了你们!这年月不是天天抓人吗?我不能作对不起你们的事!

周秀花　大婶,您走您的,谁逃出去谁得活命!喝茶的不是常低声儿说:想要活命得上西山①吗?

王大拴　对!

康顺子　小花的妈,来吧,咱们再商量商量!我不能专顾自己,叫你们吃亏!老大,你也好好想想!(同周秀花下)

〔丁宝进来。

丁　宝　嗨,掌柜的,我来啦!

王大拴　你是谁?

---

① 北京西山一带当时是八路军的游击区。——絜青注。

丁　宝　小丁宝！小刘麻子叫我来的,他说这儿的老掌柜托他请个女招待。

王大拴　姑娘,你看看,这么个破茶馆,能用女招待吗？我们老掌柜呀,穷得乱出主意！

〔王利发慢慢地走出来,他还硬朗,穿的可很不整齐。

王利发　老大,你怎么老在背后褒贬老人呢？谁穷得乱出主意呀？下板子去！什么时候了,还不开门！

〔王大拴去下窗板。

丁　宝　老掌柜,你硬朗啊？

王利发　嗯！要有炸酱面的话,我还能吃三大碗呢,可惜没有！十几了？姑娘！

丁　宝　十七！

王利发　才十七？

丁　宝　是呀！妈妈是寡妇,带着我过日子。胜利以后呀,政府硬说我爸爸给我们留下的一所小房子是逆产,给没收啦！妈妈气死了,我作了女招待！老掌柜,我到今天还不明白什么叫逆产,您知道吗？

王利发　姑娘,说话留点神！一句话说错了,什么都可以变成逆产！你看,这后边呀,是秦二爷的仓库,有人一瞪眼,说是逆产,就给没收啦！就是这么一回事！

〔王大拴回来。

丁　宝　老掌柜,您说对了！连我也是逆产,谁的胳臂粗,我就得侍候谁！他妈的,我才十七,就常想还不如死了呢！死了落个整尸首,干这一行,活着身上就烂了！

王大拴　爸,您真想要女招待吗？

茶　馆(三幕话剧)　|　257

王利发　我跟小刘麻子瞎聊来着！我一辈子老爱改良,看着生意这么不好,我着急！

王大拴　您着急,我也着急！可是,您就忘记老裕泰这个老字号了吗？六十多年的老字号,用女招待？

丁　宝　什么老字号啊！越老越不值钱！不信,我现在要是二十八岁,就是叫小小丁宝,小丁宝贝,也没人看我一眼！

〔茶客甲、乙上。

王利发　二位早班儿！带着叶子哪？老大拿开水去！（王大拴下）二位,对不起,茶钱先付！

茶客甲　没听说过！

王利发　我开过几十年茶馆,也没听说过！可是,您圣明:茶叶、煤球儿都一会儿一个价钱,也许您正喝着茶,茶叶又长了价钱！您看,先收茶钱不是省得麻烦吗？

茶客乙　我看哪,不喝更省事！（同茶客甲下）

王大拴　（提来开水）怎么？走啦！

王利发　这你就明白了！

丁　宝　我要是过去说一声:"来了？小子！"他们准给一块现大洋！

王利发　你呀,老大,比石头还顽固！

王大拴　（放下壶）好吧,我出去蹓蹓,这里出不来气！（下）

王利发　你出不来气,我还憋得慌呢！

〔小刘麻子上,穿着洋服,夹着皮包。

小刘麻子　小丁宝,你来啦？

丁　宝　有你的话,谁敢不来呀！

小刘麻子　王掌柜,看我给你找来的小宝贝怎样？人材、岁数打扮、经验,样样出色!

王利发　就怕我用不起吧?

小刘麻子　没的事!她不要工钱!是吧,小丁宝?

王利发　不要工钱?

小刘麻子　老头儿,你都甭管,全听我的,我跟小丁宝有我们一套办法!是吧,小丁宝?

丁　宝　要是没你那一套办法,怎会缺德呢!

小刘麻子　缺德?你算说对了!当初,我爸爸就是由这儿绑出去的;不信,你问王掌柜。是吧,王掌柜?

王利发　我亲眼得见!

小刘麻子　你看,小丁宝,我不乱吹吧?绑出去,就在马路中间,磕喳一刀!是吧,老掌柜?

王利发　听得真真的!

小刘麻子　我不说假话吧?小丁宝!可是,我爸爸到底差点事,一辈子混的并不怎样。轮到我自己出头露面了,我必得干的特别出色。(打开皮包,拿出计划书)看,小丁宝,看看我的计划!

丁　宝　我没那么大的工夫!我看哪,我该回家,休息一天,明天来上工。

王利发　丁宝,我还没想好呢!

小刘麻子　王掌柜,我都替你想好啦!不信,你等着看,明天早上,小丁宝在门口儿歪着头那么一站,马上就进来二百多茶座儿!小丁宝,你听听我的计划,跟你有关系。

丁　宝　哼!但愿跟我没关系!

小刘麻子　你呀,小丁宝,不够积极!听着……

茶　馆(三幕话剧) | 259

〔取电灯费的进来。

取电灯费的　掌柜的,电灯费!

王利发　电灯费?欠几个月的啦?

取电灯费的　三个月的!

王利发　再等三个月,凑半年,我也还是没办法!

取电灯费的　那像什么话呢?

小刘麻子　地道真话嘛!这儿属沈处长管。知道沈处长吧?市党部的委员,宪兵司令部的处长!你愿意收他的电费吗?说!

取电灯费的　什么话呢,当然不收!对不起,我走错了门儿!
　　（下）

小刘麻子　看,王掌柜,你不听我的行不行?你那套光绪年的办法太守旧了!

王利发　对!要不怎么说,人要活到老学到老呢!我还得多学!

小刘麻子　就是嘛!

〔小唐铁嘴进来,穿着绸子夹袍,新缎鞋。

小刘麻子　哎哟,他妈的是你,小唐铁嘴!

小唐铁嘴　哎哟,他妈的是你,小刘麻子!来,叫爷爷看看!（看前看后）你小子行,洋服穿的像那么一回事,由后边看哪,你比洋人还更像洋人!老王掌柜,我夜观天象,紫微星发亮,不久必有真龙天子出现,所以你看我跟小刘麻子,和这位……

小刘麻子　小丁宝,九城闻名!

小唐铁嘴　……和这位小丁宝,才都这么才貌双全,文武带打,我们是应运而生,活在这个时代,真是如鱼得水!老掌柜,把脸转正了,我看看!好,好,印堂发亮,还有一步好运!来吧,给我碗喝吧!

王利发　小唐铁嘴!

小唐铁嘴　别再叫唐铁嘴,我现在叫唐天师!

小刘麻子　谁封你作了天师?

小唐铁嘴　待两天你就知道了。

王利发　天师,可别忘了,你爸爸白喝了我一辈子的茶,这可不能世袭!

小唐铁嘴　王掌柜,等我穿上八卦仙衣的时候,你会后悔刚才说了什么!你等着吧!

小刘麻子　小唐,待会儿我请你去喝咖啡,小丁宝作陪,你先听我说点正经事,好不好?

小唐铁嘴　王掌柜,你就不想想,天师今天白喝你点茶,将来会给你个县知事作作吗?好吧,小刘你说!

小刘麻子　我这儿刚跟小丁宝说,我有个伟大的计划!

小唐铁嘴　好!洗耳恭听!

小刘麻子　我要组织一个"拖拉撕"。这是个美国字,也许你不懂,翻成北京话就是"包圆儿"。

小唐铁嘴　我懂!就是说,所有的姑娘全由你包办。

小刘麻子　对!你的脑力不坏!小丁宝,听着,这跟你有密切关系!甚至于跟王掌柜也有关系!

王利发　我这儿听着呢!

小刘麻子　我要把舞女、明娼、暗娼、吉普女郎和女招待全组织起来,成立那么一个大"拖拉撕"。

小唐铁嘴　(闭着眼问)官方上疏通好了没有?

茶　馆(三幕话剧) | 261

小刘麻子　当然！沈处长作董事长，我当总经理！

小唐铁嘴　我呢？

小刘麻子　你要是能琢磨出个好名字来，请你作顾问！

小唐铁嘴　车马费不要法币！

小刘麻子　每月送几块美钞！

小唐铁嘴　往下说！

小刘麻子　业务方面包括：买卖部、转运部、训练部、供应部，四大部。谁买姑娘，还是谁卖姑娘；由上海调运到天津，还是由汉口调运到重庆；训练吉普女郎，还是训练女招待；是供应美国军队，还是各级官员，都由公司统一承办，保证人人满意。你看怎样？

小唐铁嘴　太好！太好！在道理上，这合乎统制一切的原则。在实际上，这首先能满足美国兵的需要，对国家有利！

小刘麻子　好吧，你就给想个好名字吧！想个文雅的，像"柳叶眉，杏核眼，樱桃小口一点点"那种诗那么文雅的！

小唐铁嘴　嗯——"拖拉撕"，"拖拉撕"……不雅！拖进来，拉进来，不听话就撕成两半儿，倒好像是绑票儿撕票儿，不雅！

小刘麻子　对，是不大雅！可那是美国字，吃香啊！

小唐铁嘴　还是联合公司响亮、大方！

小刘麻子　有你这么一说！什么联合公司呢？

丁　宝　缺德公司就挺好！

小刘麻子　小丁宝，谈正经事，不许乱说！你好好干，将来你有作女招待总教官的希望！

小唐铁嘴　看这个怎样——花花联合公司？姑娘是什么？鲜花

嘛！要姑娘就得多花钱,花呀花呀,所以花花！"青是山,绿是水,花花世界",又有典故,出自《武家坡》！好不好？

小刘麻子　小唐,我谢谢你,谢谢你！（热烈握手）我马上找沈处长去研究一下,他一赞成,你的顾问就算当上了！（收拾皮包,要走）

王利发　我说,丁宝的事到底怎么办？

小刘麻子　没告诉你不用管吗？"拖拉撕"统办一切,我先在这里试验试验。

丁　宝　你不是说喝咖啡去吗？

小刘麻子　问小唐去不去？

小唐铁嘴　你们先去吧,我还在这儿等个人。

小刘麻子　咱们走吧,小丁宝！

丁　宝　明天见,老掌柜！再见,天师！（同小刘麻子下）

小唐铁嘴　王掌柜,拿报来看看！

王利发　那,我得慢慢地找去。二年前的还许有几张！

小唐铁嘴　废话！

〔进来三位茶客：明师傅、邹福远和卫福喜。明师傅独坐,邹福远与卫福喜同坐。王利发都认识,向大家点头。

王利发　哥儿们,对不起啊,茶钱先付！

明师傅　没错儿,老哥哥！

王利发　唉！"茶钱先付",说着都烫嘴！（忙着沏茶）

邹福远　怎样啊？王掌柜！晚上还添评书不添啊？

王利发　试验过了,不行！光费电,不上座儿！

茶　馆(三幕话剧)　263

邹福远　对！您看,前天我在会仙馆,开三侠四义五霸十雄十三杰九老十五小,大破凤凰山,百鸟朝凤,棍打凤腿,您猜上了多少座儿？

王利发　多少？那点书现在除了您,没有人会说！

邹福远　您说的在行！可是,才上了五个人,还有俩听蹭儿的！

卫福喜　师哥,无论怎么说,你比我强！我又闲了一个多月啦！

邹福远　可谁叫你跳了行,改唱戏了呢？

卫福喜　我有嗓子,有扮相嘛！

邹福远　可是上了台,你又不好好地唱！

卫福喜　妈的唱一出戏,挣不上三个杂合面饼子的钱,我干吗卖力气呢？我疯啦？

邹福远　唉！福喜,咱们哪,全叫流行歌曲跟《纺棉花》给顶垮喽！我是这么看,咱们死,咱们活着,还在其次,顶伤心的是咱们这点玩艺儿,再过几年都得失传！咱们对不起祖师爷！常言道:邪不侵正。这年头就是邪年头,正经东西全得连根儿烂！

王利发　唉！(转至明师傅处)明师傅,可老没来啦！

明师傅　出不来喽！包监狱里的伙食呢！

王利发　您！就凭您,办一、二百桌满汉全席的手儿,去给他们蒸窝窝头？

明师傅　那有什么办法呢,现而今就是狱里人多呀！满汉全席？我连家伙都卖喽！

〔方六拿着几张画儿进来。

明师傅　六爷,这儿！六爷,那两桌家伙怎样啦？我等钱用！

方　六　明师傅,您挑一张画儿吧！

明师傅　啊？我要画儿干吗呢？

方　六　这可画的不错！六大山人、董弱梅画的！

明师傅　画的天好，当不了饭吃啊！

方　六　他把画儿交给我的时候，直掉眼泪！

明师傅　我把家伙交给你的时候，也直掉眼泪！

方　六　谁掉眼泪，谁吃炖肉，我都知道！要不怎么我累心呢！你当是干我们这一行，专凭打打小鼓就行哪？

明师傅　六爷，人总有颗人心哪，你还能坑老朋友吗？

方　六　一共不是才两桌家伙吗？小事儿，别再提啦，再提就好像不大懂交情了！

〔车当当敲着两块洋钱，进来。

车当当　谁买两块？买两块吧？天师，照顾照顾？（小唐铁嘴不语）

王利发　当当！别处转转吧，我连现洋什么模样都忘了！

车当当　那，你老人家就细细看看吧！白看，不用买票！（往桌上扔钱）

〔庞四奶奶进来，带着春梅。庞四奶奶的手上戴满各种戒指，打扮得像个女妖精。卖杂货的老杨跟进来。

小唐铁嘴　娘娘！

方　六
车当当　娘娘！

庞四奶奶　天师！

小唐铁嘴　侍候娘娘！（让庞四奶奶坐，给她倒茶）

庞四奶奶　（看车当当要出去）当当，你等等！

车当当　嗻！

茶　馆（三幕话剧） | 265

老　杨　（打开货箱）娘娘，看看吧！

庞四奶奶　唱唱那套词儿，还倒怪有个意思！

老　杨　是！美国针、美国线、美国牙膏、美国消炎片。还有口红、雪花膏、玻璃袜子细毛线。箱子小，货物全，就是不卖原子弹！

庞四奶奶　哈哈哈！（挑了两双袜子）春梅，拿着！当当，你跟老杨算账吧！

车当当　娘娘，别那么办哪！

庞四奶奶　我给你拿的本钱，利滚利，你欠我多少啦？天师，查账！

小唐铁嘴　是！（掏小本）

车当当　天师，你甭操心，我跟老杨算去！

老　杨　娘娘，您行好吧！他能给我钱吗？

庞四奶奶　老杨，他坑不了你，都有我呢！

老　杨　是！（向众）还有哪位照顾照顾？（又要唱）美国针……

庞四奶奶　听够了！走！

老　杨　是！美国针、美国线，我要不走是浑蛋！走，当当！（同车当当下）

方　六　（过来）娘娘，我得到一堂景泰蓝的五供儿，东西老，地道，也便宜，坛上用顶体面，您看看吧？

庞四奶奶　请皇上看看吧！

方　六　是！皇上不是快登基了吗？我先给您道喜！我马上取去，送到坛上！娘娘多给美言几句，我必有份人心！（往外走）

明师傅　六爷,我的事呢?!

方　六　你先给我看着那几张画!(下)

明师傅　你等等!坑我两桌家伙,我还有把切菜刀呢!(追下)

庞四奶奶　王掌柜,康妈妈在这儿哪?请她出来!

小唐铁嘴　我去!(跑到后门)康老太太,您来一下!

王利发　什么事?

小唐铁嘴　朝廷大事!

〔康顺子上。

康顺子　干什么呀?

庞四奶奶　(迎上去)婆母!我是您的四侄媳妇,来接您,快坐下吧!(拉康顺子坐下)

康顺子　四侄媳妇?

庞四奶奶　是呀,您离开庞家的时候,我还没过门哪。

康顺子　我跟庞家一刀两断啦,找我干吗?

庞四奶奶　您的四侄子海顺呀,是三皇道的大坛主,国民党的大党员,又是沈处长的把兄弟,快作皇上啦,您不喜欢吗?

康顺子　快作皇上?

庞四奶奶　啊!龙袍都作好啦,就快在西山登基!

康顺子　在西山?

小唐铁嘴　老太太,西山一带有八路军。庞四爷在那一带登基,消灭八路,南京能够不愿意吗?

庞四奶奶　四爷呀都好,近来可是有点贪酒好色。他已经弄了好几个小老婆!

小唐铁嘴　娘娘,三宫六院七十二嫔妃,可有书可查呀!

庞四奶奶　你不是娘娘,怎么知道娘娘的委屈!老太太,我是这么想:您要是跟我一条心,我叫您作老太后,咱们俩一齐管着皇上,我这个娘娘不就好作一点了吗?老太太,您跟我去,吃好的喝好的,兜儿里老带着那么几块当当响的洋钱,够多么好啊!

康顺子　我要是不跟你去呢?

庞四奶奶　啊?不去?(要翻脸)

小唐铁嘴　让老太太想想,想想!

康顺子　用不着想,我不会再跟庞家的人打交道!四媳妇,你作你的娘娘,我作我的苦老婆子,谁也别管谁!刚才你要瞪眼睛,你当我怕你吗?我在外边也混了这么多年,磨练出来点了,谁跟我瞪眼,我会伸手打!(立起,往后走)

小唐铁嘴　老太太!老太太!

康顺子　(立住,转身对小唐铁嘴)你呀,小伙子,挺起腰板来,去挣碗干净饭吃,不好吗?(下)

庞四奶奶　(移怒于王利发)王掌柜,过来!你去跟那个老婆子说说,说好了,我送给你一袋子白面!说不好,我砸了你的茶馆!天师,走!

小唐铁嘴　王掌柜,我晚上还来,听你的回话!

王利发　万一我下半天就死了呢?

庞四奶奶　呸!你还不该死吗?(与小唐铁嘴、春梅同下)

王利发　哼!

邹福远　师弟,你看这算哪一出?哈哈哈!

卫福喜　我会二百多出戏,就是不懂这一出!你知道那个娘儿们的出身吗?

邹福远　我还能不知道！东霸天的女儿，在娘家就生过……得，别细说，我看这群浑蛋都有点回光反照，长不了！

〔王大拴回来。

王利发　看着点，老大。我到后面商量点事！（下）

小二德子　（在外边大吼一声）闪开了！（进来）大拴哥，沏壶顶好的，我有钱！（掏出四块现洋，一块一块地放下）给算算，刚才花了一块，这儿还有四块，五毛打一个，我一共打了几个？

王大拴　十个。

小二德子　（用手指算）对！前天四个，昨天六个，可不是十个！大拴哥，你拿两块吧！没钱，我白喝你的茶；有钱，就给你！你拿吧！（吹一块，放在耳旁听听）这块好，就一块当两块吧，给你！

王大拴　（没接钱）小二德子，什么生意这么好啊？现大洋不容易看到啊！

小二德子　念书去了！

王大拴　把"一"字都念成扁担，你念什么书啊？

小二德子　（拿起桌上的壶来，对着壶嘴喝了一气，低声说）市党部派我去的，法政学院。没当过这么美的差事，太美，太过瘾！比在天桥好的多！打一个学生，五毛现洋！昨天揍了几个来着？

王大拴　六个。

小二德子　对！里边还有两个女学生！一拳一拳地下去，太美，太过瘾！大拴哥，你摸摸，摸摸！（伸臂）铁筋洋灰的！用这个揍男女学生，你想想，美不美？

王大拴　他们就那么老实,乖乖地叫你打?

小二德子　我专找老实的打呀!你当我是傻子哪?

王大拴　小二德子,听我说,打人不对!

小二德子　可也难说!你看教党义的那个教务长,上课先把手枪拍在桌上,我不过抡抡拳头,没动手枪啊!

王大拴　什么教务长啊,流氓!

小二德子　对!流氓!不对,那我也是流氓喽!大拴哥,你怎么绕着脖子骂我呢?大拴哥,你有骨头!不怕我这铁筋洋灰的胳臂!

王大拴　你就是把我打死,我不服你还是不服你,不是吗?

小二德子　喝,这么绕脖子的话,你怎么想出来的?大拴哥,你应当去教党义,你有文才!好啦,反正今天我不再打学生!

王大拴　干吗光是今天不打?永远不打才对!

小二德子　不是今天我另有差事吗?

王大拴　什么差事?

小二德子　今天打教员!

王大拴　干吗打教员?打学生就不对,还打教员?

小二德子　上边怎么交派,我怎么干!他们说,教员要罢课。罢课就是不老实,不老实就得揍!他们叫我上这儿等着,看见教员就揍!

邹福远　(嗅出危险)师弟,咱们走吧!

卫福喜　走!(同邹福远下)

小二德子　大拴哥,你拿着这块钱吧!

王大拴　打女学生的钱,我不要!

小二德子 （另拿一块）换换,这块是打男学生的,行了吧?（看王大拴还是摇头）这么办,你替我看着点,我出去买点好吃的,请请你,活着还不为吃点喝点老三点吗?（收起现洋,下）

〔康顺子提着小包出来。王利发与周秀花跟着。

康顺子 王掌柜,你要是改了主意,不让我走,我还可以不走!

王利发 我……

周秀花 庞四奶奶也未必敢砸茶馆!

王利发 你怎么知道?三皇道是好惹的?

康顺子 我顶不放心的还是大力的事!只要一走漏了消息,大家全完!那比砸茶馆更厉害!

王大拴 大婶,走!我送您去!爸爸,我送送她老人家,可以吧?

王利发 嗯——

周秀花 大婶在这儿受了多少年的苦,帮了咱们多少忙,还不应当送送?

王利发 我并没说不叫他送!送!送!

王大拴 大婶,等等,我拿件衣服去!（下）

周秀花 爸,您怎么啦?

王利发 别再问我什么,我心里乱!一辈子没这么乱过!媳妇,你先陪大婶走,我叫老大追你们!大婶,外边不行啊,就还回来!

周秀花 老太太,这儿永远是您的家!

王利发 可谁知道也许……

康顺子 我也不会忘了你们!老掌柜,你硬硬朗朗的吧!（同周秀花下）

王利发　（送了两步,立住）硬硬朗朗的干什么呢？

〔谢勇仁和于厚斋进来。

谢勇仁　（看看墙上,先把茶钱放在桌上）老人家,沏一壶来。（坐）

王利发　（先收钱）好吧。

于厚斋　勇仁,这恐怕是咱们末一次坐茶馆了吧？

谢勇仁　以后我倒许常来。我决定改行,去蹬三轮儿！

于厚斋　蹬三轮一定比当小学教员强！

谢勇仁　我偏偏教体育,我饿,学生们饿,还要运动,不是笑话吗？

〔王小花跑进来。

王利发　小花,怎么这么早就下了学呢？

王小花　老师们罢课啦！（看见于厚斋、谢勇仁）于老师,谢老师！你们都没上学去,不教我们啦？还教我们吧！见不着老师,同学们都哭啦！我们开了个会,商量好,以后一定都守规矩,不招老师们生气！

于厚斋　小花！老师们也不愿意耽误了你们的功课。可是,吃不上饭,怎么教书呢？我们家里也有孩子,为教别人的孩子,叫自己的孩子挨饿,不是不公道吗？好孩子,别着急,喝完茶,我们开会去,也许能够想出点办法来！

谢勇仁　好好在家温书,别乱跑去,小花！

〔王大拴由后面出来,夹着个小包。

王小花　爸,这是我的两位老师！

王大拴　老师们,快走！他们埋伏下了打手！

王利发　谁？

王大拴　小二德子！他刚出去,就回来!

王利发　二位先生,茶钱退回,(递钱)请吧!快!

王大拴　随我来!

〔小二德子上。

小二德子　街上有游行的,他妈的什么也买不着!大拴哥,你上哪儿?这俩是谁?

王大拴　喝茶的!(同于厚斋、谢勇仁往外走)

小二德子　站住!(三人还走)怎么?不听话?先揍了再说!

王利发　小二德子!

小二德子　(拳已出去)尝尝这个!

谢勇仁　(上面一个嘴巴,下面一脚)尝尝这个!

小二德子　哎哟!(倒下)

王小花　该!该!

谢勇仁　起来,再打!

小二德子　(起来,捂着脸)喝!喝!(往后退)喝!

王大拴　快走!(扯二人下)

小二德子　(迁怒)老掌柜,你等着吧,你放走了他们,待会儿我跟你算账!打不了他们,还打不了你这个糟老头子吗?(下)

王小花　爷爷,爷爷!小二德子追老师们去了吧?那可怎么好!

王利发　他不敢!这路人我见多了,都是软的欺,硬的怕!

王小花　他要是回来打您呢?

王利发　我?爷爷会说好话呀。

王小花　爸爸干什么去了?

王利发　出去一会儿,你甭管!上后边温书去吧,乖!

茶　馆(三幕话剧) 273

王小花　老师们可别吃了亏呀,我真不放心!(下)

〔丁宝跑进来。

丁　宝　老掌柜,老掌柜!告诉你点事!

王利发　说吧,姑娘!

丁　宝　小刘麻子呀,没安着好心,他要霸占这个茶馆!

王利发　怎么霸占?这个破茶馆还值得他们霸占?

丁　宝　待会儿他们就来,我没工夫细说,你打个主意吧!

王利发　姑娘,我谢谢你!

丁　宝　我好心好意来告诉你,你可不能卖了我呀!

王利发　姑娘,我还没老胡涂了!放心吧!

丁　宝　好!待会儿见!(下)

〔周秀花回来。

周秀花　爸,他们走啦。

王利发　好!

周秀花　小花的爸说,叫您放心,他送到了地方就回来。

王利发　回来不回来都随他的便吧!

周秀花　爸,您怎么啦?干吗这么不高兴?

王利发　没事!没事!看小花去吧。她不是想吃热汤面吗?要是还有点面的话,给她作一碗吧,孩子怪可怜的,什么也吃不着!

周秀花　一点白面也没有!我看看去,给她作点杂合面疙疸汤吧!(下)

〔小唐铁嘴回来。

小唐铁嘴　王掌柜,说好了吗?

王利发　晚上,晚上一定给你回话!

小唐铁嘴　王掌柜,你说我爸爸白喝了一辈子的茶,我送你几句救命的话,算是替他还账吧。告诉你,三皇道现在比日本人在这儿的时候更厉害,砸你的茶馆比砸个砂锅还容易!你别太大意了!

王利发　我知道!你既买我的好,又好去对娘娘表表功!是吧?

〔小宋恩子和小吴祥子进来,都穿着新洋服。

小唐铁嘴　二位,今天可够忙的?

小宋恩子　忙得厉害!教员们大暴动!

王利发　二位,"罢课"改了名儿,叫"暴动"啦?

小唐铁嘴　怎么啦?

小吴祥子　他们还能反到天上去吗?到现在为止,已经抓了一百多,打了七十几个,叫他们反吧!

小宋恩子　太不知好歹!他们老老实实的,美国会送来大米、白面嘛!

小唐铁嘴　就是!二位,有大米、白面,可别忘了我!以后,给大家的坟地看风水,我一定尽义务!好!二位忙吧!(下)

小吴祥子　你刚才问,"罢课"改叫"暴动"啦?王掌柜!

王利发　岁数大了,不懂新事,问问!

小宋恩子　哼!你就跟他们是一路货!

王利发　我?您太高抬我啦!

小吴祥子　我们忙,没工夫跟你费话,说干脆的吧!

王利发　什么干脆的?

小宋恩子　教员们暴动,必有主使的人!

王利发　谁?

茶　馆(三幕话剧)　| 275

小吴祥子　昨天晚上谁上这儿来啦?

王利发　康大力!

小宋恩子　就是他!你把他交出来吧!

王利发　我要是知道他是哪路人,还能够随便说出来吗?我跟你们的爸爸打交道多少年,还不懂这点道理?

小吴祥子　甭跟我们拍老腔,说真的吧!

王利发　交人,还是拿钱,对吧?

小宋恩子　你真是我爸爸教出来的!对啦,要是不交人,就把你的金条拿出来!别的铺子都随开随倒,你可混了这么多年,必定有点底!

〔小二德子匆匆跑来。

小二德子　快走!街上的人不够用啦!快走!

小吴祥子　你小子管干吗的?

小二德子　我没闲着,看,脸都肿啦!

小宋恩子　掌柜的,我们马上回来,你打主意吧!

王利发　不怕我跑了吗?

小吴祥子　老梆子,你真逗气儿!你跑到阴间去,我们也会把你抓回来!(打了王利发一掌,同小宋恩子、小二德子下)

王利发　(向后叫)小花!小花的妈!

周秀花　(同王小花跑出来)我都听见了!怎么办?

王利发　快走!追上康妈妈!快!

王小花　我拿书包去!(下)

周秀花　拿上两件衣裳,小花!爸,剩您一个人怎么办?

王利发　这是我的茶馆,我活在这儿,死在这儿!

〔王小花挎着书包,夹着点东西跑回来。

周秀花　爸爸!

王小花　爷爷!

王利发　都别难过,走!(从怀中掏出所有的钱和一张旧像片)媳妇,拿着这点钱!小花,拿着这个,老裕泰三十年前的像片,交给你爸爸!走吧!

〔小刘麻子同丁宝回来。

小刘麻子　小花,教员罢课,你住姥姥家去呀?

王小花　对啦!

王利发　(假意地)媳妇,早点回来!

周秀花　爸,我们住两天就回来!(同王小花下)

小刘麻子　王掌柜,好消息!沈处长批准了我的计划!

王利发　大喜,大喜!

小刘麻子　您也大喜,处长也批准修理这个茶馆!我一说,处长说好!他呀老把"好"说成"蒿",特别有个洋味儿!

王利发　都是怎么一回事?

小刘麻子　从此你算省心了!这儿全属我管啦,你搬出去!我先跟你说好了,省得以后你麻烦我!

王利发　那不能!凑巧,我正想搬家呢。

丁　宝　小刘,老掌柜在这儿多少年啦,你就不照顾他一点吗?

小刘麻子　看吧!我办事永远厚道!王掌柜,我接处长去,叫他看看这个地方。你把这儿好好收拾一下!小丁宝,你把小心眼找来,迎接处长!带点香水,好好喷一气,这里臭哄哄的!走!(同丁宝下)

王利发　好!真好!太好!哈哈哈!

茶　馆(三幕话剧) ｜ 277

〔常四爷提着小筐进来,筐里有些纸钱和花生米。他虽年过七十,可是腰板还不太弯。

常四爷　什么事这么好哇,老朋友!

王利发　哎哟!常四哥!我正想找你这么一个人说说话儿呢!我沏一壶顶好的茶来,咱们喝喝!(去沏茶)

〔秦仲义进来。他老的不像样子了,衣服也破旧不堪。

秦仲义　王掌柜在吗?

常四爷　在!您是……

秦仲义　我姓秦。

常四爷　秦二爷!

王利发　(端茶来)谁?秦二爷?正想去告诉您一声,这儿要大改良!坐!坐!

常四爷　我这儿有点花生米,(抓)喝茶吃花生米,这可真是个乐子!

秦仲义　可是谁嚼得动呢?

王利发　看多么邪门,好容易有了花生米,可全嚼不动!多么可笑!怎样啊?秦二爷!(都坐下)

秦仲义　别人都不理我啦,我来跟你说说:我到天津去了一趟,看看我的工厂!

王利发　不是没收了吗?又物归原主啦?这可是喜事!

秦仲义　拆了!

常四爷
王利发　拆了?

秦仲义　拆了!我四十年的心血啊,拆了!别人不知道,王掌柜你知道:我从二十多岁起,就主张实业救国。到而今……抢去我的工厂,好,我的势力小,干不过他们!可倒好好地办哪,那是富国裕民的事业呀!结果,拆了,机器都当碎铜烂铁卖了!全世界,全世界找得到这样的政府找不到?我问你!

王利发　当初,我开的好好的公寓,您非盖仓库不可。看,仓库查封,货物全叫他们偷光!当初,我劝您别把财产都出手,您非都卖了开工厂不可!

常四爷　还记得吧?当初,我给那个卖小妞的小媳妇一碗面吃,您还说风凉话呢。

秦仲义　现在我明白了!王掌柜,求你一件事吧:(掏出一二机器小零件和一枝钢笔管来)工厂拆平了,这是我由那儿捡来的小东西。这枝笔上刻着我的名字呢,它知道,我用它签过多少张支票,写过多少计划书。我把它们交给你,没事的时候,你可以跟喝茶的人们当个笑话谈谈,你说呀:当初有那么一个不知好歹的秦某人,爱办实业。办了几十年,临完他只由工厂的土堆里捡回来这么点小东西!你应当劝告大家,有钱哪,就该吃喝嫖赌,胡作非为,可千万别干好事!告诉他们哪,秦某人七十多岁了才明白这点大道理!他是天生来的笨蛋!

王利发　您自己拿着这枝笔吧,我马上就搬家啦!

常四爷　搬到哪儿去?

王利发　哪儿不一样呢!秦二爷,常四爷,我跟你们不一样:二爷财大业大心胸大,树大可就招风啊!四爷你,一辈子不服软,敢作敢当,专打抱不平。我呢,作了一辈子顺民,见谁都请安、鞠躬、作揖。我只盼着呀,孩子们有出息,冻不着,饿不着,没灾没病!可是,日本人在这儿,二拴子逃跑啦,老婆想儿子想死啦!好容易,日本人走啦,该缓一口气了吧?谁知道,(惨笑)哈哈,哈哈,哈哈!

常四爷　我也不比你强啊!自食其力,凭良心干了一辈子啊,我一事无成!七十多了,只落得卖花生米!个人算什么呢,我盼哪,盼哪,只盼国家像个样儿,不受外国人欺侮。可是……哈哈!

秦仲义　日本人在这儿,说什么合作,把我的工厂就合作过去了。咱们的政府回来了,工厂也不怎么又变成了逆产。仓库里(指后边)有多少货呀,全完!哈哈!

王利发　改良,我老没忘了改良,总不肯落在人家后头。卖茶不行啊,开公寓。公寓没啦,添评书!评书也不叫座儿呀,好,不怕丢人,想添女招待!人总得活着吧?我变尽了方法,不过是为活下去!是呀,该贿赂的,我就递包袱。我可没作过缺德的事,伤天害理的事,为什么就不叫我活着呢?我得罪了谁?谁?皇上,娘娘那些狗男女都活得有滋有味的,单不许我吃窝窝头,谁出的主意?

常四爷　盼哪,盼哪,只盼谁都讲理,谁也不欺侮谁!可是,眼看着老朋友们一个个的不是饿死,就是叫人家杀了,我呀就是有眼泪也流不出来喽!松二爷,我的朋友,饿死啦,连棺材还是我给他化缘化来的!他还有我这么个朋友,给他化了一口四块板的棺材;我自己呢?我爱咱们的国呀,可是谁爱我呢?看,(从筐中拿出些纸钱)

遇见出殡的,我就捡几张纸钱。没有寿衣,没有棺材,我只好给自己预备下点纸钱吧,哈哈,哈哈!

秦仲义　四爷,让咱们祭奠祭奠自己,把纸钱撒起来,算咱们三个老头子的吧!

王利发　对!四爷,照老年间出殡的规矩,喊喊!

常四爷　(立起,喊)四角儿的跟夫,本家赏钱一百二十吊!(撒起几张纸钱)①

秦仲义
王利发　一百二十吊!

秦仲义　(一手拉住一个)我没的说了,再见吧!(下)

王利发　再见!

常四爷　再喝你一碗!(一饮而尽)再见!(下)

王利发　再见!

〔丁宝与小心眼进来。

丁　宝　他们来啦,老大爷!(往屋中喷香水)

王利发　好,他们来,我躲开!(捡起纸钱,往后边走)

小心眼　老大爷,干吗撒纸钱呢?

王利发　谁知道!(下)

〔小刘麻子进来。

小刘麻子　来啦!一边一个站好!

---

① 三、四十年前,北京富人出殡,要用三十二人、四十八人或六十四人抬棺材,也叫抬杠。另有四位杠夫拿着拨旗,在四角跟随。杠夫换班须注意拨旗,以便进退有序;一班也叫一拨儿。起杠时和路祭时,领杠者须喊"加钱"——本家或姑奶奶赏给杠夫酒钱。加钱数目须夸大地喊出。在喊加钱时,有人撒起纸钱来。

茶　馆(三幕话剧)　｜　281

〔丁宝、小心眼分左右在门内立好。

〔门外有汽车停住声,先进来两个宪兵。沈处长进来,穿军便服;高靴,带马刺;手执小鞭。后面跟着二宪兵。

沈处长　（检阅似的,看丁宝、小心眼,看完一个说一声）好（蒿）!

〔丁宝摆上一把椅子,请沈处长坐。

小刘麻子　报告处长,老裕泰开了六十多年,九城闻名,地点也好,借着这个老字号,作我们的一个据点,一定成功!我打算照旧卖茶,派（指）小丁宝和小心眼作招待。有我在这儿监视着三教九流,各色人等,一定能够得到大量的情报,捉拿共产党!

沈处长　好（蒿）!

〔丁宝由宪兵手里接过骆驼牌烟,上前献烟;小心眼接过打火机,点烟。

小刘麻子　后面原来是仓库,货物已由处长都处理了,现在空着。我打算修理一下,中间作小舞厅,两旁布置几间卧室,都带卫生设备。处长清闲的时候,可以来跳跳舞,玩玩牌,喝喝咖啡。天晚了,高兴住下,您就住下。这就算是处长个人的小俱乐部,由我管理,一定要比公馆里更洒脱一点,方便一点,热闹一点!

沈处长　好（蒿）!

丁　宝　处长,我可以请示一下吗?

沈处长　好（蒿）!

丁　宝　这儿的老掌柜怪可怜的。好不好给他作一身制服,叫他看看门,招呼贵宾们上下汽车?他在这儿几十年了,谁都认识他,简直可以算是老头儿商标!

沈处长　好(蒿)!传!

小刘麻子　是!(往后跑)王掌柜!老掌柜!我爸爸的老朋友,老大爷!(入。过一会儿又跑回来)报告处长,他也不是怎么上了吊,吊死啦!

沈处长　好(蒿)!好(蒿)!

——幕落·全剧终

附　录：

此剧幕与幕之间须留较长时间,以便人物换装,故拟由一人(也算剧中人)唱几句快板,使休息时间不显着过长,同时也可以略略介绍剧情。

第一幕　幕　前

(我)大傻杨,打竹板儿,一来来到大茶馆儿。
大茶馆,老裕泰,生意兴隆真不赖。
茶座多,真热闹,也有老来也有少;
有的说,有的唱,穿章打扮一人一个样;
有提笼,有架鸟,蛐蛐蝈蝈也都养的好;
有的吃,有的喝,没有钱的只好白瞧着。
爱下棋,(您)来两盘儿,赌一卖(碟)干炸丸子外洒胡椒盐儿。
讲排场,讲规矩,咳嗽一声都像唱大戏。
有一样,听我说:莫谈国事您得老记着。
哼!国家事(可)不好了,黄龙旗子一天倒比一天威风小。
文武官,有一宝,见着洋人赶快跑。
外国货,堆成山,外带贩卖鸦片烟。
最苦是,乡村里,没吃没穿逼得卖儿女。

官儿阔,百姓穷,朝中出了一个谭嗣同,
讲维新,主意高,还有那康有为和梁启超。
这件事,闹得凶,气得太后咬牙切齿直哼哼。
她要杀,她要砍,讲维新的都是要造反。
这些事,别多说,说着说着就许掉脑壳。

　　〔幕徐启。大傻杨入茶馆。

打竹板,迈大步,走进茶馆找主顾。
哪位爷,愿意听,《辕门斩子》来了穆桂英。

　　〔王利发来干涉。

王掌柜,大发财,金银元宝一齐来。
您有钱,我有嘴,数来宝的是穷鬼。(下)

第二幕　幕　前

打竹板,我又来,数来宝的还是没发财。
现而今,到民国,剪了小辫还是没有辙。
王掌柜,动脑筋,事事改良讲维新。
(低声)动脑筋,白费力,胳臂拧不过大腿去。
闹军阀,乱打仗,白脸的进去黑脸的上,
赵打钱,孙打李,赵钱孙李乱打一炮谁都不讲理。
为打仗,要枪炮,一堆一堆给洋人老爷送钞票。
为卖炮,为卖枪,帮助军阀你占黄河他占扬子江。
老百姓,遭了殃,大兵一到粮食牲口一扫光。
王掌柜,会改良,茶馆好像大学堂,
后边住,大学生,说话文明真好听。

茶　馆(三幕话剧) | 285

就怕呀,兵野蛮,进来几个茶馆就玩完。
先别说,丧气话,给他道喜是个好办法。
他开张,我道喜,编点新词我也了不起。(下)

(又上)老裕泰,大改良,万事亨通一天准比一天强。
〔王利发　今天不打发,明天才开张哪。
明天好,明天妙,金银财宝齐来到。
〔炮响。
您开张,他开炮,明天准唱《蚍蜡庙》。
〔王利发　去你的吧!
〔傻杨下。

第三幕　幕　前

树木老,叶儿稀,人老毛腰把头低。
甭说我,混不了,王掌柜的也过不好。
(他)钱也光,人也老,身上剩了一件破棉袄。
自从那,日本兵,八年占据老北京。
人人苦,没法提,不死也掉一层皮。
好八路,得人心,一阵一阵杀退日本军。
盼星星,盼月亮,盼到胜利大家有希望。
(哼)国民党,进北京,横行霸道一点不让日本兵。
王掌柜,委屈多,跟我一样半死半活着。
老茶馆,破又烂,想尽法子也没法办。
天可怜,地可怜,就是官老爷有洋钱。(下)

〔王掌柜死后,傻杨再上,见小丁宝正在落泪。
小姑娘,别这样,黑到头儿天会亮。
小姑娘,别发愁,西山的泉水向东流。
苦水去,甜水来,谁也不再作奴才。

(载 1957 年 7 月《收获》创刊号)

书 信

致伦敦大学东方学院

一九二六年六月十六日

芬斯伯里广场,
伦敦,E. C. 2
1926.6.16

亲爱的先生①:

到本学期末我就在此工作整整两年了。依据我的合同中的条件,我请求您考虑给我增加工资。

对于我的工作,我是全力以赴的,我承担了学生们所希望学到的科目的教学任务,不论它们是否包括在合同内。

要支付我目前在伦敦的生活费用和帮助我在中国的寡母,我现在的250镑年薪是不够用的。如果您能同意我加薪的请求,我将不胜感激。

忠实于您的
舒庆春

---

① 即东方学院院长,丹尼森·罗斯博士。

致 胡 适[①]

一九二六年九月三十日

适之先生：

先介绍我自己：舒舍予，北京人。现在东方学院（School of Oriental Studies）教京话和中国文学。

我读过先生的著作，在教育部国语讲习会听过先生的讲演，可是先生不认识我。

我打算看你去[②]，不知何时得暇？

我刚写成一部小说[③]，想求先生给看一看。原因：

1. 我前者作了一个小说[④]，寄给上海郑振铎。他已允代刊印，我又后悔了！因为，我匆匆写好，并没加修正，可是郑说，已经付印，无法退回。所以这次我想非请个人给我看一看不可。

---

① 胡适（1891—1962）现代诗人、学者。曾任北京大学校长、台湾"中央研究院"院长等职。
② 胡适于1926年9月前后，正在英国伦敦参加中英庚子赔款会议，老舍得知后，就近写此信给胡适。
③ 指长篇小说《赵子曰》。
④ 指长篇小说《老张的哲学》，从1926年7月号起上海《小说月报》开始连载。单行本于1928年4月由上海商务印书馆出版发行。

2. 我的小说写得非常可笑,可是,是否由滑稽而入于"讨厌",我自己不知道。这又是一个要请教的地方。

我的小说约有三百页,三四天便可看完,如先生不十分忙,我真希望能代我看一看!如先生太忙,我就不敢去了。

敬祝　平安

舒舍予拜

1926年9月30日

我的通信处:C. C. Shu

31. St. James's Square

Holland park

W. 11

(原载:1.耿云志主编《胡适遗稿及秘藏书信》第37册,黄山书社1994年版

2.2007年6月20日《中华读书报》《老舍致胡适的一封佚信》一文)

致赵景深[1]

一九三〇年四月四日

景深兄：

　　家中叫我早早回平[2]，日内不得不搭船北上。你的婚礼[3]因而不能看见，深觉罪过！送你一本小书[4]，聊表贺意，请你原谅我，接收我那点诚意！敬祝

平安！

　　书托友人贾君奉上，他与我同船北伐。他是在法国读文学的。　　　　　　　　　　　　　　弟舍予躬

4月4日

（引自赵景深：《我所认识的老舍》

原载1980年《艺术世界》第一期）

---

① 赵景深(1902—1985)，现代作家、学者，当时任《青年界》编辑。
② 作者在英国执教5年，1930年3月回国后住在上海郑振铎家中写完《小坡的生日》，4月接到家中来信，催他回北平。
③ 赵景深与李希同1930年4月19日结婚。
④ Ludwig 的英文本《歌德传》。

致赵家璧①

一九三三年二月六日

家璧兄：

事实使你以为我变化无常，有如孙行者。但事实究竟是事实。前两天听郑振铎说：《小坡的生日》底版已毁，可以提交别家承印。我马上就去信问，是否还通知"商馆"一声，以免事后有麻烦。他还未回信。假如"小坡"能自由，那真不错；一、"小坡"很得文人——如冰心等——的夸美。二、六万多字长，恰好出小书。三、是我得意之笔。四、能马上就印，不必等着。五、北平与济南的国语运动机关久想印它，为宣传纯正国语的教本；"良友"能印岂不甚好。

等等郑的回信吧。他说"行"，马上我将《小说月报》登过的全份奉寄。《离婚》呢，就再讲了。

《离婚》不能快成，我于上课时间实在没工夫写。况且，我要拿它恢复被"猫城"所丢的名誉，非详加改正后不出手。再说

---

① 赵家璧(1908—1997)，现代作家、编辑出版家。当时在上海主持良友出版公司。

时局如此,而我又非幽默不可,真是心与手违;含着泪还要笑,笑得出吗?不笑,我又不足得胜!

不过,您如不要"小坡",而一定要《离婚》,也可以;只是得等些日子。非到暑假,我不能安心写。

广告请迟一下再登吧。如愿要"小坡",请等我的信。如不愿要它,而要《离婚》,请先给我个信。

祝吉

舍　予二月六日(二十二年)

致陶亢德

一九三八年三月十五日

亢德兄：

由家出来已四个月了。我怎样不放心家小，是你可以想象得到的；因为你现在也把眷属放在了孤岛上，而独自出来挣扎。我的唯一武器是我这支笔，我不肯教它休息。你的心血是全费在你的刊物上，你当然不肯教它停顿。为了这笔与刊物，我们出来；能作出多少成绩？谁知道呢！也许各尽其力的往前干就好吧？

这四个月来，最难过的时候是每晚十时左右。你知道，我素日生活最有规律，夜间十点前后，必须去睡。在流亡中，我还不肯放弃了这个好习惯。可是，一见表针指到该就寝的时刻，我不由的便难过起来。不错，我差不多是连星期日也不肯停笔，七零八碎的真赶出不少的东西来；但是，这到底有多大用处呢？笔在手里的时节，偶尔得到一两句满意的文章，我的确感到快乐，并且渺茫的想到这一两句也许能在我的读众心中发生一些好的作用；及至一放下笔，再看纸上那些字，这点自慰与自傲便立时变为失望与惭愧。眼看着院内的黑影或月光，我仿佛听见了前线的炮声,仿佛看见了火影与血光。多少健儿,今晚丧掉了生命!此刻有多少家庭被拆散,多少城市被轰平!这一夜有多少妇孺变成了寡妇孤儿!全民族都在血腥里,炮火下,到处有最辛酸的患难,与最悲壮的牺牲。我,我只能写一些字:即使我的文字能有一点点用处,可是又到了该睡的时候了;一天的工作——且承认它有些用——不过是那么一点点呀!我不能安心去睡,又不能不去睡,在去铺放被子的时候,我觉得自己不过是个无知的小动物,又须到窝穴里藏起头来,白白的费去七八小时了!这种难过,是我以前所未曾有过的。我简直怕见天黑了,黄昏的暮色晚烟,使我心中凝成一个黑团!我不知怎样才好,而日月轮还,黑夜又绝对不能变成白天!不管我是怎样的想努力,我到底不能不放下笔去睡,把心神交与若续若断的噩梦!

身体太坏。有心无力,勇气是支持不住肉体的疲惫的。作到了一日间所能作的那一些,就像皮球已圆到了容纳空气的限度,再多打一点气就会爆裂。这是毕生的恨事,在这大家都当拼命卖力气,共赴国难的期间,便越发使人苦恼。由这点自恨力短,便不由的想到了一般文人的瘦弱单薄。文人们,因生活的窘迫,因工作的勤苦,不易得到健壮的身体;咬牙努力,适足以呕血丧命。可是他们又是多么不服软,爱要强的人呢。他们越穷越弱,他们越不肯屈服,连自己体质的薄弱也像自欺似的加以否认或忽略。衰病或夭折是常有的当然结果,文学史上有多少"不幸短命死矣"的嗟悼呢!他们这样的不幸,自有客观的,无可避免的条件,并非他们自甘丧弃了生命。不过,在这国家危急存亡之秋,我不愿细细的述说这些客观的条件与因由,而替文人们呼冤。反之,我却愿他们以极度的热心,把不平之鸣改作自励自策,希望他们也都顾及身体的保养与锻炼。文人们,你们必须有铁一般的身儿,才能使你们的笔像枪炮一样的有力呀!注意你们的身体,你们才能尽所能的发挥才力,成为百战不挠的勇士。于此,我特别要诚恳的对年轻的文艺界朋友们说——或者不惜用"警告"这个字:要成个以笔为武器的战士,可先别忽略了战士应有的铜筋铁臂啊。"白面"书生是含有些轻视的形容。深夜里狂吸着纸烟,或由激愤而过着浪漫的生活,以致减低了写作的能力,这岂但有欠严肃,而且近乎自杀呀!日本军人每日在各处整批的屠杀我们,我们还要自杀么?我们应当反抗!战士,我们既是战士,便应当敏捷矫健,生龙活虎的冲锋陷阵。我们强壮的身体支持着我们坚定的意志。笔粗拳头大,气足心才热烈。我们都该自爱自惜。成为铁血文人,在这到处是血腥与炮火的时候,我们才能发出怒吼。惭愧,我到时候非去休息不可,因为身体弱;我是怎样的期待着那大时代锻炼出来的文艺生力军,以严肃的生活,雄美的体格,把"白面"与"文弱"等等可耻的形容词从此扫刷了去,而以粗莽英武的姿态为新中国高唱前进的战歌呢!浪漫,为什么不可以呢?!然而我们的浪漫必是上马杀敌,下马为文的那种磊落豪放的气概与心胸,必是坚苦卓绝,以牺牲为荣,为正义而战的那种伟大的英雄主义。以玫瑰色的背心,或披及肩项的卷发,为浪漫的象征,是死与无心肝的象征啊。

  自恨使我睡不熟,不由的便想起了妻儿。当学校初一停课,学生来告别的时候,我的泪几乎终日在眼圈里转。"先生!我们去流亡!"出自那些年轻的朋友之口,多么痛心呢!有家,归去不得。学校,难以存身。家在北,而身向南,前途茫茫,确切可靠的事只有沿途都有敌人的轰炸与扫射!啊,不久便轮到了我,我也必得走出来呀!妻小没法出来,我得向她们告别!我是家长,现在得把她们交给命运。我自己呢,谁知道能走到哪里去呢!我只是一个影子,对家属全没了作用,而自己也不知自己的明日如何。小儿女们还帮着我收拾东西呢!

我没法不狠心。我不能把自己关在亡城里。妻明白这个,她也明白,跟我出来,即使可能,也是我的累赘。我照应她们,便不能尽量作我所能与所要作的事。她也狠了心。只有狠心才能互相割舍,只有狠心才见出互相谅解。她不是非与丈夫揽臂而行不可的那种妇女,她平日就不以领着我去看电影为荣,所以今天可以放了我,使我在这四个月间还能勤苦的动我的笔。

假若——呕,我真不敢这样想!——她是那从电影中学得一套虚伪娇贵的妇女,必定要同我出来,在逃难的时候,还穿着高跟鞋,我将怎办呢?我亲眼看见,在汉口最阔绰的饭店与咖啡馆中,摆着一些向她们的丈夫演着影戏的妇女。她们据说是很喜爱文艺呀。她们的丈夫们是否文艺家,我不晓得;我只不放心,假若她们的丈夫确是作者,他们能否在伺候太太而外,还有工夫去写文章呢?假若在半夜由咖啡馆回到家中,他还须去写作,她能忍受在天明的时节,看到他的苦相——与男明星绝对相反的气度与姿态吗?

我想念我的妻与儿女,我觉得太对不起她们,可是在无可奈何之中,我感谢她,我必须拼命的去作事,好对得起她。由悬念而自励,一个有欠摩登的妇人,是怎样的能帮助像我这样的人哪!严肃的生活,来自男女彼此间的彻底谅解,互助互成。国难期间,男女间的关系,是含泪相誓,各自珍重,为国效劳。男儿是兵,女子也是兵,都须把最崇高的情绪生活献给这血雨刀山的大时代。夫不属于妻,妻不属于夫,他与她都属于国家。香艳温柔的生活只足以对得起好莱坞的苦心,只足以使汉口香港畸形的繁荣;而真正的汉奸所期望的也并不与这个相差甚远吧?

现在,又十点钟了!空袭警报刚解除不久。在探射灯的交插处,我看见八架,六架,银色的铁鹰;远处起了火!我必须去睡。谁知道明日见得着太阳与否呢?但是今天我必须作完今天的事,明天再作明天的事。生与死都不算什么,只求生便生在,死便死在,各尽其力,民族必能于复兴的信念中。去睡呀,明日好早起。今天或者不再难以入梦了,我的忧思与感触已写在了这里一些;对老友谈心,或者能有定心静气的功效。假若你以为这封信被别人看到,也能有些好处,那就不妨把它发表,代替你要我写的短文吧。

《大风》已收到,谢谢!希望它更硬一些。

全国文艺界抗敌协会拟在本月下旬开成立大会,希望简公们都入会。你若能来赴会,更好!祝

安!

老 舍武昌,二十七,三,十五夜。

(原载 1938 年 5 月 1 日《宇宙风》第六十七期)

致郁达夫[①]

一九三九年五月二十四日

达夫兄：

接示，甚谢！渝市狂炸。死伤近万，惨况空前，原因甚多，莫谈为是。"文协"会所无损失，同人等或受惊，或受损失，但无伤亡。蓬子因群众拥挤，致跌倒昏去，幸无大患。

近组织前线访问团[②]，已成功，六月初或可出发；礼锡为团长。之的副之，团员十五人皆年壮者，因旅途须吃些苦处，所以非壮莫办。路线是由襄樊而北，期限四月。

蓬子与我或参加另一慰劳团[③]，六月中旬可出发。

重庆三次大炸，损失虽大，但无害于抗战。不过，天一晴则铺户暂停营业，诸多不便。故甚愿大家到各处去采访些材料，并作宣传工作，胜于在此日躲飞机，无事可作。

[①] 郁达夫(1896—1945)，现代作家。当时在新加坡从事救亡宣传活动。本信发表时题为《"文协"通讯》。

[②] 指1939年4月"文协"召开第二届第一次常务理事会，决定组织作家战地访问团。

[③] 指由作者代表"文协"参加全国慰劳总会组织的北路慰劳团，1939年6月出发前往西北等地慰问抗战将士。蓬子未去。

留此者为伯奇,罗荪,乃超等,恐怕要向他们拉稿了。预备走的廿来人,大概都得到秋间归来,才能给你稿子。如函伯奇等,祈投重庆信箱二三五号——"文协"的信箱,罗荪又在邮局,比寄他处都可靠。

为"文协"募款,极谢!"文协"此后在何处办公,很难说。会所还是老地方,可是谁敢说能存到几时。我看,捐款不如暂存兄处,等到秋雾来到,空袭停止,再函请汇寄,好不好?

再:会刊拟出英文版,由香港分会主持,现在还没有钱;假若理事会决定,以兄所募之款,寄交分会办理英文版事,亦当再函我兄商议,请你听我的信。

昨寄去"文协"广告一纸,祈代登《星洲日报》,甚谢。匆覆,祝
吉安

弟舍上五,廿四

(原载 1939 年 6 月 10 日新加坡《星洲日报·晨星》)

家　书①

一九四二年三月十日

××②：

接到信，甚慰！济与乙都去上学，好极！唯儿女聪明不齐，不可勉强，致有损身心。我想，他们能粗识几个字，会点加减的算法，知道一点历史，便已够了。只要身体强壮，将来能学一份手艺，即可谋生，不必非入大学不可。假若看到我的女儿会跳舞演剧，有作明星的希望，我的男孩能体健如牛，吃得苦，受得累，我必非常欢喜！我愿自己的儿女能以血汗挣饭吃，一个诚实的车夫或工人一定强于一个贪官污吏，你说是不是？教他们多游戏，不要紧逼他们读书习字；书呆子无机会腾达，则成为废物，有机会作官，则必贪污误国，甚为可怕！

至于小雨，更宜多多玩耍，不可教她识字；她才刚刚四岁呀！每见摩登夫妇，教三四岁小孩识字号，客来则表演一番，是以儿童为玩物，而忘了儿童的身心发育甚慢，不可助长也。

---

① 本信发表时题为《家书一封》。
② 此信写给夫人胡絜青。当时她与三个子女均困留在已沦陷的北平老家。

  我近来身体稍强,食眠都好,唯仍未敢放胆写作,怕再患头晕也。给我看病的是一位熟大夫,医道高,负责任,他不收我的诊费,而且照原价卖给我药品,真可感激！前几天,他给我检查身体,说:已无大病,只是亏弱,需再打一两打补血针。现已开始。病中,才知道身体的重要。没有它,即使是圣人也一筹莫展！

  春来了,我的阴暗的卧室已有阳光,桌上还有一枝桃花插在曲酒瓶中。

  祝你健康！代我吻吻儿女们！

舍上,三,十

（原载1942年4月5日《文坛》第二期）

致赵清阁[1]

一九五五年四月二十五日

珊：

　　快到你的寿日了，我祝你健康，快活！

　　许久无信，或系故意不写。我猜：也许是为我那篇小文的缘故。我也猜得出，你愿我忘了此事，全心去服务。你总是为别人想，连通信的一点权益也愿牺牲。这就是你，自己甘于吃亏，绝不拖住别人！我感谢你的深厚友谊！不管你吧，我到时候即写信给你，但不再乱说，你若以为这样做可以，就请也暇中写几行来，好吧？我忙极，腿又很坏。匆匆，祝

长寿！

克[2]

　　　　一九五五年四月二十五日

　　果来信，不必辩论什么，告诉我些工作上的事吧，我极盼知道！

---

[1] 赵清阁(1914—1999)，女，现代作家。抗日战争期间，老舍曾与赵合写过《桃李春风》剧本，还与赵、箫亦五合写《王老虎》剧本。

[2] 老舍致这封赵清阁的信中，称赵为"珊"，自己属名"克"。